철학자의 고전문학 에세이

PHILOSOPHICAL ESSAYS ON CLASSIC LITERATURE

철학자의 고전문학 에세이   김영숙

FARDEN

contents

PHILOSOPHICAL ESSAYS
ON CLASSIC LITERATURE

01-02

Marcel Proust

À LA RECHERCHE DU TEMPS PERDU

마르셀 프루스트의
『잃어버린 시간을 찾아서』에 대하여

내가 살아온 길이
바로 나 자신임을

가끔 고전 문학작품에 대한 글을 쓰고 싶다는 생각을 하곤 했었다. 하지만 『잃어버린 시간을 찾아서』처럼 방대한 양의 책을 과연 내가, 문학 전공자도 아닌 사람이, 얼마나 제대로 소화해서 내놓을 수 있을지, 흠씬 겁을 집어먹고 금새 마음을 접곤 했었다.

그런데 이번에 『잃어버린 시간을 찾아서』 10권을 읽던 중 문득 고전 작품에 대해 완전한 소개 글이 아니라, 그냥 책 어느 부분에서 내 가슴이 심하게 일렁이는 순간을, 그저 그 빛나는 순간을 담아보는 건 어떨까, 하는 생각을 하게 됐다. 나도 모르게 내 두 눈이 바투 쫓아가던 길 위에 그대로 멈춰 서, 가만히 책을 덮고 눈을 들게 되는 그런 순간을 말이다. 그럴 땐 프루스트가 건네는 비밀스러운 말들이 내 뇌 회로 속 피톨을 급격하게 추동하거나, 또 때론 아주 미세하나마 마치 새로운 회로라도 뚫으려는 듯 요동치게 했다.

사실 우리가 고전을 읽는 건, 바로 이런 순간을 위해서일 게다. 지극히 왜소한 나의 사유가 감히 대결이라도 할 것처럼 위대한 작가와 동렬의 수준에까지 날아올라 장렬하게(?) 부딪혀 푸르른 불꽃을 길게 내뿜는 그런 순간 말이다.

– 마르셀 프루스트의 『잃어버린 시간을 찾아서』에 대하여 1

겨울방학이 시작된 지 얼마 안 된 어느 날, 나는 까치발을 하고 책장 맨 위 칸에 장병들처럼 늘어선 『잃어버린 시간을 찾아서』 열한 권 중 첫 권을 뽑아 들었다. 한 해가 끝날 때마다 지병처럼 도지는 허탈한 마음에, 조금은 도피의 심정으로 책을 잡았다. 십 년 전쯤 대충 한번 읽었지만, 지금 다시 보면 느낌이 또 다르리라는 기대도 없지 않았다.

지방의 작은 대학, 정년을 한 학기 앞둔 시점이었다. 앞을 내다보기보다는 곧잘 과거를 되짚어보게 되는, 녹록지 않은 나이였다. 계절로 보자면 겨울 초엽, 하루로 보자면 이제 막 어둑해진, 아니 이미 어두워진 시점에 도달한 셈이다. 창가 테이블 앞에 앉았지만, 아직 책을 펼치지 못한 채 고개를 돌려 창밖을 내다본다. 이 세상 가장 커다란 캔버스를 황홀하게 가득 채우던 눈부신 투명 은빛 햇살도, 불타오르는 색색 빛깔의 향연도 이제 다시는 직접 대면할 수 없을, 그런 시점이다.

바라건대 앞으로는 외부의 빛이 아니라 안에서 비추어주는 혜안으로 세상을 바라볼 수 있기를. 더불어 이젠 시선을 안으로 돌려 내 바깥의 사람들보다는 내 안의 사람을 좀 더 관찰하며 살아가기를.

그리하여 부디, 어둠 속에서 비로소 날기 시작하는 미네르바의 부엉이같이 휘황한 눈빛을 갖게 되기를. 탁해진 두 눈엔 맑고 밝은 총기가, 회한으로 너덜해진 심장엔 정제된 평정심과 겸허한 자족감이 그득하길 빌어본다.

그리하여 이 세상 떠나는 날, 가슴 위에 반듯하게 두 손을 모은 채 '이제 됐다'고 읊조릴 수 있기를. 마치 해야 할 지상의 일을 모두 마치고, 편안하게 두 눈을 감았던 임마누엘 칸트처럼 말이다.

À LA RECHERCHE DU TEMPS PERDU

삼십 대 후반에 이르러 그동안의 부박했던 생활을 정리하고, 드디어 『잃어버린 시간을 찾아서』를 구상하기 시작한 마르셀 프루스트. 이 책은 어린 시절에 대한 회고로 시작하는 일인칭 소설로 기존의 소설책 중 가장 자전적인 소설이라 평가받고 있다. 이 책의 마지막 부분에서 프루스트는 자기가 살아온 시간의 흐름이 곧 '자기의 삶'이자 바로 '자기 자신'이었음을 깨닫는다. 그리하여 그는 자기 삶과 자기 자신을 밝히기 위해 자기가 살아온 시간을 되살리는 길을 걷게 되는데, 그 무수한 세월을 내려다보는 순간 '자기 발밑 −사실은 자기 안에서지만− 에 마치 몇천 길의 골짜기를 굽어보는' 듯한 현기증을 느낀다. [01]

---

01 『잃어버린 시간을 찾아서』 제11권, 되찾은 시간, 마르셀 프루스트 지음, 김창석 옮김, 국일미디어, 2006, 498쪽

그는 이 느낌을 마치 '쉴 새 없이 계속 커 가는 살아 있는 장대 다리 위에서 너무 위태로워 걷지도 못하고 겨우 걸터앉아 있는' 듯한 형세에 비유하고 있다. 계속 커 가는 장대처럼 시간은 잠시도 멈추지 못하고 흐르는데, 프루스트는 이 시간의 흐름을, 그 무수한 길목에서 굽이굽이 굽이쳐 흐르는 물굽이의 모습을 하나도 놓치지 않고 잡아내려 시도한다.

프루스트는 19세기 말, 당시 프랑스 파리의 바이러스 감염 퇴치에 혁혁한 공을 세운 의학박사인 아버지와 유태계 어머니의 아들로 태어났다. 비록 태생부터 몸과 마음이 유약했지만 유복한 환경에서 교양이 넘치는 할머니와 어머니의 따사로운 보살핌을 받으며 성장했다. 유난히 섬세하고 예민한 감수성을 가진 프루스트는 성인이 되어서까지 별다른 직업 없이 주로 예술 감상과 연애에 몰두하며 살다가, 생을 마감하기 불과 몇 년 전부터 창작에 몰두하기 시작해 단 하나의 걸작, 『잃어버린 시간을 찾아서』를 남겨 놓고 생을 마감했다. 파리 유명 사교계의 총아였던 그가 일체의 사회생활과 대인 관계를 끊고, 두꺼운 커튼과 코르크로 햇빛과 소음을 차단한 채 낮과 밤이 바뀐 생활을 감행함으로써 이루어낸 성과였다. 이때 이미 그는 중병에 걸려 있는 상태였다. 따라서 그가 자기 생명을 예술 작품과 맞바꿔버렸다는 평을 받게 된 것도 무리는 아니다.

잘 알려져 있다시피 『잃어버린 시간을 찾아서』는 주인공 마르셀이 어느 날 우연히 차를 마시며 먹은, 마들렌 과자의 맛과 향에서 생생하게 기억이 되살아난, 어린 콩브레 시절로부터 이야기가 시작된다. 무리하게나마 줄거리를 요약하자면, 그는 어린 시절엔 부모의 친지인 스완의 딸 질베르트를, 좀 더 커서는 재치와 미모의 게르망트 공작부인을 흠모하게 되는데. 이후, 할머니와 함께 휴가를 간 바닷가에서 알베르틴을 만나 사랑에 빠진다. 하지만 알베르틴의 동성애적 기질을 의심하는 마르셀은 급기야 그녀를 파리의 자기 집에 데려와 남들 눈에 뜨이지 않게 기거하게 만들고. 그래도 여전히 알베르틴에 대한 번민으로 고통을 받던 그는 결국 이별을 결심하는데, 바로 다음 날 알베르틴이 아무 말 없이 떠나버린 사실을 알게 된다. 이어 정신없이 그녀를 수소문하던 중, 기어이 그녀의 낙마로 인한 사망 소식을 전해 듣는다.

일차 세계대전 전후, 요양원에서 나와 오랜만에 게르망트 공작부인의 살롱을 가게 된 마르셀. 옛 지인들 모습에서 시간의 위력과 그 실체를 간파하고 커다란 감회에 젖는다. 이어 옛 친구 생 루가 전사했다는 사실과 성인이 되어버린, 그의 딸의 눈부시게 아리따운 모습을 보고, 거역할 수 없는 삶의 순환이라는 법칙 앞에서 전율한다. 이제 자기 앞에 살아갈 날이 많이 남아 있지 않다고 느낀 마르셀. 지금부터 새로운 창작에만 몰두하리라 결심한다.

성공한 부르조아의 아들인 프루스트는 당시 프랑스 사회에 여전히 막강한 위력을 떨치고 있는 상류사회 사람들의 삶, 특히 아름다운 귀족 부인들에 대한 호기심을 버리지 못하고 사교계를 열심히 드나들었다. 그 과정에서 그는 자신의 예술적 소양을 키우기도 하고, 또 다른 한편으로는 사교계의 어두운 면을 날카롭게 직시하기도 한다. 길지 않은 인생에서 끊이지 않고 아름다운 여성들에 대한 호기심과 애정에 탐닉했던 그였기에 일부 평자들은 그를 속물로 규정하기도 한다.

인간이 동물인 한, 다시 말해 죽을 때까지 욕망을 쫓아 살아가는 존재인 한, 인간이 속물적 속성에서 완전히 벗어나는 건 불가능하다고 나는 생각한다. 흥미로운 것은 속물적인 사람이라 할 수 있는 그가 말년에 자기의 생명을 갉아먹을 정도로 고된, 그러니까 육체적 쾌락과는 거리가 먼 예술 작업에만 몰두했다는 사실이다. 그러니까 프루스트를 단순히 평범한 속물로 볼 수는 없을 것이다. 그는 대부분의 우리들처럼 속물이었지만, 너무나 심미적이고, 그리고 놀라울 정도로 면밀하고 냉철한 분석가였다. 그러니까 굳이 규정을 하자면, 나는 프루스트를 지적인 심미적 쾌락주의자로 부르고 싶다.

이렇게 일정한 직업 없이 사교계나 드나들던 그가 갑자기 극도로 금욕적인 창작 활동에 심리적 비약을 하게 된 배경엔 분명히 건실한 생활윤리를 가지고 살았던 엄마와 할머니의 기대를 저버리지 않으려는 심리가, 그러니까 자기도 아버지처럼 뭔가 사회적으로 유의미한 일을 해야 한다는 책무감이 작용한 게 분명하다. 그러나 보다 더 본질적인 것은 잃어버린 시간을 다시 찾고자 하는, 그의 문학에 대한 열망이 아니었나 싶다. 그러니까 그는 육체적 욕망을 과감히 버리고, 지적이고 심미적인 쾌락, 그러니까 정신적 욕망을 선택한 것이라 할 수 있다.

몇천 길의 낭떠러지를 내려다보듯 지나온 세월을 되돌아보았을 때 프루스트가 느낀 건, 바로 자기가 살아온 시간의 흐름이 곧

'자기의 삶'이자 바로 '자기 자신'이라는 것이었다. 그렇다면 자기가 실제로 살아온 삶을 다시 발견하고 밝혀내는 일이야말로 진정한 가치를 가진 것이 아닐까, 하고 그는 생각한다. 자기가 살아온 삶이란 이미 지나가 버린, 잃어버린 시간이다. 이리하여 프루스트는 이 잃어버린 시간을 다시 복원해 내려는, 결과나 성공을 예측하기 어려운 고된 작업에 과감하게 뛰어든다. 흘려버린 시간은 이미 흘러가 버린 시간이기에 사실 별 의미를 갖지 못한다. 그러나 그냥 흘려버리고 만, 잃어버린 시간을 다시 명확히 지각해내고 형상화해내는 작업은 이렇듯 자기 자신을 비로소 되찾는 길이며, 이러한 예술 작업만이 비로소 그가 평생 추구했던 그의 진정한 삶의 의미가 된 것이다.

À LA RECHERCHE DU TEMPS PERDU

정년을 한 학기 앞둔 시점에서 되돌아보니, 현재의 나를 만든 초라하기 그지없는 몇 가닥 길들이 얼핏 설핏 보인다. 내가 걸어온 어설픈 학자로서의 길 위에도 아찔한 순간들이 참 많았다.

여고 시절, 뒤늦게 찾아온 사춘기를 맞아 입시 공부에 정신이 없는 아이들 사이에서 홀로 경쟁 위주의 입시 제도를 거부(?)하며 망연자실하다 기어이 신경정신과의 문을 두드리던 날.

힘겹게 철학과를 들어갔지만 학과 공부에 흥미를 느끼지 못하고, 여전히 어떻게 살아야 할지 몰라 가위눌리듯 지낸 회색빛 나날들.

박사학위 받는 과정에서 짓밟혀진 자존심 때문에 관악에서 전

주까지 내내 차오르는 눈물을 닦으며 겨우 운전하고 내려오던 날.

장장 십구 년 만에 드디어 시간강사 생활을 청산하고, 교수들 앞에서 첫 인사말을 하는 자리에서 나도 모르게 터져 나오던 눈물 등등.

생각건대 실낱같이 가느다란, 나의 학자로서의 길을 지금까지 그런대로 잇게 만든 건, 바로 인문학이 갖는 근본적인 힘, 즉 인간과 인간의 삶을 규명하고픈 열망이었지 않나 싶다.

우리가 하루하루를 살아갈 때, 그러니까 의도적이든 무의식적이든 수많은 행동을 이어갈 때 우리는 내가 한 행동들이나 내가 살아낸 하루, 또 내가 그 속에서 살고 있는 환경은 물론, 한 걸음 더 들어가 인간이란 존재나 나 자신에 대해 깊이 생각하지 않는다. 우리는 먹고살기 바쁘고, 자기 욕망을 추구하기 바쁘기 때문이다.

프루스트가 말했듯 '우리의 이기심이 자기에게 소중한 앞쪽의 목표를 항상 주시하고 있지만, 그 목표를 끊임없이 지켜보는 나 자신은 결코 보지 않기 때문이다.'

그런데 만약 하루하루가 이렇게 그대로 지나 삶을 마감하게 된다면, 과연 우리는 우리의 삶에 대해, 인간 존재와 나 자신에 대해 얼마나 제대로 알고 간다고 할 수 있을까?

마치 염소가 자기가 먹은 음식을 다시 입안으로 끄집어내 곱씹듯이, 문학을 포함한 인문학은 우리가 살아온 행적을, 내 몸속에 저장된 그 무수한 행위들을 다시 의식 위로 끄집어 올려 다시 곱씹어 보려는 시도이다.

우리가 학교나 직장에 가려고 발걸음을 바삐 움직일 때 우리는 우리 곁을 스쳐 지나가는 풍경에 눈 돌리지 않는다. 그러나 어두컴컴한 어둠 속 영화관 좌석에 앉아 주인공이 열심히 살아가는 모습을 볼 때, 우리는 화면 속 주인공과 일정한 거리를 두고 주인공의 욕망과 그가 처한 환경을 두루 관찰한다. 그리고 그 과정에서 우리는 나를 닮은, 주인공의 삶과 우리를 둘러싼 환경, 그리고 인간성에 대해 두루 생각해 보게 된다.

이처럼 평소에 우리는 욕망을 충족시키기 위해 열심히 살아가지만, 막상 우리 자신에 대해 생각하지 않는다. 우리의 삶과 인간이란 존재, 그리고 나 자신에 대해서 깊은 인식에 도달하려면, 문학 같은 인문학적 작업을 통해야만 한다. 그리고 그렇게 완성된 작품을 감상하는 과정을 통해 비로소 내가 살아가고 있는 나의 삶과 나 자신에 대한, 진정한 정신적 소유를 조금씩 이루어낸다고 할 수 있을 것이다.

그리고 한 걸음 더 나아가 우리는 프루스트가 말했듯이 예술을 통해 귀중한 덤까지 얻을 수 있다.

'예술 덕분에, 오직 하나의 세계, 곧 우리 자신의 세계만을 보는 것이 아니라 우리는 늘어 나가는 세계를 보고, …… 무한 속에 회전하는 숱한 세계 이상으로 서로 다른 세계를 갖게 된다.'[02]

---

02 같은 책, 290쪽

PHILOSOPHICAL ESSAYS
ON CLASSIC LITERATURE

사랑의 고통이 그려낸,
아름답고 진귀한 무늬

지난 일요일, 아침을 누룽지로 대충 때우고 곧장 남편과 금산사로 향했다. 가느다란 봄비가 내리는 아침이라 금산사엔 평소보다 사람이 적었다. 저 멀리 서로 겹치며 이어지는 산등성이의 가두리를 허연 안개가 밑에서부터 흐트러뜨리고 있었다. 완만한 곡선으로 이어지는 산책길 양쪽에 누런 페인트를 칠한 듯 강건해 보이는 배롱나무들과 곰팡이꽃이 펴 푸르뎅뎅한 벚나무들이 청신하고 촉촉한 내음을 뿜어내고 있었다. 하지만 저만치 서 있는 나무들은 아지랑이처럼 여린 붉은 빛에 감싸여 있었다. 다가가 자세히 들여다보니 막 돋아나려는 새순들을 감싸고 있는, 잎자루의 색이었다.

봄이 오고 있었다.

금산사를 지나 조금 더 걸어올라간 뒤 우리는 헤어졌다. 남편은 한두 시간 더 산행을 하고, 내가 있을 카페에 올 예정이었다. 산행을 더 하고 싶어하는 남편과, 금산사 입구에 있는 카페에서 책을 보고 싶어하는 내가 타협한 결과였다.

우산을 쓰고 혼자 내려오는데 젊은 부부인 듯, 한 쌍의 남녀가 우산을 함께 받쳐 들고 천천히 올라오고 있었다. 우리도 저럴 때가 있었다. 가능한 한 모든 것을 둘이 바짝 이어 붙이려고 하던 팔과 어깨를, 그리고 시간과 공간까지.

　참 많은 세월이 흘렀다. 당연히 크고 작은 위기가 많았다. 하지만 그중에서도 가장 큰 위기의 시기는 신혼 때가 아니었나 싶다.
　하루빨리 친정집에서 나와 독립하고 싶어하는 나의 욕구와 남편의 절절한 구애가 만나 결혼을 하기로 마음먹었는데, 결혼하기까지의 과정이 얼마나 고달팠는지. 전혀 생각지 못했던, 치사하고 귀찮고 힘든 일들이 많아 모든 걸 다시 원점으로 돌리고 싶은 순간들이 적지 않았다. 하지만 이렇게 자질구레한 고비들을 넘겨 맞이한 신혼 생활은 또 어땠는지. 한 마디로 아예 나의 기대를 180도 뒤집어엎을 정도로 실망이 컸다. 결혼을 하면 꿈같이 행복할 줄 알았다. 그런데 이게 웬일, 입사한 지 얼마 안 되는 남편은 직장 생활에 거의 모든 시간과 에너지를 다 빼앗기고 있었다. 결혼 생활이 연애 때하곤 비교할 수 없을 만큼 무미건조했다. 혼자 상상했던 것과는 너무 달랐다. 나는 누군가에게 돌이킬 수 없는 사기를 당한 듯했다.

마르셀 프루스트의 『잃어버린 시간을 찾아서』는 한 번에 쭉 이어 다 읽어내기가 쉽지 않은 책이다. 내 어떤 지인은 십 년에 걸쳐 조금씩 읽었다고도 했고, 또 어떤 이는 해가 바뀔 때마다 이 책의 완독을 새해 계획으로 세우곤 한다고도 했다. 하기야 오백 페이지나 되는 책까지 포함해 장장 열한 권의 번역서이니 그럴 만도 하다.

『잃어버린 시간을 찾아서』를 쉬이 따라가기 힘들게 만드는 요소는 그 엄청난 양 이외에도 다른 요인들이 많다. 작품의 큰 골격을 가늠하기 어려울 만큼 무수하게 뻗어가는 이야기의 곁가지들, 툭하면 한 문장이 한두 페이지에 걸쳐 있을 만큼의 지독한 만연체, 우리로서는 관심도 없는 당시 프랑스 사회의 온갖 귀족 명문들의 얽히고설킨 뿌리와 역사, 프랑스 고유어들의 다양한 시기와 지역별에 따른 변천 과정, 유럽의 고급문화인 음악, 연극, 특히 명화들에 대한 놀라울 정도로 해박하고 상세한 지식들이 곳곳에 지뢰처럼 숨어 있다가 우리의 기를 질리게 하고 인내심을 시험한다.

하지만 이보다 더 이 책을 읽기 힘들게 만드는 것은 이야기 내용을 그 어느 하나의 것으로도 고정시킬 수 없다는 바로 그 점에 있다. 이 소설의 주제나 줄거리는 결코 핵심적인 내용이나 본질적인 몇몇 문장들로 단순히 환원되지 않는다.

그것은 주인공이 처한 상황이, 무엇보다 주인공 자신이 쉴 없이 변하고 있기 때문이다. 프루스트가 말하고 있듯 '우리의 자아는 차례차례 경험한 상태의 누적으로 이루어져 있다. 하지만 이 누적은 산의 지층처럼 부동한 것이 아니다. 끊임없는 상승 운동이 묵은 층

을 표면 가까이 들어올린다.' [03]

그뿐만 아니라 또 하나의 걸림돌은 꽤 난처하게도 주인공이 만나는 상대방 역시 눈에 보이지 않게 변하고 있다는 점이다. 극단적으로 말하자면 매 순간 우리는 이전과는 조금 다른 자아로서, 내가 알던 사람과는 또 조금 달라진 타자를 마주하게 된다고 할 수 있다.

오랜만에 만난 사람이 예전에 내가 알던 사람과는 분명히 다른 모습을 보이는 것 같은데, 그 내막을 짐작조차 하기 어려워 몹시 답답했던 경우를 누구나 한두 번 경험해 보았을 것이다.

A LA RECHERCHE DU TEMPS PERDU

요즘은 누군가 세상을 떠나거나, 또 이혼을 한다는 소식을 심심치 않게 전해 듣곤 한다. 젊었을 때, 아니 불과 몇 년 전만 해도 나는 갑자기 성공한 남자, 혹은 여자가 옛 애인을 버렸다는 소식을 들으면 분노하곤 했다. 내 안에 숨어 있던 의리와 정의감이 핏대를 올리며 폭발하곤 했다. 어떻게 사랑이 변하냐고. 그런 못된 인간을 도저히 이해할 수도, 용서할 수도 없었다.

하지만 사랑은 변한다. 확실히 내 생각이 많이 달라졌다. 사랑을 하는 주체와 대상인 인간이 변하는데 어떻게 사랑이 변치 않을 수 있겠는가. 이건 비단 내가 그동안 충격적인 얘기들을 많이 들어 알게 됐기 때문만은 아니다. 물론 이때 사랑이 변한다고 해서 꼭 불륜이나 이별같이, 부정적인 의미만을 말하는 건 아니다. 위태롭고 불

---

03 『잃어버린 시간을 찾아서』 제10권, 사라진 알베르틴, 165쪽

안한 연애를 한 뒤, 부부 사이에 이전과 달리 더 깊고 안정된 사랑
이 자라나는 경우도 적지 않다.

사랑은 우리 모두에게 가장 강력한 빛과 그림자이다. 하지만 그
토록 중요한 것임에도 불구하고 우리는 사랑을 잘 알지 못한다. 그
것이 어떻게 시작되는지도 모르고, 그 본질을 명확히 규정하기는
더더욱 어렵다. 사랑은 곧잘 합리적 설명을 비껴가고, 모든 자본주
의적 셈법을 벗어나곤 하기 때문이다.

『잃어버린 시간을 찾아서』에서 프루스트는 사랑이 '하나의 미
소, 하나의 눈길, 하나의 어깨 때문에' 시작된다고 본다. 그리고 '그
것으로 충분하다'고 말한다. [04] 과연 무릎을 칠 만한 탁견이 아닐
수 없다. 정말 맞는 말이다. 그런데 그렇게 사소한 것 하나가 그토
록 결정적인 역할을 하다니.

그렇다면 그 사소한 하나는 그 안에 많은 메타포를 담고 있다고
보아야 하지 않을까. 그러니까 아주 작은 표정이나 몸짓이 상대방
에게 불러일으키는, 매우 함축적이고 신비스러운 어떤 징후 내지
의미 같은 것 말이다.

그러기에 프루스트는 사랑을 '곡두', 그러니까 일종의 환영으로
보지 않았나, 싶다. 그러니까 그 사소한 표정, 또는 몸짓 하나가 우
리의 마음 어딘가를 건드려 우리에게 독특한 환영을 제공할 때, 우

리는 사랑에 빠진다. 물론 그 환영은 사람마다 다르게 일어난다. 흥미롭게도 마르셀은 생 루의 애인을 처음 보았을 때, 왜 저 친구가 자기에게는 별로 대단치 않아 보이는 여인에게 그토록 몰두하는지 이해하지 못한다. 마치 나중에 생 루도 똑같이 마르셀의 알베르틴에 대한 사랑에 크게 공감하지 못하는 것처럼. 생 루 역시 알베르틴이 과연 마르셀이 한 번만이라도 더 만나려고 온갖 노력을 기울이고, 그토록 많은 것들을 희생할 만한 여인인가 고개를 갸웃거린다.

바닷가 발베크에서 그곳에 놀러온 아가씨들을 사귀게 된 마르셀은 그중 한 아가씨인 알베르틴을 사랑하게 된다. 그녀의 '곱고도 착한 가련한 눈길, 포동포동한 볼, 큰 검정 사마귀가 있는 목'으로부터 곡두가 시작되지만, 뜻밖에 멀리서나마 그녀가 다른 여인과 사랑을 나누는 장면을 얼핏 목격하게 된 마르셀은 아예 그녀를 데리고 파리로 돌아와 자기 집에 기거하게 만든다.

부모 없이 숙모 집에서 귀족들의 심부름을 하며 살던 알베르틴은 애초부터 마르셀의 고급 취향과는 거리가 먼 여성이었다. 낮에는 그녀에게 사람을 붙여 파리 관광을 시켜주고, 자기는 집에서 책을 읽고 글을 써보려 하지만 진척이 잘 안 되는 마르셀.

처음엔 그녀를 소유하고 있다는 기쁨에 짜릿한 전율을 느끼지만, 마르셀은 차츰 그녀에 대한 관심이 사라져가는 걸 스스로 알아챈다. 알베르틴은 이제 더 이상 자기가 알던 그녀가 아니었던 것이다.

'의젓한 걸음걸이로 바닷가 둑 위를 걷고 있던 한 마리 새와도 같은 알베르틴이 한번 내 집에 사로잡힌 몸이 되다 보니, …… 그녀

의 아름다움은 조금씩 사라져 갔다.'[05]

(여기에서 우리는 마르셀이 알베르틴의 외모에서 유약한 자기와는 달리 자유롭고 건강한 아름다움의 이미지에서 일종의 환영을 보았다고 추측할 수 있다.)

하지만 얼마 지나지 않아 알베르틴이 밖에서 누구를 만나고 다니는지 의심하게 된 마르셀은 권태로울 틈도 없이 다시 숱한 망상 속에서 괴로워하게 된다. 외출하는 그녀에게 동행인을 붙여 그녀에 대한 감시를 부탁하고, 저녁에 동행인에게서 조금이나마 안심되는 보고를 듣고 나서야 비로소 불안에서 벗어나곤 한다.

이리하여 마르셀은 예상치 못했던, 새로운 진퇴양난의 상황에 처하게 된다.

즉 '알베르틴하고의 생활은, 내가 질투하지 않는 때에는 권태롭기 짝이 없으며, 질투할 때에는 고통스럽기 짝이 없는'[06] 그런 생활이었다. 결국 이렇게 반복되는 고통 속에서 그는 이별을 결심하게 된다. 즉 마르셀은 '자신의 두뇌가 예민하다고 생각하고, 이제 자기는 그녀를 보고 싶지 않다, 이제 그녀를 사랑하지 않는다고 확신'을 하게 된다.

그런데 놀랍게도 이별을 결심을 한 바로 다음날 아침, 알베르틴 아가씨가 떠나갔다는 말을 듣는 마르셀. 그는 지구의 지축이 흔들

---

05 같은 책, 제9권, 갇힌 여인, 227쪽
06 같은 책, 530쪽

리는 듯한 고통에 사로잡힌다.

마르셀은 즉시 친구 생 루를 불러 알베르틴의 숙모 집에 가서 그녀를 데려오라고 부탁하는 한편, 그녀에게 따로 편지를 써 값비싼 자동차와 요트, 화려한 넉 달간의 해상 여행 등을 제안하며 청혼을 한다. 하지만 얼마 뒤, 알베르틴이 말에서 떨어져 사망했다는 소식을 듣게 되는데.

이제 마르셀은 충격 속에서 그녀와 함께 하던 순간들을 복기하기 시작한다. 집안의 가구 하나하나, 파리 시내 거리거리마다 그녀의 흔적을 몸으로 감각하며 그녀를 애타게 그리워한다. 이처럼 그녀와의 추억 이외의 삶을 살아내지 못하는 마르셀은 자기 속에 새로운 경지의 세계가 펼쳐지는 걸 경험하게 된다.

'나를 놀라게 하는 것은, 내 가운데 이토록 살아 있는 알베르틴이 이제는 땅 위에 존재하지 않을지도 모른다, 죽었는지도 모른다는 것이 아니라, 땅 위에 존재치 않고 죽은 알베르틴이 여전히 내 몸 안에 살아있다는 것이었다.'[07]

『잃어버린 시간을 찾아서』에서 클라이막스라고 할 만한 내용을 거칠게 요약해 보았다. 이 부분을 읽으면서 나는 두 번 가벼운 흥분을 느꼈다. 제일 먼저, 마르셀이 알베르틴과의 이별을 결심한 다음

---

[07] 같은 책, 제10권, 사라진 알베르틴, 152쪽

날, 그녀가 아침 일찍 떠났다는 걸 알게 됐을 때 나는 차라리 잘됐다고 생각했다. 왜냐하면 자기 부모도 알베르틴을 탐탁하게 여기지 않았을 뿐 아니라, 또 그녀의 취향이 자기의 취향과 잘 맞지 않는다고 그 스스로 생각했기 때문이었다.

그런데 나의 예상과는 완전히 다르게 그는 그녀를 다시 돌아오게 만들기 위해 아주 무리한 일까지 감행하려고 한다. 예컨대 그는 그녀와 결혼해 일 년에 50만 프랑으로 생활해가다가 7~8년 후 돈이 남아 있지 않게 되면, 그녀에게 남은 돈을 다 주고 자기는 자살하리라고까지 생각한다. 마르셀 안에 있던 두 자아, 즉 사랑에 몰두하는 자아와 사랑과 무관한 자아 중, 잠시 잠자고 있었던 하나의 자아가 다시 발딱 고개를 들어 그를 격정의 소용돌이 속으로 몰고 간 결과라 하겠다.

또 마르셀은 알베르틴이 말을 타다 떨어져 죽었다는 소식을 듣자 아예 그녀와의 추억 속에만 빠져 살아가는데, 그런 과정에서 인간에겐 가히 초월적이라 할 만한 경지를 열어 보인다. 즉 그는 잃어버린 그녀와의 시간을 다시 살아냄으로써, 더 이상 땅 위에 살아 있지 않은 알베르틴이 죽지 않고 여전히 자기 몸 안에 살아있음을 느끼는, 그러니까 더 이상 괴롭지 않고 오히려 감미로움을 느끼는, 아주 특이한 경험을 하게 된다.

'이제 그녀에 대한 모든 추억은 이미 가슴에 불안한 압박을 주지 않고, 감미로운 것만을 주는 제2의 화학적 상태에 이르러 있었다.' [08]

---

[08] 같은 책, 183쪽

　물론 우리가 계속 삶을 살아가야 하는 한, 이런 비정상적인 상태가 언제까지나 지속될 수는 없다. 마르셀 역시 일정 기간이 지나자, 알베르틴에 대한 그리움이 서서히 사라지고 있음을 자각한다. 그러나 사랑하는 이가 자기 안에, 아니 '자기 몸 안'에 살아있음을 감각적으로 느끼는 경지는 아무나 경험할 수 있는 건 아닌 게 분명하다. 내가 주제넘게 생각했듯 알베르틴이 취향이나 지적 능력 등 그와는 잘 맞지 않는 여성이라고 해서 둘이 헤어지는 게 낫지 않을까 생각하는 건, 매우 냉철한 판단일지는 몰라도 프루스트적인 감수성과는 꽤나 거리가 먼 것임에 분명하다.

　이처럼 격렬한 심적 고통을 경험한 마르셀은 천식과 같은 지병이 심해져 한동안 요양원에서 지낼 수밖에 없었다. 요양원에서 나와 목숨을 걸고 집필에 몰두하게 된 『잃어버린 시간을 찾아서』는 이런 측면에서 볼 때 잃어버린 자기의 비극적 사랑을 다시 찾아나서는, 또 하나의 절절한 절규라 할 수 있다.

　우리 안에 있는 여러 자아 중, 중요한 두 개의 자아인 사랑하는 자아와 자기 일을 추구하는 자아가 서로 크게 갈등하지 않는 사람은 복 받은 사람임에 틀림없다. 그러나 그런 경우가 흔치 않다는 걸 차치하고서라도, 프루스트에게 있어서 사랑의 고통은 그의 삶과 작품 모두에 가장 아름답고 진귀한 무늬를 그려준, 예리한 조각 끌이었다.

PHILOSOPHICAL ESSAYS
ON CLASSIC LITERATURE

03-04

Lev Tolstoi

АННА КАРЕНИНА

레프 톨스토이의
『안나 카레니나』에 대하여

열정적인,
너무나 비극적인

엊그제, 식목일을 이틀 앞둔 일요일 날 부모님 산소에 다녀왔다.
아빠가 돌아가시고 오 년 뒤에 엄마가 따라가셨지만 지금 두 분은
나란히 어깨를 맞대고 누워 계신다. 자주 뵙지 못해 어쩌다 다녀오
면 마음이 가벼워지면서 또 다른 한편 착잡해지기도 한다.

일제 치하에 살다가 6·25를 경험하고, 1·4후퇴 때 부산으로
피난 와 갖은 고생을 다 했던 엄마 때문이다. 엄마는 그 뒤, 자식은
서울에서 공부시켜야 한다며 평생을 한량으로 산 아빠의 등을 밀
쳐가며 기어이 서울까지 올라온 극성 부모였다. 나중에 내 추측으
로 알게 된, 엄마의 실제 의도는 당시 아빠가 사귀고 있는 여자를
떼어놓으려는 게 더 컸던 것 같지만.

엄마는 일 년 365일 단 하루도 가게 문을 닫지 않았다. 옷가게
를 하는 사람들에게 제일 힘든 일 중의 하나가 바로 재고 처리다.
계절이 다 지나도록 팔리지 않은 옷들을 제때에 도매시장에 가서
새 옷으로 바꿔 와야 한다. 일주일에 두 번 정도, 자정이 다 돼 장
사를 마치고 난 엄마는 다음 날 새벽 도매시장에 가지고 갈, 팔리
지 않은 옷가지들을 하나하나 대막대기로 끄집어내려 큰 자루에
담아 놓곤 했다.

- 레프 톨스토이의 『안나 카레니나』에 대하여 1

　대학 졸업을 앞둔 어느 날, 나는 큰마음 먹고 효도한답시고 엄마를 따라가기로 했다.
　온 세상이 컴컴한 어둠과 함께 꽝꽝 얼어붙은 겨울 신새벽이었다. 나는 떠지지 않는 두 눈을 비비며 속으로 왜 따라가겠다고 했나, 후회하며 겨우 일어나 엄마를 따라나섰다. 택시를 타고 동대문시장 앞에 내리자, 엄마는 한쪽 어깨엔 당신 몸체만한 자루를 걸치고, 다른 한쪽 손엔 커다란 보따리를 거머쥔 채 그곳만 예외적으로 불빛이 환한, 좁은 골목 안으로 들어섰다. 그곳은 하얀 입김을 뿜어내며 흥정을 하는 점포 상인들과 소매상인들 사이로 지게 짐을 실어 나르는 아저씨, 작은 손수레를 밀고 다니며 믹스커피를 파는 아줌마들로 땀 냄새가 펄펄 나는 별세계였다. 내가 좀 들어주려해도 마다하고 나에겐 작은 보따리만 하나 들게 하곤 엄마는 혼자 앞장서서 이곳저곳을 누비고 다녔다. 그 숱한 옷집들 중 이전에 옷을 산 집을 일일이 다 기억하기도 힘들 것 같았지만, 무사히 일을 마친 엄마는 곧바로 골목을 빠져나왔다. 살얼음이 살짝 껴 있는 땅바닥 위로 매서운 바람이 귀를 떼어갈 듯 얼굴을 때리고 달아났다.

어렸을 때 엄마의 언니가 업어주다가 넘어지는 바람에 한쪽 발이 살짝 비틀어진 엄마였다. 양쪽에 큰 혹을 하나씩 단, 몸이 비대한 엄마가 미끄러지지 않으려고 뒤뚱거리며 한 걸음 한 걸음 내딛었다. 이어 건너편 상가 골목으로 가기 위해 지하도 계단을 땀을 뻘뻘 흘리며 내려가는 엄마의 모습에, 한 대 세게 얻어맞은 듯 코끝에 통증이 왔다.

그렇게 남대문 시장과 동대문 시장을 누비던 엄마였다. 당연히 일 원도 허투루 쓰지 않았지만, 엄마가 자식 교육 외에 돈을 잘 아끼지 못했던 게 바로 예쁜 것들이었다. 엄마는 내 딸이 입으면 예쁠 것 같은 원피스나 색깔이 화려한 꽃들을 특히 좋아했다. 그런 엄마답게 엄마는 아빠의 훤칠한 외모에 반해 결혼해서 평생 고생을 하며 사셨다. 엄마는 아빠만 없었다면 재벌이 됐을 거라고 농담처럼 말하곤 했다. 실제로 주위 분들은 엄마를 자기 옆에 손님들을 따라붙게 만드는 타고난 장사꾼이라고 했다. 때론 손해도 보고 덤도 후하게 내어줄 줄 아는 엄마의 인정 많은 성품 때문이었지 않나, 싶다.

하지만 성격이 너무 다른 두 분은 다툼이 많았다. 평생 엄마는 아빠를, 아빠는 엄마를 서로 잘 이해하지 못한 채 평행선을 그으며 살다 가셨다.

ANNA KARENINA

톨스토이의 『안나 카레니나』는 나에겐 남녀의 사랑과 그 비극적

종말을 그린, 가장 뛰어난 작품이다. 이미 내용을 다 알고 있지만, 아무 때나 다시 잡아도 정신없이 다시 빠져들게 되고, 여전히 혀를 차며 감탄을 연발하게 만드는, 나의 원탑 고전이다.

예술 작품에서 최고 작품을 우리는 흔히 천의무봉, 즉 천사의 옷처럼 꿰맨 흔적이 하나도 없는 작품에 비유한다. 예컨대 바하의 칸타타나 쇼팽의 피아노곡을 들을 때, 혹은 미켈란젤로의 대리석 조각 작품을 볼 때 확 가슴에 와 안기듯 그냥 직감적으로 다가오는 그런 느낌의 작품을 말한다. 그러니까 작품에 대해 판단이나 사유를 하기 이전에 그저 지극히 자연스럽고 아름답다고 느껴지는, 그런 작품 말이다.

내가 볼 때 문학작품에서 최고의 천의무봉은 톨스토이의 『안나 카레니나』이다. 흥미롭게도 영미문학 전공 학자들을 대상으로 한, 모든 시대를 통틀어 가장 훌륭한 작품을 무엇으로 보냐는 설문조사 결과 역시 1위가 바로 톨스토이의 『안나 카레니나』였다.

이 세상 삼라만상이 놀라운 조화로 서로서로 맞물려 돌아가듯, 『안나 카레니나』 속 숱한 인물들과 사건들은 조금의 오차도 허용하지 않고 딱딱 맞아 돌아가는 수천, 수만 개의 톱니바퀴로 연결되어 있다. 그리고 더더욱 놀라운 것은 그 하나하나의 바퀴가 너무나 명징하면서도 탁월한 표현들로 조각되어 있고, 그 안의 내용이 심오하기 이를 데 없는 통찰들로 그득하다는 점이다. 인위적인 작품인 게 분명함에도 불구하고 그 안엔 눈에 거슬리는, 즉 무리하게 느껴지는 부분이 전혀 없다고 해도 과언이 아닐 정도다.

톨스토이가 1872년 1월『툴라 신문』에 실린 기사, 즉 훌륭한 옷차림을 한 신원 불명의 한 여인이 열차의 선로에 뛰어들었다는 기사를 보고 착상을 얻어 쓰기 시작한『안나 카레니나』의 주요 줄거리를 모르는 사람은 별로 없을 것이다. 하지만 안나를 죽음으로 몰고 간 과정, 다시 말해 안나로 하여금 열차 선로에 몸을 던지지 않을 수 없게 만든 요인에 대해 정확히 인식해 내기는 쉽지 않은 것 같다. 사실 학자들 사이에서도 이에 대한 설명은 의견이 분분한 상태이다.

『안나 카레니나』작품이 아까 내가 말했듯 소위 아리스토텔레스가 강조한 내적 필연성이 뛰어난 작품이라면, 당연히 안나를 죽음으로 내몰고 간 과정에 대한 묘사에서 그 진가가 발휘될 수밖에 없을 것이다.『안나 카레니나』작품의 백미 중의 하나는 바로 이 과정에 대한 치밀하고 명증한 묘사에 있다고 해도 과언이 아니다.

오빠 스티바의 바람기 때문에 올케 둘리를 위로하러 모스크바에 간 안나는 마침 자기 엄마를 마중하러 기차역에 온 브론스키를 만나게 되는데, 며칠 뒤 무도회에서 다시 만난 브론스키와 춤을 추는 동안 그가 내뿜는 열정에 마음이 흔들리자 곧바로 모스크바를 떠난다. 하지만 놀랍게도 브론스키가 자기를 뒤쫓아 기차를 탄 사실을 알게 되는 안나. 안나는 자기를 만나러 페테르부르크 사교계에 드나드는 브론스키를 물리치려 하지만, 조금씩 그에게 빠져들게 되고, 결국 그와 불륜의 관계를 맺게 된다.

경마 대회에 참가한 브론스키가 말에서 떨어지자 사색이 다 된 안나는 남편의 경고에도 불구하고 그와의 관계를 정리하지 못하는

데. 급기야 임신을 하게 된 안나. 아기를 낳는 과정에서 죽음의 문턱을 넘나든다. 절체절명의 순간, 남편은 두 사람을 용서하고, 브론스키는 페테르부르크를 떠나려고 결심한다. 이별의 고통을 이기지 못한 브론스키는 권총으로 자살을 시도하지만 미수에 그치고. 기어이 두 사람은 이탈리아로 밀월여행을 떠난다.

이탈리아에서 저택을 구입해 그림 그리기에 열중하는 브론스키. 몇 달 뒤 다시 두 사람은 페테르부르크로 돌아오는데, 안나는 이전에 가깝게 지냈던 사교계 부인들에게서 모욕을 받고 배척을 당한다. 이제 두 사람은 시골에 정착하여 병원, 학교를 지으면서 새로운 사업에 몰두하는데. 남편과의 이혼 문제를 매듭짓기 위해 다시 모스크바로 돌아온 두 사람. 사소한 오해와 갈등이 쌓이면서 안나는 기어이 기차역 선로에 자기 몸을 던지고 만다.

두 사람의 외적 관계의 변화를 중심으로 줄거리를 간략하게 정리해 보았다. 이와 같은 줄거리 자체의 강렬함 이외에 톨스토이의 탁월성은 바로 두 사람이 관계를 맺어나가는 마디마디마다 미묘하게 변화해 가는 두 사람의 심리를 현미경처럼 섬세하게 묘사해낸 데에 있다. 그리고 바로 이런 점이 제임스 조이스나 버지니아 울프로 이어지는, 의식의 흐름의 기법에 끼친 톨스토이 문학의 영향을 설명해준다 하겠다.

안나를 죽음으로 몰고 간 주범은 말할 것도 없이 안나의 내면에서 찾아져야 한다. 지금부터는 이 부분을 중심으로 줄거리를 다시 정리해 보려고 한다.

오빠와 올케 사이의 불화를 어느 정도 진정시키고 난 안나는 올케의 여동생인 키티의 권유로 무도회에 참석한다. 무도회에서 뜻밖에 브론스키를 만난 안나는 그와 춤을 추는 동안 그의 열정에 자기도 모르게 행복과 흥분을 느끼지만, 자기가 브론스키를 애모하는 키티의 기대를 망쳐놓았다는 죄책감에 곧바로 짐을 꾸린다. 하지만 안나는 간이역에서 브론스키가 자기를 따라온 사실을 알게 되자 겉으론 그를 물리치면서도 강렬한 흥분을 느낀다.

페테르베르그에 돌아온 안나. 처음에는 자기가 브론스키를 못마땅하게 생각할 줄 알았는데 사교계에서 그가 보이지 않을 때마다 어김없이 실망하는 자기 자신을 발견한다. 브론스키의 집요한 접근을 물리치지 못하고 결국 그와 육체적으로 결합하는 안나. 하지만 그 이전에는 한 번도 느껴보지 못한, 강한 수치심과 죄책감에 빠져든다.

이제 사교계의 가십거리가 되고 만 두 사람. 안나는 높은 지위의 남편 카레닌의 엄한 경고를 받게 되고, 점점 더 자기의 미래에 대해 극도의 혼란과 공포를 느낀다. 자기가 임신한 사실을 브론스키에게 털어놓는 안나. 브론스키는 이제 더 이상 둘의 관계를 이대로 끌고 갈 수 없다는 것을 깨닫는다. 하지만 둘만의 새로운 출발을 이야기하려 할 때마다 입을 닫아버리는 안나를 이해하지 못하는 브론스키. 사실 안나는 그럴 경우 아들의 문제를 어떻게 해야 할지 알 수 없었고, 브론스키가 아들 문제에 관한 한 자기를 이해하지 못하리라 생각한다(참고로 당시 제정 러시아에서는 이혼을 인가받기가 무척 어려운 상황이었다. 배우자의 부정으로 명예에 상처를 입은 쪽만이 이혼 소송을 제기할 수 있었고, 부정을 저지른 쪽은 자녀의 양육권과 재혼할 권리를 박탈당했다).

그러던 중 경마 대회에서 말에서 떨어진 브론스키를 보고 경악한 안나. 이제 더 이상 그에 대한 자기의 애정을 남편 앞에서 숨기지 않는다. 하지만 다음날 남편이 자기에게 어떠한 처벌도 가하지 않자, 자기의 삶이 예전 그대로 남게 되리라는 것, 즉 부정한 여자로 이중적인 삶을 살아갈 수밖에 없다는 사실을 깨닫고 절망한다. 한편 여자를 남자의 활동을 가로막는 방해물로 보는 출세주의자 세르푸호스키와의 우정, 그리고 어느 외국 왕자의 여행 안내를 맡은 브론스키는 임신으로 몸이 불어난 안나에 대한 애정이 살짝 식는 걸 느끼지만, 그 어느 때보다 안나에게 자기가 묶여있음을 자각한다. 자유분방한 브론스키를 질투하며 괴로워하는 안나. 안나는 이 모든 고통이 자기의 죽음으로 끝이 날 거라는 사실에서 겨우 위안을 얻는다.

출산하는 과정에서 혼수상태에 빠진 안나를 본 의사는 죽음을 예견하고, 남편 카레닌은 안나를 용서해 준다. 한편 안나를 떠나려고 결심하는 브론스키는 치욕적인 기억만을 남긴 채 그녀를 영원히 잃어버려야 하는 괴로움에 권총으로 자살을 시도하나 미수에 그치고 만다. 다시 서로의 열정을 확인한 두 사람은 이탈리아로 여행을 떠나게 되는데. 모든 사회생활의 틀에서 벗어나 24시간 자유를 누리는 생활에 조금씩 지루함을 느끼게 되는 브론스키. 그림에 손을 대보지만 결국 자기의 천직이 아님을 깨닫게 되고, 두 사람은 다시 페테르부르크로 돌아온다.

아들과의 만남을 거절당하는 안나. 심지어 모든 사교계에서 배척당하고, 오페라 극장에서는 노골적인 모욕까지 당한다. 이제 시골로 내려가 새로운 사업에 몰두하는 두 사람. 하지만 브론스키는 안나가 이혼을 하지 않는 한 자기 딸이 카레닌의 딸이 되고 말 거라는 상황에 절망하고, 안나는 이혼할 경우 자기 아들 세료쟈를 잃어버리리라는 것 때문에 점점 더 모르핀에 의지한다. 세료쟈와 브론스키를 똑같이 자기 자신보다 훨씬 더 사랑하기에, 어찌할 바를 모르는 안나. 결국 아들을 포기하고 이혼을 결심한다.

이혼을 매듭짓기 위해 모스크바로 온 두 사람. 하지만 점점 더 두 사람을 갈라놓는 내적 분노가 깊어 가는데, 안나는 사교계 생활을 지속하는 브론스키를 끊임없이 의심하고, 새로이 모스크바의 정치 생활에 흥미를 느낀 브론스키는 자기의 남자로서의 독자성을 위협하는 안나를 경계한다.

계속해서 사소한 오해와 갈등이 쌓여가고, 이제 브론스키의 사랑마저 의심하는 안나. 아들까지 포기한 자신이 브론스키의 사랑마저 잃었다고 생각하며 절망하는데. 자기망상에 점점 더 빠져들게 된 안나는 기어이 달리는 열차에 몸을 던지고 만다.

가장 열정적이었지만 가장 커다란 비극으로 끝나 버린 남녀의 사랑, 자기 목숨처럼 사랑했지만 서로의 목숨을 옥죄이고 만 사랑이 바로 안나와 브론스키의 사랑이다. 두 사람은 한 번도 경험하지 못한 성적 본능에 이끌려 사회적 금기를 뛰어넘을 정도로 사랑했지만, 어느 누구의 잘못이라고도 하기 어려운 상황의 전개 속에서 비극적 결말을 피하지 못했다. 두 개의 삶이 불꽃처럼 타올라 하나의 선로로 합쳐졌지만, 결국 그 선로는 서로 어긋난 행로로 갈라지고 말았다.

여성과 남성의 상호 몰이해는 여성과 남성의 서로 다르게 형성된, 인성(personality)의 차이에서 어느 정도 설명 가능하다. 오죽하면 여성과 남성이 서로 다른 별에서 왔다는 의미의 '화성에서 온 남자, 금성에서 온 여자'라는 말이 다 생겨났겠는가. 이 점은 톨스토이가 그린, 가장 여성다운 여성인 안나와 세속적인 의미에서 최고의 남성인 브론스키에게도 예외가 아니다.

인간의 내면적 특질들은 그가 담당해온 노동의 성질에 의해 강화되거나, 약화된다. 마치 테니스를 수십 년 동안 쳐온 사람의 한쪽 팔의 길이가 테니스 채를 잡지 않은 다른 쪽 팔보다 길어지는 것처럼, 그가 담당하는 노동은 그 노동이 필요로 하거나 요구하는 내적 성질을 강화시킨다.

여성과 남성은 역사 이래 수천 년 동안 서로 다른 노동을 담당해왔다. 지금까지 대부분의 인류 사회에서 남성은 대체로 사회적 노동을 담당해왔고, 여성은 살림, 육아 등 집안에서 사적 노동을 담당해왔다. 사회 속에서 다수의 사람을 상대하는 사회적 노동은 남성에게 독립심과 의지력, 냉철한 판단을 하는 합리적 능력 등을 길러주었고, 가족이라는 친밀한 집단 안에서 가족 구성원의 욕구를 충족시켜 주는 사적 노동은 여성에게 따뜻한 보살핌과 사랑을 실천하는 감성적 성향을 길러주었다.

가장 훌륭한 여성인 안나는 아들에 대한 사랑과 브론스키에 대한 사랑이라는, 절대 화합하기 어려운 그 두 사랑의 갈등으로 인해 고통을 받다가, 마지막에 어쩔 수 없이 브론스키에 대한 사랑을 선택하고 여기에 자신의 전부를 걸게 된다. 한편 이와는 달리 부와 총명, 귀족다운 매너와 육체적 매력을 다 갖춘, 앞길이 창창한 시종무관이었던 브론스키는 비록 출세를 포기한다 치더라도 사회 속에서의 삶을, 남성으로서의 독립성을 포기하고 싶어하지 않는다.

안나를 열렬히 사랑했지만, 브론스키는 세료쟈의 엄마로서의 안나의 고통을 충분히 이해하지 못했고, 안나는 자기 목숨보다 더 브론스키를 사랑했지만, 그의 남성으로서의 내면을 속속들이 알지 못했다. 결국 안나는 브론스키의 남성으로서의 독립성에 대한 요구를 자기에 대한 사랑이 식은 것으로 잘못 해석하고 만다.

그런데 이러한 안나의 오해는 당시 안나가 놓여 있던, 극도로 어려운 상황 속에서 더 강화된 것이다. 당시 러시아 상류사회는 그 두 사람에게 결정적으로 서로 다른 상황을 제공했다. 즉, 당시 귀족들의 삶에 매우 중요한 역할을 담당했던 사교계는 유부녀를 사랑한 브론스키는 기꺼이 받아들였지만, 남편을 배신한 안나에게는 철저히 문을 닫았다. 그렇지 않아도 스스로 수치심과 죄책감에 고통받는 안나에게 모스크바는 '사람을 만날 때마다 자기의 심장에 칼이 꽂히는 것처럼 느껴지는' 곳이 되어 있었다.

이렇듯 한 인간에게 중요한, 사회생활과 교제가 허용되지 않은 안나에게 사랑은 거의 절대적인 의지처가 되어버렸지만, 아들마저 포기하고 자기의 모든 것을 걸었던 브론스키의 사랑 역시 믿을 수가 없게 된다. 안나는 아무것도 할 수 없는 모스크바에서 영국인 소녀 한나의 교육에 정성을 쏟는 자기를 비난하는 브론스키에 대해 이렇게 생각한다.

'난 그가 무슨 말을 하려 했는지 알아. 그는 이렇게 말하고 싶었던 거야. 자기 딸도 사랑하지 않으면서 남의 아이를 사랑하는 것은 부자연스럽다고 말이야. 그가 자식에 대한 사랑을 어떻게 알겠어? 내가 그를 얻기 위해 희생한 세료자, 그 아이에 대한 나의 사랑을 그가 어떻게 알겠어? 그건 나를 아프게 하려고 한 말이야! 아니, 그는 다른 여자를 사랑하는 거야. 그렇지 않고서야 이럴 수 없어.' [09]

안나는 악의에 차 브론스키를 비난하고, 브론스키 역시 더 이상 자기의 인내심을 시험하지 말라며 안나에게 화를 낸다. 급기야 브론스키가 더 이상 자기를 사랑하지 않는다는 확신을 맹목적으로 밀고 나간 안나는 죽음을 향해 돌진하게 된다.

'남편의 수치와 치욕도, 세료자의 수치와 모욕도, 나의 끔찍한 수치도, 모든 게 죽음으로 구원받을 거야. 죽자. 그러면 그도 뉘우치겠지. 날 불쌍히 여기고 날 사랑하게 되겠지. 나 때문에 괴로워

09 『안나 카레니나』 3권, 톨스토이, 연진희 옮김, 민음사, 2012, 400쪽

도 하겠지.'[10]

톨스토이는 『안나 카레니나』에서 레빈의 입을 빌어 안나를 가장 매력적이고 훌륭한 여성으로 칭송하고 있다. 하지만 그토록 훌륭한 여성인 안나는 결국 자기망상의 노예가 되어 비극적 최후를 맞이한다. 결론적으로 이와 같은 비극의 원인을 안나나 브론스키라는 개별적 존재에게서 찾기보다는(물론 이런 면도 있긴 하지만), 당시 사회의 시대적 한계라 할 수 있는, 남녀에 대한 극단적으로 서로 다른 사회적 편견과 대우, 그리고 여성과 남성의 서로 다른 내면적 특성과 상호 몰이해에서 찾는 건 꽤 합리적일 듯하다.

21세기를 살고 있는 우리 앞에는 물론 조금 더 나은 여건이 형성되어 있다. 그리고 더 나은 여건을 만든 것은 바로 여성들의 사회 활동의 증가이다. 다수의 여성들이 이제는 사회적 노동을 남성들과 함께 담당하게 됨으로써 우리는 더 이상 과거의 '여성다운 여성, 남성다운 남성'을 이상적인 인간상으로 추구하지 않는다. 과거처럼 얌전하게 희생만 하지 않고 사회 속에서 당당하게 자기 의사를 펼쳐나가는 여성이, 그리고 가족의 한 일원으로서 적극적이고 주체적으로 가사노동과 육아를 함께 하는 남성이 훨씬 더 바람직한, 그런 사회가 된 것이다. 이제 비로소 일면적이지 않은, 총체적

---

10 같은 책, 408쪽

인 인간상이 실현 가능한, 더불어 남녀의 관계 역시 이전 시대의
상호 몰이해에서 벗어나 상호 이해와 폭넓은 공유가 가능한 시대
가 도래한 것이다.

정념이냐,
영혼이냐

    몇 년 전에 가족 모두 뮤지컬 〈안나 카레니나〉를 보러 예술의 전당에 간 적이 있다. 평소에 나한테서 소설 『안나 카레니나』 얘기를 여러 번 들었던 딸아이가 표 다섯 장을 예매하겠다고 문자를 보내왔다. 적지 않은 가격이었다. 결혼한 지 얼마 되지 않은 딸아이라 사위에게도 미안해서 잠시 주저했지만, 말리지 않고 그냥 고맙다고만 했다. 다른 뮤지컬이었으면 아마 말렸을 게다. 하지만 〈안나 카레니나〉였기에 그럴 수 없었다. 안나 역은 옥주현이, 브론스키 역은 민우혁이 맡은 〈안나 카레니나〉 포스터의 색채가 아주 강렬했다. 붉디붉은 바탕색에 검은 드레스를 입은 안나가 고개를 앞으로 숙인 채 풍성한 검은 머리카락을 길게 늘어뜨린 모습에서 사랑과 죽음을 읽어내기는 어렵지 않았다. 한껏 부풀어 오른 기대가 공연을 기다리는 기간 내내 줄어들 줄 몰랐다.

    하지만 뮤지컬을 다 보고 난 나의 기분은 대실망이었다. 공연장 문을 열고 나오자마자 내 감상을 묻는 아이들 앞에서 표정 관리를 해야 할 정도였다. 원래 자기 감정을 감출 줄 모르는 사람이라 쉽지 않았다. 커다란 기차 바퀴 그림으로 장식한, 꽤 인상적인 무대 배경과 리드미컬하고 빠르게 진행되는 이야기 전개, 극적인 아리아와 풍성한 오프닝 넘버 등 볼거리, 들을 거리가 넘치는 공연이었지만 좀처럼 만족하기 어려웠다. 뮤지컬을 보고 이렇게 실망한 적은 없었다. 아무래도 기대가 너무 컸다. 엄마를 위해 거금과 귀한 시간을 내준 딸아이에게 미안했다.

내가 그토록 만족할 수 없었던 건 크게 두 가지 때문이었다. 하나는 공연 속에서 점점 더 극단으로 치닫는, 안나의 섬세한 내면을 제대로 볼 수 없었던 점이었고, 다른 하나는 이 작품 속 또 다른 주인공인 레빈이라는 인물이 거의 다루어지지 않았다는 점이었다. 물론 한정된 시간 안에 대작인 장편소설을 담아야 하는, 그것도 뮤지컬로 표현해야 하는 한계에서 오는 필연적(?) 결과일 게다.

흥미롭게도 『안나 카레니나』를 출판할 당시, 톨스토이는 안나의 자살로 마무리되는 7부에서 작품을 끝내야 한다는 출판사 편집장의 주장을 받아들이지 않고, 기어이 자비를 들여 8부를 출간했다. 8부는 안나의 죽음 이후 그녀와 아무 관계없이 진행된 레빈의 결혼 생활을 그리고 있다. 그러니까 당시 출판사 편집장은 작품의 대중적 성공을 위해선 안나의 비극적 자살에서 이야기가 끝나야 한다고 보았다고 할 수 있다. 하지만 톨스토이가 『안나 카레니나』에서 가장 심혈을 기울여 그린 인물은 안나 한 사람이 아니었다. 깊이와 양적인 측면 모두에서 톨스토이는 레빈을 안나와 거의 동일한 비중으로 다루었다.

　이처럼 『안나 카레니나』의 주인공은 안나와 브론스키가 아니라 안나와 레빈이다. 얼핏 보면 기이한 조합이다. 대체로 한 소설의 주인공은 서로 사랑하는 두 사람인 경우가 대부분이기 때문이다. 그런데 『안나 카레니나』는 다르다. 바로 이 점 때문에 혹자는 『안나 카레니나』의 구조가 완벽한 통일성을 달성하지 못하고 있다고 비판하기도 한다.

　『안나 카레니나』의 주인공이 안나와 브론스키가 아니라 안나와 레빈인 이유는 나의 견해로는 톨스토이가 가장 훌륭한 남성으로 본 사람은 브론스키가 아니라 레빈이기 때문이다. 당연히 톨스토이의 분신 역시 브론스키가 아니라 레빈이다. 아마도 톨스토이로서는 안나로 하여금 오해와 헛된 망상에 빠져 자살하게끔 만든, 아니 방관한 브론스키를 가장 훌륭한 남성으로 보기는 힘들었을지 모른다.

　레빈과 브론스키 모두 명문 혈통에 막대한 부를 이어받은 젊은이이지만, 그 둘의 차이는 작품 속에서 다양하게 발견된다. 두 사람의 차이는 우선 그들의 사교계에 대한 태도에서 뚜렷하게 드러난다. 독신자 클럽을 포함해 사교계가 브론스키에게 삶에 적당한 활력과 재미를 주는 곳이라면, 레빈에게 있어서 사교계는 그것이 갖는 경박성, 비생산성 때문에 가급적 멀리하고 싶은 곳이다(사교계에서 서툴고 불편해하는 레빈의 모습은 톨스토이의 『전쟁과 평화』속 피에르를 많이 닮아 있다). 그러기에 레빈은 당시 모스크바 상류층 남자들 사이에서 유행하는 기다랗게 기른 손톱을 보고 기겁을 하기도 하고, 자기 친구이자 안나의 오빠인 스티바를 따라 들어가게 된 독신자 클럽에서 그 안의 장식을 보고 눈썹을 찌푸린다.

'청동제 장식들, 거울, 가스, 타타르인, 이 모든 것이 그의 눈에 거슬렸다. 그는 자신의 영혼에 충만한 것을 더럽힐까 봐 두려워했다.'[11]

거대한 영지를 물려받은 지주로서 농민들과 함께 직접 농사를 지으면서 대다수 농민들의 삶에 대해 늘 관심을 갖고, 낙후된 러시아의 농업을 개선해 나가려는 이상주의적 인물이 바로 레빈이다. 그의 순수한 영혼은 그로 하여금 러시아 농업 전반의 문제를 개선하기 위한 책을 저술케 하면서, 다른 한편 왜 사느냐와 같은 근본적인 삶의 문제에 대한 사색을 멈추지 않게 하고 있다.

이 두 사람과 재미있는 삼각형의 한 꼭짓점에 위치한 사람이 바로 안나의 오빠인 스티바이다. 스티바는 온갖 맛있는 음식을 만끽할 수 있는 독신자 클럽이나 화려한 사교계 없이는 도저히 살 수 없는 사람으로, 별로 하는 일 없이 공직에 있으면서 적지 않은 봉급을 받음에도 불구하고 씀씀이가 헤퍼 재정 상태가 늘 위태로운

---

11 같은 책, 1권, 85쪽

사람이다. 철저히 현재를 사는 감각적인 사람인 스티바는 집안의 가정교사와 바람을 피워 아내가 괴로워하는 모습을 보고 어찌할 바를 모르는 순진한 사람이지만, 자기가 뭘 잘못했는지는 끝내 알지 못할 만큼 철부지이다. 그와는 달리 어렸을 적 엄마를 잃어 항상 이상적인 가정을 꿈꿔온 레빈은 키티에게 청혼하기에 앞서 자기가 육체적으로 완전히 순결한 남자가 아니라는 사실 때문에 엄청난 죄책감에 시달린다.

이처럼 세 사람 모두 선량한 사람임에도 불구하고 차이는 분명하다. 톨스토이는 스티바의 입을 빌어 레빈의 특징을 바로 그의 순수한 영혼에서 찾고 있다.

"자네는 매우 순수한 사람이야. 그건 자네의 미덕이자 결점이기도 하지. 자네는 순수한 성격이라 인생 전체가 순수한 현상으로 이루어지기를 바라지만, 그런 일은 있을 수 없어. … 행위와 목적이 언제나 일치하기를 … 한 인간의 행동이 언제나 목적을 갖기를, 사랑과 가정생활이 언제나 일치하기를 바라지. 하지만 그런 일은 불가능해. 인생의 변화, 인생의 매력, 인생의 아름다움, 그 모든 것은 빛과 그림자로 이루어져 있기 마련이야."[12]

브론스키는 완전히 본능적 인간인 스티바와 정신적 인간인 레빈의 중간 지점에 있다고 할 수 있다. 브론스키는 귀족의 후예답게

---

12 같은 책, 1권, 99쪽

무엇보다 명예를 중시하는 자로 그가 느끼는 고통은 주로 명예롭지 못한 상황에서 경험하게 되는 수치심에서 비롯된다. 브론스키는 병원과 학교 건설 사업에 열을 올리긴 하지만, 그의 이러한 행동은 레빈처럼 이상주의적 성향에서 나온 것이 아니라 다분히 명예와 실리를 따지는 현실주의적인 행동일 뿐이다. 크게 보아 브론스키의 삶은 근본적으로 본능이나 욕망을 추구하는 삶에서 벗어나 있지 않다.

이러한 점은 브론스키가 안나와 이탈리아 여행 중 느끼는 권태감에 대해 톨스토이가 설명하고 있는 부분에서 잘 드러나 있다.

'한편 브론스키는 그가 그토록 오랫동안 바라던 것이 완전히 이루어졌는데도 충분한 행복을 느끼지 못했다. 그는 곧 자기 욕망의 실현이 자신이 기대하던 행복이라는 산에서 겨우 모래알 하나만을 주었다고 느꼈다. 이 실현은 그에게 행복을 욕망의 실현으로 상상하던 사람들이 저지르는 그런 영원불변의 과오를 보여 주었다.'[13]

ANNA KARENINA

현실적 욕망이나 정념에 따라 사는 브론스키와 달리 이상적인 가치를 추구하는 레빈은 정신, 혹은 영혼에 따라 사는 사람이다. 그런데 여기서 한 걸음 더 나아가 톨스토이는 똑같이 이상주의자이기는 하지만 레빈과 그의 큰형 세르게이 이바노비치, 두 사람의 차이에 주목한다.

---

13 같은 책, 2권, 481쪽

당대 러시아 최고 지식인 중 한 사람인 레빈의 큰형 세르게이 이바노비치가 관념적 이상주의자라면 레빈은 단순히 이성적 판단에 의해 움직이는 지식인들과는 다른 인물이다. 어렸을 적부터 큰형을 존경해온 레빈은 논쟁에서 늘 자기를 이기는 형을 알면 알수록 그에게 뭔가 결핍된 것이 있음을 발견한다.

'그 결핍이란 선하고 정직하고 고결한 열망이나 취향의 결핍이 아닌 생명력의 결핍, 즉 마음이라고 불리는 것의 결핍, 인간으로 하여금 무수하게 놓인 삶의 길 가운데 하나를 선택하여 그 하나만을 바라게 만드는 갈망의 결핍이었다. 형을 더 많이 알게 될수록, 레빈은 형을 비롯하여 공익을 위해 일하는 많은 활동가들이 가슴으로 공익에 대한 사랑에 이끌린 것이 아니라 이성으로 이 일을 하는 것이 좋다고 판단했고 오직 그러한 판단에 따라 이 일에 종사하고 있다는 것을 더욱더 분명히 깨닫게 되었다.'[14]

과학적 유물론자인 세르게이 이바노비치 같은 사람들의 행동을 이끄는 것은 뜨거운 심장이 아니라 냉철한 이성이다. 그들의 삶은 이성적이고 논리적인 사유에 의해 인도되기 때문에 때로 현실과는 괴리된 비현실적인 결론에 종종 이르기도 한다. 즉 그들은 손쉽게 현실에서 벗어난, 단순한 관념적 이상화에 빠진다.

'그는 자신이 사랑하지 않는 생활과 대조하여 시골을 사랑하고 찬미한 것과 똑같이, 민중에 대해서도 그가 좋아하지 않는 계급의

14 같은 책, 2권, 14, 15쪽

사람들과 대조하여 그들을 사랑하고 그들을 사람 일반과 대조되는 무엇으로서 파악했다.' [15]

이와 유사하게 레빈은 당대 러시아 지식인들에게 영향을 끼쳤던 사회주의 사상에서도 순전히 관념적인 이상에서 이끌어낸, 비현실적인 측면을 날카롭게 비판하고 있다.

"내 생각에는 … 개인의 이해에 토대를 두지 않는 활동은 오래갈 수 없어. 이것은 보편적인 진리이고 철학적인 진리야." [16]

레빈은 이론적 이성에서 출발하는 관념적 이상주의자가 아니라, 뜨거운 가슴으로 사랑을 실천하려는 이상주의자이다. 큰형과 달리 병에 걸려 비참한 최후를 맞이하는 작은형을 직접 돌보고, 작은형을 냉대하는 큰형에게는 정신적 위안의 장소(레빈의 영지 내 저택은 이미 많은 이들에게 그런 장소가 되어 있었다)를 제공하고, 스티바를 포함한 처가 사람들의 삶을 물심양면으로 도우며, 농민들과의 관계를 끊임없이 개선해 나가는 레빈.
이처럼 안정되고 행복한 가정생활을 영위하고 있는 레빈에게 이제 마지막 질문이 기다리고 있다. 레빈은 우연히 만나 이야기를 나누게 된, 한 농부의 말에서 커다란 통찰을 얻게 된다.

"그래서 사람은 제각각이라고 하나 봅니다. 미추하처럼 자기 배

---

15 같은 책, 2권, 13쪽
16 같은 책, 2권, 30쪽

만 채우는 사람도 있고, 자기의 필요만을 위해 사는 사람도 있고, 포카니치처럼 공정한 노인도 있으니까요. 그분은 영혼을 위해 살지요. 그분은 하나님을 기억합니다." [17]

이처럼 레빈은 한 농부의 직관적 신념을 받아들여 하느님에 대한 믿음을 인간의 선한 행위의 근거로 인정하고 있다. 그리고 하나님에 대한 믿음에 근거한 인간의 선한 삶은 욕망에 따라 사는 것이 아니라 영혼에 따라 사는 것이라고 본다. 즉 '삶을 살 만한 것으로 만드는 유일한 것, 우리가 가치 있게 여기는 유일한 것은 바로 (욕망이나 정념이 아니라) 영혼에 따라 삶을 영위하는 것'이라고 결론짓는다.

ANNA KARENINA

톨스토이는 이러한 과정을 통해 자기 나름으로 기독교적인 믿음을 확고히 한 것 같다. 그 이후 그의 정신적 행적은 바로 이러한 믿음을 더 강하게 밀고 나가는 방향으로 진행되었다(물론 이 길은 무신론적인 현대인들에겐 따르기 쉽지 않은 길이다). 그러나 분명한 것은 욕망이나 정념에 치우친 삶이 아니라 그것을 넘어선 정신적 삶이 바로 우리 모두가 지향할 만한 삶이라는 것이다.

실제로 인습적 관계에 머무른 채 서로 별개로 각자의 삶에만 배타적으로 몰두하는 둘리와 스티바의 결혼생활이나 정념에만 치우

---

17 같은 책, 3권, 514쪽

친 안나와 브론스키의 결혼생활과 달리, 정신적 삶을 영위해온 레빈과 키티의 결혼생활은 우리에게 꽤나 이상적인 모습을 보여주고 있다.

물론 우리 인간은 순전히 정신적인 삶만을 영위할 수는 없다. 그렇다고 본능적인 삶 역시 그 한계가 분명하다. 어쩌면 우리는 매 순간 그 사이를 오락가락하며 균형을 잡으려 애쓰며 사는 게 아닐까? 톨스토이는 선한 영적(정신적) 삶의 튼튼한 기초로서 기독교적 신을 받아들였지만, 인간은 이러한 배경이 없어도 뜨거운 가슴을 갖고 선량하고 정신적인 삶을 영위할 수 있는 존재일 수 있지 않은가?

ANNA KARENINA

레빈의 뜨거운 가슴을 가진 이상주의자나 큰형 세르게이 이바노비치의 관념적 이상주의나 모두 칸트의 선의지에 따르는 자들이다. 칸트의 선의지는 자기의 이익이 있든 없든, 그러니까 손해를 보면서까지 옳은 일을 그것이 그저 옳은 것이기에 하려는 의지이다.

그렇다면 손해를 보면서까지 덕을 베풀려 하는, 선한 영혼은 도대체 왜 존재해야 하는가? 극심한 경쟁의 원리에 의해 움직이는 자본주의 사회는 이러한 순수한 영혼과 궁합이 잘 맞지 않는다. 우리 현대인들에게 있어서 과연 순수하고 선한 영혼은 어디에서 보상받을 수 있는가?

한창 젊었을 적, 뇌가 가장 말랑말랑하게 활발히 움직였을 대학교 1학년 시절, 나도 상당히 이상주의적이었던 때가 있었다. 주위의 모든 아이들이 입시에 열중하고 있는데 혼자 외로이 경쟁이란 제도에 회의를 품고 거부한 채 공부에도, 그렇다고 다른 어떤 것에도 제대로 몰두하지 못하고 방황만 하다 대학에 들어왔지만, 학교에서 배우는 내용이 내 흥미를 끌지 못했다.

철없던 당시, 내가 무엇보다 민감하게 생각했던 건 우리가 사는 세상이 정의롭지도 행복하지도 않다는 점이었다. 그러던 어느 날, 서점에서 칸트의 문고판 『실천이성비판』 책을 뒤적이다 맨 뒷부분에 실린, 책에 대한 소개 글을 읽게 됐다. 조금씩 빠져들며 읽어 내려가던 중, 정신이 번쩍 나게 하는 내용이 나왔다. 바로 부와 권력과 같은, 이 세상에서의 행복의 크기는 선의 크기, 즉 인격적 완성과 일치하지 않기 때문에 피안의 세계가 요청된다는 칸트의 주장이었다.

칸트 이론의 타당성을 어느 정도 인정할 수는 있었지만, 나는 그 이론이 결코 만족스럽지는 않았다. 죽은 다음에 맞이하는 정의로운 저세상이 현실 속 지금 우리에게 무슨 의미가 있을까 싶어서였다. 게다가 칸트가 말하는 피안의 세계가 기독교적 신의 나라를 암암리에 의미하기 때문에 나와 같은 무신론자가 받아들이기에는 한계가 있기 때문이기도 했다.

애석하지만, 사실 순수한 영혼은 현실적인 측면에서는 보상받을 수 없다.

하지만 순수한 영혼이 인간의 마음을 움직이는, 가장 강력한 힘을 가지고 있다는 점은 인정할 수밖에 없다.

우리가 인간인 한, 우리에게서 순수하고 선한 영혼을 가진 인간을 추구하고 흠모하는 마음을 완전히 떼어내기는 힘들 것 같다.

그런데 이러한 인간을 즐겨 그리는 분야가 바로 문학을 포함한 예술이다. 문학은 순수한 영혼을 위한 최후의 보루이자 최고의 위안이다.

내가 문학을 사랑하는 이유이다.

PHILOSOPHICAL ESSAYS
ON CLASSIC LITERATURE

Fyodor Dostoevskii

БРАТЬЯ КАРАМАЗОВЫ

표도르 도스토예프스키의
『카라마조프가의 형제들』에 대하여

동물적 욕망과
자존심의 이중주

코로나19 때문에 이삼 년 못 만났지만, 여전히 흔들림 없는 우정을 간직하고 있는 친구들이 있다. 고등학교 친구들이다. 주로 고등학교 일, 이학년 때 친하게 지내던 친구들로 직장 생활과 육아로 연락이 뜸하다가 여고 졸업 30주년을 맞아 다시 의기투합해 뭉치기 시작했다. 십 년 전부터는 가끔 부부동반 여행도 해왔다. 그러다 보니 관계가 더 돈독해졌다.

귀중한 내 자산 중 일부인 이 친구들은 확실히 사회에서 만난 친구들과는 많이 다르다. 누가 하나 그동안 몰랐던 새로운 단점이 드러나도, 서로 시새움할 만한 일이 생겨도 이런 것들이 우리 사이엔 큰 힘을 발휘하지 못한다. 거의 가족 같은 느낌이다. 아니, 때론 가족보다 관계가 더 진하게 느껴질 때도 있다.

한 인간의 생애에서 고등학교 시절이 갖는 의미가 중차대하다고 생각되는 건 비단 이뿐만이 아니다. 내가 철학을 전공하게 된 것도 여고 시절 나에게 강한 인상을 주었던 두 분의 선생님 덕분이다. 무조건 달달 외워야 하던 입시 위주의 수업에서 '양적 축적에 의한 질적 비약'과 '정-반-합' 등의 변증법 원리를 설명해주시던 물리 선생님의 수업은 겉으로 드러나는 무수한 현상들 그 너머에서 이 것들을 움직이는 원리를 깨닫게 해줌으로써 생전 처음 지적 희열 이라는 것을 느끼게 해주었고, '규칙적으로 운행하는, 깜깜한 밤하 늘 위 별들'과 '내 가슴 속에 들어있는 숭고한 도덕률'을 발견할 때 마다 무한한 전율을 느낀다는 칸트를 윤리 선생님이 소개해주셨을 땐 내 마음도 똑같이 출렁거렸다.

두 분의 강의는 그 당시 막막하게 꿈을 찾아 헤매던 나의 심장 을 철학이라는 신세계로 곧장 뛰어들게 해주었다. 내 주위로는 온 통 귀밑까지 바투 자른 검은 머리를 푹 숙인 채 입시 공부에 여념 이 없는 아이들뿐이었던 교실에서 한 순간 거칠 것 없는 머나먼 푸 르른 창공으로 나를 훌쩍 들어 올려주었던 강의였지 않나, 싶다.

시끌벅적한 시장 뒷골목, 우리 집엔 다행히 내 몸 하나 겨우 누일 만한 다락방이 있었다. 비록 별 하나 볼 수 없이 답답하기 그지없는 공간이었지만 동네를 가득 채우던 소란이 침범하지 못하는 나만의 해방구였다. 책 읽기와 공상하기엔 안성맞춤의 공간이었다. 엉성하고 가파른 사다리를 타고 기우뚱 올라가 침침한 전등 불빛 아래에서 도스토예프스키의 『카라마조프가의 형제들』을 남몰래(?) 누워 읽던 기억이 새삼 새롭다.

한껏 기대를 갖고 철학과에 들어갔지만 막상 철학 수업은 내 흥미를 크게 끌지 못했다. 그래서인지 대학 시절을 생각하면 캠퍼스 하늘 가득 우중충한 회색빛 하늘이 먼저 떠오른다. 추라도 매단 듯 무거운 심신을 이끌고 비탈진 길을 내려올 때마다 눈에 들어왔던 풍경이었다. 캠퍼스를 빠져나오면 곧장 학교 앞 서점에 들어가 책을 한 권 사서 집으로 향하던 날들이 많았다. 물론 손에는 철학책이 아니라 문학책을 들고 있기 일쑤였다. 돌이켜 보면 지금까지 나에게 인간과 인간의 삶에 대한 지혜를 선사해 준 것도, 또 나에게 최고의 지적 열락을 선사해준 것도 철학책이 아니라 문학작품, 특히 고전들이었다.

THE BROTHERS KARAMAZOV

서로 비슷한 시대를 살았던 도스토예프스키의 삶은 톨스토이의 삶과는 아주 달랐다. 방대한 영지를 가진 지주이자 명문 혈통의 귀족이었던 톨스토이와는 다르게 가난한 소지주인 군의관의 아들로 태어난 도스토예프스키는 대학 졸업 후 전업 작가를 직업으로 선택함으로써 평생 지식인 프롤레타리아 신분으로 가난에서 벗어나지 못했다. 신분에 대한 열등감과 도박으로도 벗어나지 못한 가난이란 질곡 이외에도 도스토예프스키는 외모 콤플렉스와 주기적으로 찾아왔던 간질병으로 고통을 받았다. 더욱이 이십 대 한창 예민한 시절, 사회주의적 경향을 띤 금요일 모임에서 벨린스키의 불온한 편지를 읽었다는 죄목으로 끌려간 그는 시베리아 유형 생활을 하게 된다. 그러던 어느 날, 전혀 예상치 못했던 사형 선고를 받게 되는데, 사형이 집행되기 직전 갑작스러운 황제의 특사로 극적으로 살아나, 그 뒤 사 년을 다시 감옥에서 지내게 된다(황제는 불온한 젊은이들을 혼내주기 위해 일종의 '처형 쇼'를 꾸몄다고 한다).

이처럼 도스토예프스키는 귀족과 평민, 죽음과 삶, 가난과 부, 명예와 치욕, 건강과 질병 등 양 극단 사이에서 위태로운 경계인의 삶을 살았다고 할 수 있겠다.

도스토예프스키의 불운했던 환경과 극적인 체험은 그의 문학 세계를 톨스토이와는 완전히 다른 영역으로 이끌었다. 방대한 영지를 그 누구의 지배도 받지 않고 독자적으로 관리하면서 러시아의 당면 과제들을 고민하고, 동시에 인간 삶의 근원적인 문제에까지 깊이 파고들어갔던 톨스토이와 다르게 인간으로서 품위 있는 삶을 허락하지 않았던 가난 속에서 도스토예프스키는 어두운 세계 속 사람들의 내면을 천착해가면서 선과 악의 문제와 치열하게 씨름했다.

그 결과, 톨스토이의 인물들이 대체로 자기만족적인 귀족들이라면, 도스토예프스키의 인물들은 주어진 자기 삶의 조건에 만족하지 못하는 사람들이다. 톨스토이가 급박한 현실적 문제에서 벗어나 좀 더 높은 위치에서 합리적인 시각으로 다양한 인물들을 그려냈다면, 도스토예프스키는 가혹한 삶의 조건들 속에서 자기 욕망 충족을 위해 진흙탕 싸움을 벌이며 끝없이 좌절하는 인물들을 형상화시켜 냈다.

그 과정에서 도스토예프스키의 인물들은 톨스토이의 인물들이 경험치 못한, 인간 심리의 수면 아래 숨어 있는, 거대한 비합리적 측면을 드러낸다. 그의 인물들은 대부분 과도하게 탐욕적이거나 절제를 모르고 폭력과 범죄를 범하는 등 극을 향해 치닫는다.

그런데 이처럼 지나치게 격정적인 도스토예프스키의 인물들은 동시에 자의식이 매우 강한 기질의 소유자들이기도 하다. 그리하여 우리는 그의 작품에서 이전의 문학작품들에서는 만난 적이 없는 완전히 새로운 인물 유형을 만나게 되는데, 『카라마조프가의 형제들』에서 스스로 어릿광대임을 자처하는 아버지 표도르가 그 대표적인 예라 할 수 있다.

표도르는 임종을 앞둔 조시마 장로를 만나기 위해 여럿이 함께 암자 앞에 도착하자 갑자기 다음과 같이 말함으로써 좌중의 신성한 분위기를 망쳐놓는다.

"그러니까 어쨌거나 암자에서 마님들한테로 갈 수 있는 뒷구멍이 있다는 거로군요. 성스러운 신부님, 제가 무슨 속셈이 있어서 이런다고 생각지는 마십시오. 그저 그냥 그렇게 말해 본 것뿐이니까

요. 그나저나 아토스 산에서는 말이죠, 신부님께서도 들으셨겠지만, 여자의 방문은 물론이고 어떤 생물체건 여자 딱지가 붙은 것은 죄다 금지된다더군요. 암탉이고 암칠면조고 암송아지고 할 것 없이……"[18]

이어 표도르는 자기를 꾸짖거나 얼굴을 찌푸리는 사람들을 향해 자기가 어릿광대짓을 하는 이유를 다음과 같이 말하고 있다.

"그나저나 이따금씩 자다가 봉창 두드리는 소리를 해 대는 건 사람들을 웃겨 볼 요량으로, 기분을 풀 요량으로 그러는 것입니다. 기분은 좋아야 하지 않겠습니까? 안 그렇습니까? 헤헤"[19]

그런데 이처럼 표도르가 일부러 상황에 맞지도 않는 말을 하면서 사람들을 웃기는 것은 사람들의 이목을 자기에게 집중시키고 싶어하는 자의식의 산물이다. 물론 표도르는 자기가 하는 말과 행동이 때와 장소에 걸맞지 않고 어리석다는 걸 잘 알고 있다. 그런데 흥미롭게도 그는 그럴 때면 더욱 더 일부러 어릿광대의 역할을 맡아 하게 되는 이유를 실토하고 있다.

"정말이지 사람들 앞에 나갈 때 그 즉시 다들 나를 아주 사랑스럽고 똑똑한 사람으로 생각해 주리라 확신이 서기만 한다면, 오! 그

---

18 『카라마조프 가의 형제들』 1권. 도스토예프스키, 김연경 옮김, 민음사, 2008, 78쪽
19 같은 책, 1권, 85쪽

렇다면 저는 얼마나 착한 사람이 되었겠습니까!" [20]

이처럼 표도르가 의도적으로 어릿광대짓을 하는 건 그가 매우 강한, 그러나 비뚤어진 자의식을 갖고 있기 때문이다. 즉 어차피 자기가 사람들 앞에서 우스꽝스러운 사람으로 여겨질 바에야 그걸 무마하려 하기보다는 오히려 사람들이 생각하는 것들을 한층 더 밀고 나가고 싶어한다. 아니, 더 정확히 말하자면 갈 데까지 가보고 싶은 욕구를 멈추지 못한다. 결국 표도르의 어릿광대짓은 좌절된 자존심의 비뚤어진 표현으로, 일종의 비합리적인 자학 행위라 할 수 있겠다. 이처럼 우리는 표도르라는 인물을 통해 인간 심리가 비합리적으로 작동하는 한 기제를 알게 되는데, 한번 접하면 잊지 못할 만큼 강렬한 인상을 남기는 인물이 아닐 수 없다.

THE BROTHERS KARAMAZOV

『카라마조프가의 형제들』을 읽으면서 가장 많이 접하게 되는 단어가 바로 수치심 혹은 치욕이란 단어이다. 수치심이란 감정은 인간으로서의 품위와 자존심, 일종의 귀족들의 자긍심에 비견할 수 있는 감정으로, 특히 예민하고 자의식이 강한 자들이 곧잘 느끼게 되는 정서이다. 톨스토이의 인물들이 대체로 합리적인 과정을 통해 자기 욕망을 충족시켜 나가기 때문에 자기 모멸을 경험하지 않는 반면에, 도스토예프스키의 인물들은 비우호적인 환경 속에서

_____
20 같은 책, 1권, 92쪽

자기의 욕망을 충족시키는 과정에서 사사건건 타인들의 욕망과 정면으로 부딪치기도 하고 사회적 물의를 빚기도 하는데, 이때 격정적이고 자의식이 강한 그의 인물들은 곧잘 격렬한 자기 혐오, 즉 수치심에 빠져들고 만다. 알료샤를 제외한 카라마조프가의 형제들은 하나같이 수시로 극심한 열등감과 극단적 자만심 사이를 오간다.

『카라마조프가의 형제들』이라는 방대한 이야기의 중심에 서 있는 큰아들 미챠를 예로 들어 보자. 미챠는 태어나자마자 자식을 내팽개친 아버지 표도르가 오래 전에 돌아가신 자기 엄마가 남긴 땅으로 10만 루블을 챙겼으면서도 이미 정산이 끝났다며 한 푼도 주지 않으려 하자 아버지를 극도로 증오한다. 그런데다, 하필이면 여자라면 사족을 못 쓰는 호색한인 표도르가 정신 못 차리고 빠져 있는 그루셴카에게 미챠 역시 한순간 반해버려 사태가 걷잡을 수 없이 심각해진다. 자기 감정을 잘 억제하지 못하는 미챠는 분을 못 이기고 순간적으로 아버지를 때리기도 하지만, 또 다른 한편으로 그루셴카에 대해서는 더없이 순결한 사랑을 보여주기도 한다.

하지만 그루셴카를 만나기 전, 미챠는 이미 아름답고 부유한 카첸카와 약혼한 상태인 몸이었다. 미챠는 카첸카가 다른 이에게 송금해 달라고 부탁한 3천 루블을 아직 보내지 않고, 반은 그루셴카를 위해 이미 유흥비로 써버린 상태이다. 그는 그루셴카와의 새로운 삶을 꿈꾸며 나머지 천오백 루블을 옷 속에 숨기고 다니지만, 그 전에 어떻게 해서든 돈을 구해 3천 루블을 채워 카첸카에게 갚으려고 한다.

아버지 표도르가 3천 루블을 봉투에 넣고 그루셴카가 오기만을 고대하고 있다는 걸 알고 있는 미챠. 그루셴카가 돈을 보고 올까 봐 아버지의 집 근처를 지키고 있지만, 다른 한편으로 나머지 돈을 구하기 위해 동분서주한다. 하지만 번번이 실패하고 마는데, 이 과정에서 그는 끊임없이 자기를 비열한 놈이라고 생각하며 고통스러워한다.

'먼저 카첸카에게 3천 루블을 갚아야 한다. 그렇지 않으면 나는 좀도둑이고 야비한 놈이다. 야비한 놈이 된 채로 새로운 삶을 시작하고 싶지 않다. … 아무리 그래도 카첸카에게 내가 그녀를 배반하고 그녀의 돈을 훔쳐서 그 돈으로 그루셴카와 착한 삶을 시작하기 위해 도망을 쳤다고 말하는 것보다는 낫다! 그런 건 참을 수 없다!' [21]

"그루셴카를 생각해 돈을 가슴속에 꿰매 넣고 다니면서 시시각각 '너는 도둑놈'이라고 스스로에게 말했습니다. 그래요, 바로 이 때문에 요 한 달 내내 흉포하게 굴었고 술집에서 주먹질을 했고, 아버지를 팼으니, 이게 다 스스로를 도둑놈이라고 느꼈기 때문이라니까요." [22]

결국 미챠는 카첸카에게 3천 루블을 돌려주지 못한다면, 이 치

21 같은 책, 2권, 184쪽
22 같은 책, 2권, 443쪽

욕을 걷어 내지 못한다면, 남는 건 파멸과 자살뿐이라고 결론을 짓는다.

이처럼 미챠는 때로 자기 감정을 절제 못 하고 악행을 저지르기도 하지만, 그건 오히려 자기 자신에 대한 수치심에서 오는 고통 때문이라는 게 흥미롭다. 이렇듯 그는 거부하기 어려운 자기 욕망과 엄청난 자존심의 갈등이 빚어내는 대표적인 도스토예프스키적 인물이라 하겠다.

THE BROTHERS KARAMAZOV

어찌 보면 문학의 역사는 새로운 인간 유형의 발굴의 역사이기도 하다. 인간의 어두운 본성은 19세기 말 도스토예프스키의 문학이 본격적으로 탐구해 들어가기 이전까지 거대한 어둠 속에 묻혀 있었다고 해도 과언이 아니다. 이전의 문학은 아주 위대한 인물들을 주로 주인공으로 삼아왔다. 물론 그들도 실패하고 좌절하지만, 그들의 욕망은 누구나 인정할 수 있고 사회적으로 공인(?)된 것이며, 그들의 의도는 대체로 숭고하고 훌륭하다. 20세기 초 프로이드 심리학이 밝혀내기 이전에 이미 도스토예프스키의 문학은 인간이라는 존재가 얼마나 커다란 욕망의 덩어리인지, 인간 사회가 무수히 많은, 서로 다른 욕망들이 충돌하는 장(場)으로서 얼마나 큰 혼란과 갈등을 품고 있는지를 탐구자의 시선으로 적나라하게 보여주고 있다.

마지막으로 도스토예프스키의 인간 이해가 얼마나 깊은가를 이해하기 위해 큰아들 미챠의 두 여인, 약혼녀 카첸카와 그루센카의 캐릭터를 비교해 보자.

    카첸카는 미챠가 방탕하게 살던 젊은 시절, 그 지역 제일가는 인물 중 하나였던 중령의 딸로 수도의 한 귀족 학교를 졸업하고 온, 지성과 미모를 겸비한 여성이었다. 그런데 자기 아버지가 상부의 미움을 사 부정 혐의를 받게 되어 공금 4천 5백 루블을 내놓지 않으면 재판에 회부될 위기에 처하게 되자, 큰 용기를 내 미챠를 찾아온다. 그 당시 마침 아버지 표도르에게서 6천 루블을 받게 된 미챠는 갑자기 그녀가 보여준, 자기 아버지를 위한 고결한 희생에 대비된 자기 자신의 초라함을 느끼고 순간적으로 그녀를 증오하지만, 바로 다음 순간 똑같은 이유로 그녀에 대한 사랑에 빠져 아무런 대가 없이 5천 루블짜리 무기명 수표를 꺼내 준다.
    하지만 이후 상황이 완전히 뒤바뀌어 중령인 아버지가 사망하고 나자, 카첸카는 가까운 친척에게서 거금을 상속받게 된다. 그녀는 미챠에게 바로 돈을 갚고, 그에 대한 격정적인 사랑을 편지로 고백한 다음, 그와 약혼까지 하게 된다.
    그런데 약혼을 한 뒤, 미챠는 자기가 카첸카를 사랑하지 않는다는 걸 깨닫게 되는데, 그 이유를 다음과 같이 밝히고 있다.

    "이게 바로 카첸카거든, 아버지를 구하겠다는 관대한 이념에서 무서운 모욕의 위험을 무릅쓰고 겁도 없이 졸렬하고 거친 나를 찾아왔던 여학생이라고. … 하지만 그건 그 여자의 오만함, 모험에 대한 욕구, 운명에 대한 도전 때문이기도 하지. '난 모든 걸 정복할 수 있다. 모든 건 내 발밑에 복종하게 마련이니까.' 바로 이런 식인데. 그녀는 '자기 자신의 몽상'에, 자신의 미망에 반한 거야." [23]

이러한 카첸카에 대한 미챠의 견해는 막내동생 알료샤의 생각에서도 그대로 확인된다. 알료샤 역시 카첸카와 같은 성격의 사람은 원래 다른 사람 위에 군림해야만 되는 사람이라고 보고 있다(이전에 큰형 미챠의 심부름으로 카첸카를 만나게 된 둘째 아들 이반은 그 자리에서 미모의 그녀에게 반하고 마는데, 알료샤는 그녀가 군림할 수 있는 상대란 오직 미챠와 같은 사람이지 절대로 둘째 형 이반과 같은 사람이 아니라고 본능적으로 느끼고 있다).

이처럼 고압적이고 오만함이 넘치는 카첸카와는 달리 그루셴카는 내면에 커다란 상처를 갖고 있는 여인이다. 어린 나이에 한 폴란드 장교를 만나 함께 살다가 오 년 전에 그로부터 버림을 받은 그루셴카는 무엇보다 자기가 받은 모욕으로 인해 지옥의 나날을 보내고 있다.

"나는 말이야, 알료샤, 지난 오 년간의 내 눈물을 무서울 정도로 사랑해 버린 거야. … 어쩌면 내가 사랑한 건 오직 나의 모욕일 뿐, 그 사람은 전혀 사랑하지 않았는지도 몰라." [24]

이처럼 자존심의 커다란 상처를 안고 살아가는 그루셴카는 아

---

23 같은 책, 2권, 326, 327쪽
24 같은 책, 2권, 163쪽

버지 표도르와 큰아들 미챠를 유혹하는 등 다른 사람들까지 괴롭히는데, 만약 다시 그 폴란드 장교를 만나게 되면 그에게 복수하리라는 마음을 먹고 그에게서 연락이 오기만을 노심초사 기다리고 있다.

"정말이지 난 홧김에 당신들 모두를 죽도록 괴롭혔던 거야."[25]

"그가 나를 버렸을 때 나는 열일곱 살의 바싹 여위고 병약한 울보에 불과했어. 그래, (만약 그를 다시 만나게 되면) 그의 곁에 바싹 붙어 앉아서 그를 유혹하고 완전히 애를 태워 버릴 거야. '지금 내가 어떤 모습인지 잘 봤겠지만, 뭐 그래도 그냥 그러고 있어. 친애하는 나리, 콧수염을 적실 뿐, 입 안에 집어넣진 못할 테니까.' 라고 말할 거야. 자, 바로 그러기 위해 내가 이렇게 차려입은 건지도 몰라."[26]

이제 성인이 다 된 그루셴카를 처음 만난 알료샤의 내면의 소리를 통해 그루셴카의 모습을 살펴보자. 풍만한 몸에 나긋한 몸놀림, 감미로운 목소리, 풍성한 머리카락, 짙은 눈썹에 푸른 회색빛 눈 이외에도 가장 인상적인 그녀의 모습은 바로 어린애처럼 티 없이 맑은 표정이다. 또한 그녀는 기쁨에 찬 얼굴로 지금 꼭 무슨 일이 일어나리라고 쉽게 믿어 버리곤 어린애처럼 참을성 없는 호기

25 같은 책, 2권, 333쪽
26 같은 책, 2권, 164쪽

심과 기대를 그대로 내보이고 있는데, 알료샤에 따르면 그녀의 아름다움은 한마디로 말해 찰나적인 아름다움으로, 바로 러시아 여성에게서 자주 볼 수 있는, 잠시 스쳐지나가는 정점으로서의 아름다움이다.

하지만 그토록 기다렸던 폴란드 장교와의 만남은 그녀에게 커다란 실망만 안겨주었다. 그루셴카는 자기가 겨우 저런 사람을 그토록 사랑했다는 사실 앞에 경악하는 한편, 자기를 위해 야밤에 마차를 빌려 타고 모크로예 마을까지 찾아와 준 미챠의 순정을 보고 그의 인간성에 매료돼, 결국 그의 순결한 사랑을 받아들인다.

"나는 바보였어. 이런 사람 때문에 그토록 스스로를 괴롭혔다니. 아니, 그게 아니라 너무 분해서 스스로를 괴롭혔던 거야. … 내가 그렇게 괴롭혔어도 용서해 주는 거지? 정말이지 난 홧김에 당신 모두를 (미챠와 그의 아버지 표도르) 죽도록 괴롭혔던 거야." [27]

"난 당신(미챠)이 짐승 같은 구석이 있지만, 그래도 고결한 사람이라는 거 알고 있어. … 우리 둘 다 떳떳한 사람이, 착한 사람이 되는 거야. 짐승이 아니라 착한 사람이 되자." [28]

미챠라는 인물에 대한 이러한 견해는 소설 뒷부분에 나오는, 예심판사와 검사 앞에서 한, 본인의 증언을 통해서도 확인할 수 있다.

---

[27] 같은 책, 2권, 333쪽
[28] 같은 책, 2권, 339쪽

"수없이 많은 비열한 짓들을 저질렀지만 언제나 마음 깊은 곳에서는 고결하기 그지없는 존재였으며 … 다름 아니라 고결함을 갈망했기 때문에 평생 고통스러워했고."[29]

도스토예프스키는 그루셴카 역시 미챠와 마찬가지로 원래 경멸을 참지 못하는 성격의 소유자로 누군가가 자기를 경멸한다는 의식이 조금이라도 들라치면, 그 즉시 분노에 사로잡혀 반격을 가하려는 욕망으로 발끈 달아오르는 그런 사람들 중의 하나라고 말하고 있다. 그들은 예민하고 남달리 강한 자존심의 상처로 많은 고통을 받고 있기에 때론 주위 사람들에게 악행을 저지르기도 하지만, 내면 세계만큼은 순결함을 간직하고 있는 자들이다. 이에 달리 카첸카는 마음속 깊은 곳에서 타인을 지배하고 싶어하는 욕망을 가진 여인으로 그루셴카와 분명한 차이를 보이고 있다. 그리고 바로 이 점은 이반의 경우에도 그대로 해당된다. 즉 카첸카에 대한 이반의 사랑은 돈과 미모, 또는 귀족 혈통이라는 현실적인 계산이 배제되지 않은, 다시 말해 이미 순결하지 않은 사랑이다.

미챠와 그루셴카의 많은 악행에도 불구하고 작가가 그들을 사랑하는 이유는 바로 그들이 인간으로서의 자존심을, 그리고 무엇보다 두 사람 모두 순정한 영혼을 갖고 있기 때문이다.

THE BROTHERS KARAMAZOV

29 같은 책, 2권, 379쪽

문학은 인간의 내면세계를 깊이 파헤쳐 우리에게 열어 보여 준다. 그런데 서로 다른 개개인의 내면세계는 우리의 일상생활에 커다란 영향을 끼침에도 불구하고 겉으로는 잘 드러나지 않는다. 우리는 세상살이에서 외적인 것들, 예컨대 외모나 부, 권력이나 지위 등에 의해 엄청난 지배를 받기 때문에, 다양한 인간들의 내면세계에 큰 관심을 기울이지 않는다.

현실 세계에서는 아마도 돈 많은 귀족 혈통의 카첸카가 한 남자에게서 버림받은 여성인 그루센카보다 훨씬 더 각광을 받을 것이다. 그러나 도스토예프스키는 그 내면에 있어서는 저열한 심성의 카첸카보다 순수함을 간직한 그루센카가 훨씬 더 가치 있는 여성임을 작품을 통해 보여주고 있는 것이다.

선과 악의 경계

　손을 내밀면 닿을 듯 창밖 이파리들이 더없이 싱그럽다. 투명한 햇살이 초록빛 속살을 그대로 통과하는 오월의 아침, 잎새들이 살랑거린다. 부드러운 하늬바람이라도 불고 있는가, 반짝반짝 작은 미소를 사방으로 흩뿌리고 있다.

　이따금 남편과 주말에 찾아오는 코티지(오두막) 카페 이층 구석 테이블 앞 유리창을 통해 본, 바깥 풍경이다. 이제 막 성장기를 통과한 듯 커져버린, 잎새들 저 너머로는 바리섬(놋쇠로 만든 여자의 밥그릇인 바리를 거꾸로 놓은 모양이라는 의미의 섬 이름)을 중심으로 맑디 맑은 옥정호가 주위 산들로 겹겹이 감싸인 채 침묵하고 있다. 볼 때마다 감탄하게 되는 풍경이다. 기다란 사각형의 유리창 넓이로 잘려진 풍경으로, 그래서 더욱 멋지다.

　이제 고전 소설이라도 한 권 펼쳐 읽다가 눈을 들어 창밖 신록을 바라보며 커피를 마시면, 이 세상 부러울 게 하나도 없다. 나에겐 이게 바로 지고지순의 열락의 시간이다. 세상이 많이 좋아졌는가, 사십오 년 전, 퀴퀴하고 어두침침한 다락방에 누워 책을 읽던 때와는 분위기가 많이 다르다.

대학원에 들어갈 때 심각하게 고민했다. 그대로 철학을 전공할 것인가, 아니면 좋아하는 문학 쪽으로 방향을 틀까, 기로에 서 있었다. 당시 우리 사회는 민주화라는 절박한 과제 앞에서 요동을 치고 있었다. 어느 날 잠에서 깨어났더니 박정희 대통령이 피살됐다는 소식이 전해졌다. 그토록 바라던 박정희 정권의 몰락이 거짓말처럼 하루아침에 이루어지다니, 그저 어리벙벙해 하고 있는데, 얼마 지나지 않아 전두환 신군부 세력이 수많은 광주 시민을 무참히 짓밟고 정권을 장악하고 말았다. 어지러운 세상이었다.

그동안 세월 좋게 실존적 고민이나 하고 있었던 나 자신을 심각하게 반성하지 않을 수 없었다. 무언가 미력하게나마 사회에 도움을 주어야 하지 않나, 하는 자각이 강하게 일었다. 하지만 나 자신의 한계도 분명했다. 결국 대학원에 가서 진보주의적 입장의 사회 철학을 전공해 이론적으로나마 사회에 기여해야겠다고 마음먹었다. 나름 그것이 우리 사회 전체의 복지와 이익에 일치하는, 나의 일이라 생각했다.

오늘날 우리는 수도 없이 쏟아져 나오는 대중문화의 다양한 콘텐츠를 소비하며 살고 있다. 그리고 그때마다 우리는 주인공의 희노애락에 동참하곤 한다. 그런데 우리가 드라마나 영화에 빠져드는 것은 그 작품 속 인물들이 처한 상황이나 갈등이 나의 상황이나 갈등과 동일하기 때문이 아니다. 우리는 곧잘 나와 전혀 다른 사람들의 삶에, 예를 들어 내가 한 번도 경험하지 못한 재벌들의 삶에 몰두하기도 한다. 그런 현상은 물론 부분적으로는 나와 다른 삶에 대한 호기심이 작동하기 때문이다.

그러나 우리가 그들의 허구적 삶에 몰두하는 보다 더 중요한 이유는 비록 그들의 삶이 나의 삶과 무관하다 할지라도, 즉 외적인 동질성이 없다 할지라도 정서적인 측면에서 작품 속 인물들에게 내적인 동질감을 느끼기 때문이다. 말하자면 우리가 살면서 느껴온 일정한 정서를 작품 속에 나오는 인물들이 경험하는 정서에 투영함으로써 그들에게 공감하게 된다. 예컨대 작품 속 재벌들이 질투하거나 경쟁하고, 분노하거나 절망할 때 우리는 그동안 내가 살면서 느껴온 질투심과 경쟁심, 연민이나 증오 등의 정서를 다시 불러내면서 작품 속 인물들에 빠져든다.

작품의 감상, 즉 작품의 수용 과정을 이렇게 설명할 수 있다면, 예술가가 작품을 창작하는 과정은 이와 정반대의 과정으로 설명 가능하다. 작가는 자기 자신의 삶과는 완전히 다른 삶의 조건 속 인물들을 그려내지만, 그 인물들이 부딪치는 갈등들은 바로 작가가 고민하고 있는 문제가 내포하고 있는 갈등들이다. 즉 작가의 외적인 삶은 작품 속 인물들의 삶과 전혀 동일하지 않지만, 작가가 첨예하게 느끼고 있는 문제의식은 작품 속 인물들이 겪는 갈등이 품고 있는 핵심 내용과 내적인 의미에서 동일한 것이다.

　삶과 죽음, 가난과 부, 명예와 치욕 등 양 극단의 경계 위에서 위태롭게 살아온 도스토예프스키가 맞부딪친 문제는 바로 인간의 욕망 충족 행위가 허용될 수 있는 범위는 과연 어디까지인가, 하는 문제였다. 이렇듯 선과 악의 경계의 문제는 도스토예프스키가 『죄와 벌』에서 집요하게 다룬 주제로, 그의 마지막 작품인 『카라마조프가의 형제들』에서도 가장 핵심적인 주제 의식으로 이어지고 있다.
　흥미롭게도 도스토예프스키는 선, 또는 악이 구현된 정도의 순서에 따라 『카라마조프가의 형제들』 속 주요 인물들을 화려하게 형상화시켜 놓았다.
　다소 무리하게나마, 선(善)의 정도 순으로 『카라마조프가의 형제들』 작품 속 주요 인물들을 정렬해 보자면, 최고의 선을 구현하고 있는 막내아들 알료샤, 인간적 고뇌의 전형인 큰아들 미챠, 이론적 고뇌의 전형인 둘째 아들 이반, 동물적 욕망의 화신인 아버지 표도르, 자의식을 갖고 직접 몸으로 악을 실현하는 이복동생 스메르쟈코프의 순으로 배열 가능하지 않을까, 한다(여기에서 미챠와 이반의 순서에 대해 고민이 제일 많았다. 미챠는 아버지를 때리는 등 소소한 악행을 하긴 했지만, 살인과 같은 진정한 악의 이론적 근거를 제시한 사람은 이반이라는 점에서 미챠를 앞자리에 놓았다).

재산과 한 여자를 사이에 두고 벌이는 아버지와 아들의 싸움, 그리고 존속살해라는 자극적 소재와 누가 진범인지 모르게 엎치락뒤치락 이야기를 끌고 가는 구성 때문에 『카라마조프가의 형제들』은 도스토예프스키의 다른 작품들에 비해 훨씬 박진감 있게 읽히는 작품이다. 게다가 작품 속 인물들의 개성이 더없이 강렬하고 인상적인데, 알료샤를 제외한 주요 인물들은 대부분 병적이라 할 만큼 격정적인 성격의 소유자이면서 동시에 과민한 자존심의 소유자들이다.

먼저 『카라마조프가의 형제들』의 줄거리를 간단히 정리해 보자. 지방 도시의 지주인 표도르 카라마조프에게는 첫째 부인과의 사이에서 태어난 미챠, 두 번째 부인과의 사이에서 태어난 이반과 알료샤, 이렇게 세 아들이 있는데, 그들은 태어날 때부터 아버지로부터 내팽겨진 상태로 외지에서 남의 손에 자라나 성인이 된 상태다. 한편 그들의 이복동생인 스메르쟈코프는 표도르와 마을에 떠도는 백치 여인과의 사이에서 태어나, 표도르의 하인 부부가 길러주었고 현재 하인 신분으로 그들과 함께 살고 있다.

아버지 표도르 집에서 서로 만나게 된 세 아들, 그중 표도르에게 가장 골칫거리는 큰아들 미챠(드미트리)이다. 미챠는 아버지 표도르가 그루셴카를 꼬시기 위해 삼천 루블을 마련해 놓고 그녀가 오기만을 학수고대하고 있다는 걸 알고 그녀를 빼앗길까 봐, 아버지 집 근처에서 그녀가 언제 오나 호시탐탐 망을 보고 있지만, 막상 그루셴카는 오 년 전에 자기를 버렸던 연인의 급작스런 부름을 받고 모크로예 마을로 떠나버린다.

이 사실을 모르고 아버지 집에 그녀가 있다고 착각한 미챠는 흥분한 상태에서 놋쇠 공을 집어 들고 아버지 집 담장을 넘어 아버지 방 창문 앞에 이른다.

하지만 아버지 집에 그녀가 없다고 확인한 미챠. 하필 이때 마침 잠에서 깨어난 하인 그리고리가 그를 발견해 그에게 다가가자 미챠는 하인의 머리를 놋쇠 공으로 내리치고 달아난다. 결국 그루셴카가 간 곳을 알아낸 미챠는 그곳을 찾아가지만, 이후 표도르가 피살된 사실을 알게 된 경찰은 그곳까지 찾아와 미챠를 체포한다(다행히 하인 그리고리는 무사하다).

소설 속 여러 가지 정황들이 큰아들 미챠가 진범일 거라는 가정을 설득력 있게 제시하는 가운데 새로운 사실들이 하나씩 드러나면서 결국에 가서는 하인 신분으로 자라난 스메르쟈코프가 진범임이 밝혀지지만, 재판은 미챠의 유죄 선고로 종결된다.

『죄와 벌』에서 주인공 라스콜리니코프가 전당포 주인을 살해한 것과 유사하게,『카라마조프가의 형제들』에서는 아들이 아버지를 살해한다.『죄와 벌』에서 라스콜리니코프가 내면에서 겪는 선과 악의 갈등의 문제는『카라마조프가의 형제들』에서는 알료샤와 이반의 논쟁을 통해 확대 재생산된다. 달리 말하자면『카라마조프가의 형제들』에서는 도스토예프스키가 전형적인 러시아인으로 보았던 미챠를 중심으로 선행의 화신인 알료샤와 악행의 이론적 근거를 제시하는 이반이 양쪽에서 자기의 입장을 놓고 갑론을박한다.

알료샤는 존재하는 모든 것, 그리고 현존하는 모습 그대로의 인간을 그대로 수용하고 사랑하는 자이다. 심지어 타인으로 인해 고통을 받을 때에도 어느 누구도 탓하지 않고 모든 것을 용인한다. 실제로 알료샤는 모든 사람들이 다 경멸하는 아버지 표도르에게도 언제나 상냥하고 자연스럽고 솔직담백한 애정을 보여주기 때문에 표도르가 유일하게 사랑하는 아들이기도 하다. 이처럼 모든 이들의 말을 그대로 수용하며 적절한 충고와 위로를 아끼지 않는 알료샤를 누구나 예외 없이, 심지어 무신론자인 이반까지 진심으로 사랑한다.

알료샤는 원래 수도사가 되려 했지만, 사랑하고 존경하는 조시마 장로가 임종을 앞두고 권고한 말에 따라 속세로 나오는데, 그가 풀려고 하는 가족 간의 갈등의 매듭은 단단하기만 하다.

한편 어린 자식들을 모두 내팽개쳐버리고 돈을 혼자 거머쥔 채 자기의 육욕을 채우기에 여념이 없는 아버지 표도르의 무한정한 탐욕과 미챠의 자기욕망을 향한 거친 질주는 둘째 아들인 이반 같은 지적 냉소주의자에게 인간과 세상에 대한 회의를 품기에 충분한 근거를 제공한다. 그리고 인간과 세상에 대한 회의는 곧바로 이러한 인간과 세계를 창조한 신의 존재에 대한 회의로 이어지는데, 특히 아이들처럼 힘없고 죄 없는 이들에 대한 어른의 학대 행위는 그의 무신론적 입장을 더 강화시킨다.

"신을 받아들이지 않는다는 것이 아니라, 그가 창조한 세계를, 신의 세계를 받아들이지 않는다는 것, 받아들이는 것에 동의할 수 없다는 거야."[30]

"만약 아이들마저도 이 지상에서 끔찍할 정도로 고통받고 있다면, 그건 물론, 그들의 아버지들, 선악과를 먹어 치운 그 아버지들 때문에 벌을 받고 있는 셈인데 … 죄 없는 자가, 그것도 아이들처럼 그렇게 죄 없는 자가 다른 사람 때문에 고통 받아서야 되겠어!"[31]

여기에서 한 걸음 더 나아가 이반은 신이 인간을 창조한 것이 아니라, 인간이 신이나 악마의 존재를 창조한 것으로 파악하면서 인간처럼 야만스럽고 사악한 동물의 머릿속에 신이 필요하다는 생각이 떠오를 수 있었다는 게 그나마 인간의 위엄을 살려준다고 말한다.

"내 생각으로, 악마가 존재하지 않기 때문에 인간이 악마를 창조해 냈다면, 인간은 그것을 자신의 형상과 모습에 따라 창조했을 거야."[32]

이러한 입장에서 이반은 인간이 느끼는 양심이란 바로 '인류가 7천 년 동안 지속시켜온 전 세계적인 습관'일 뿐이고, 이 습관을 버리면 우리가 신이 되는 거라고 말한다. 또한 이반은 자유로운 사랑을 추구하는 알료샤에게 인간은 네가 생각했던 것보다 약하고

30 같은 책, 1권, 494쪽
31 같은 책, 1권, 499쪽
32 같은 책, 1권, 501쪽

저급하게 창조되었기에 자유를 감당할 능력이 없다고 비판한다.

이와 같은 이반의 논리에 맞서 알료샤는 논리보다 삶 자체에 대한 사랑이 먼저임을 강조하면서, 그래야 비로소 삶의 의미를 이해하게 될 거라고 말하고 있다.

"나는 이 세상의 모든 사람들이 무엇보다도 삶을 사랑해야 한다고 생각해."

"삶을 그것의 의미보다도 더 많이 사랑해야 된다?"

"반드시 그래. 형 말대로 논리에 앞서, 반드시 논리에 앞서 삶을 사랑해야 하고, 그때야 비로소 삶의 의미도 이해하게 될 거야." [33]

또한 알료샤는 이러한 무신론적 입장이 '결국 신이 없다면 모든 것이 허용된다'는 걸 의미하는 게 아니냐, 고 묻고 있는데 이반은 이에 대해 부정하지 않는다. 그런데 바로 이반의 이러한 무신론적 견해는 이복동생인 스메르쟈코프에게 강력한 영향을 끼치게 되는데, 스메르쟈코프는 이반의 견해를 적극적으로 수용하여 다음과 같이 말하고 있다.

"무한한 존재인 신이 없다면, 선행 같은 것도 전혀 없고, 아니 그 경우엔 그런 건 아예 필요도 없다고…" [34]

---

33 같은 책, 1권, 483쪽
34 같은 책, 1권, 259쪽

이리하여 스메르자코프는 아버지 표도르를 살해함으로써 자기의 견해를 몸소 실천해 보인다. 그런데 그의 부친 살해는 그의 삶에 대한 혐오감에서 나온 것이고, 이 혐오감은 그의 모욕 받은 자존심에서 나온 것이다. 그리고 이 상처 난 자존심은 또 궁극적으로 그 자신의 처지, 즉 사생아로 태어나 간질병을 앓으며, 하인 신분으로 사는 비참한 처지에 기인한 것이다.

하나님의 존재에 대해 머리 아플 정도로 고민했던 적이 누구나 한 번쯤은 있을 것이다. 나도 젊었을 적 동네 교회에 열심히 나간 적이 있고, 과연 하나님이 존재하느냐 아니냐의 문제를 놓고 토론을 했던 적이 있었다. 신의 존재를 부정하는 수많은 논리들, 그리고 이 논리들에 대한 무수한 반론들, 또 이에 대해 이어지는 논박들, 그리고 또 그에 대한 반론들 … 지겨울 정도로 이야기가 끝도 없이 이어졌던 기억이 난다.

물론 이런 관념적 논의들보다 나를 교회로 이끌었던 건 항상 현실적인 어떤 필요들이었다. 독실한 크리스천이었던 친한 친구가 같이 가자고 하니까 별 생각 없이, 또 친구를 만나기 위해서, 또는 또래의 남학생들을 볼 수 있어서, 또는 뭔가 허전한 마음을 달래기 위해 등등.

어쨌든 현재의 나는 무신론자이다.

어떤 이는 이 세계의 놀라울 정도로 조화로운 운영을 보고 신이 존재하지 않는다면 이게 어떻게 가능하겠느냐고 말하기도 한다. 글쎄, 자연 세계는 그렇다 치더라도 인간 세계가 지금껏 멸망하지 않고 나름 균형을 유지하는 건 신의 도움이 있어서가 아니라, 수많은 인간들의 작은 선행들과 소수 인간들의 놀라운 자기 희생이나 용감한 헌신 때문이라고 생각한다. 인간의 사회는 매 순간 위기의 연속이고, 사회에 악을 행하고 혼란을 야기하는 행위는 늘 일어나지만, 또 다른 한편으로 크고 작은 선한 행위들이 무수한 악순환의 고리들을 끊고 사회를 순화시킨다. 뿐만 아니라 역사상 수많은 악행들이 십자군 전쟁처럼 기독교의 이름으로 저질러졌다. 또한 자연 세계의 조화와 균형은 자연 세계가 일정한 보편적 법칙에 의해 움직이기 때문이며, 자연 세계 역시 아주 긴 시간을 놓고 보면 충돌과 파괴를 겪어온 것이며, 또 앞으로도 그러할 것이다.

또 내가 기독교적 신의 존재를 긍정하기 힘든 건 기독교가 내포하고 있는 시대적 한계에서 오는 특수성 때문이다. 예컨대 희랍 시대의 신은 결코 유일신으로서의 기독교적 인격신이 아니라 허다한 인간적 단점을 갖고 있는 신들이다. 또 동양 사회에서의 신이나 아랍의 신은 기독교적 신과 분명히 그 내용이 다르다. 기독교인들은 곧잘 기독교적 신앙의 문제는 궁극적으로 하나님의 선택적 사랑의 문제로 귀착한다고 말한다. 하지만 하나님의 사랑이 모든 시대나 모든 사회를 통틀어 전 인류에게 보편적으로 주어지지 않는 사랑이라면, 그 사랑은 보편적인 것이 아니기에 일정한 한계를 갖는다.

근대 철학자들은 자연 세계가 인과적인 고리로 연결되어 있다는 것을 근거로 해서 만물의 인과적 시발점, 또는 최초 원인으로서의 신의 존재를 상정했다. 하지만 이러한 자연과학적 의미에서의 신 개념은 결코 기독교에서 얘기하는 창조주 하나님과는 다른 개념이다. 기독교적인 하나님의 존재는 무엇보다 인격신이다. 즉 인간의 여러 인격적 특성들이, 그중에서도 특히 절대적인 의미에서의 진, 선, 미, 또는 의지 등과 같은 특성들이 신이라고 하는 하나의 완벽한 인격체 안에 모여 있는 존재이다.

우리 주위의 인간들을 살펴보면 드물게나마 하나님에 가깝게 보이는 사람들도 있고, 또 악마처럼 느껴지는 사람들도 존재한다. 그렇다면 인간은 바로 자기가 경험한, 자기 주위의 인간들의 모습에서 하나님, 또는 악마의 존재를 생각해내지 않았을까?

그렇다면 포이에르바하가 말했듯이 기독교적 인격신은 인간이 자기의 여러 특성들을 하나의 존재 속에 반영시켜 낸 결과가 아닐까? 즉 신이란 '인간의 관념의 집합체'이고, '신학의 비밀은 바로 인간학'이 아니겠는가.

우리 현대인은 어쩔 수 없이 이미 실증과학과 보편주의의 세례를 받은 세대이다. 따라서 현대인은 실증과학의 검증과 보편주의 원리를 벗어나는 개념을 받아들이기 쉽지 않다. 이러한 현대인들의 무신론적 입장을 가장 잘 압축적으로 표현한 문장은 아마도 프랑스 실존주의자 장 폴 사르트르의 다음과 같은 명제일 것이다.

'우리는 그것이 존재한다고 생각하지 않는 것을 믿지 않을 권리를 갖는다.'

신이 없다면, 모든 것이 허용되고, 따라서 우리가 굳이 선행을 할 필요가 없다는 스메르쟈코프의 주장은 분명히 문제가 있다. 신이 없다면 선행을 할 필요가 없다는 주장은 신이 존재해야 선행을 할 필요가 있다는 걸 의미하는데, 그건 곧 악을 행했을 때 죄를 벌하는 신의 존재를 전제하고 있기 때문이다.

그러나 인간의 선행은 어떤 보상을 바라서나 처벌을 회피하기 위해 하는 것이 아니다. 인간의 선행은 그저 그것이 옳기 때문에, 또는 그 행위를 하지 않을 수 없어서, 또는 마음에서 기꺼이 우러나와서 하는 것일 뿐이다. 그렇다면 신이 존재하기 때문에 인간이 선행을 하는 것도 아닐뿐더러, 신이 존재하지 않기 때문에 선행을 할 필요가 없는 것도 아니다.

매우 흥미롭게도 『카라마조프가의 형제들』에서 알료샤는 이반의 논거에 논리로 맞서지 않는다. 이반의 무신론적 논거와 알료샤의 사랑의 원리 사이에는 가교가 없다. 그 사이에는 깊고 깊은 심연만 가로놓여 있을 뿐이다.

우리가 사랑을 실천하려는 건 사랑만이 우리에게 다른 것으로는 결코 대체할 수 없는, 삶의 충만한 의미와 기쁨을 선사해 주고, 그저 그것이 높은 가치를 갖고 있기 때문이다.

그리고 높은 가치를 추구하는 것은 인간만이 갖는 숭고한 권리 중의 하나이다.

PHILOSOPHICAL ESSAYS
ON CLASSIC LITERATURE

PHILOSOPHICAL ESSAYS
ON CLASSIC LITERATURE

07-08

Honoré de Balzac

LE PÈRE GORIOT · LE LYS DANS LA VALLÉE

오노레 드 발자크의
『고리오 영감』·
『골짜기의 백합』에 대하여

순정과 허영 사이

　　인터넷을 켜자 최근 5년간 금융권에서 임직원이 불법으로 빼돌린 돈이 천억 원에 이른다는 뉴스가 뜬다. 모두 몇 명인지는 모르나 그들은 거의 자기 인생을 송두리째 건 도박을 벌인 것이다. 성공하면 대박이지만, 성공하지 않으면 자기 삶이 끝장난다는 걸 알면서 그 가능성이 바늘구멍만큼밖에 안 되는 일에 뛰어든 것이다. 그들 각자에게 과연 어떤 사연들이 있었던 것일까. 그들을 그 행위에 몰아넣은 사연들과 주위 인연들까지 모두 다 끌어모으면 엄청 악취 나는 쓰레기 더미가 될 것이다. 그들에게 몇백억 원까지 되는 돈이 다급했을 리는 없을 테니까. 생계의 문제라기보다는 허영심의 문제였을 테니까.

　　며칠 전, 지인에게서 초등학교 시절 아들과 같은 반 친구였던 아이의 아빠가 자살했다는 소식을 듣게 됐다. 그 가족은 당시 우리와 같은 아파트에 살았기에 단지 안에서 만나면 인사하고 지내던 사이였다. 이미 오래전에 그곳에서 이사해서 전혀 소식을 몰랐었는데, 너무 황당했다. 그 가족의 사정을 비교적 소상히 알고 있는 지인의 말에 따르면 남편이 자기 부모에게 돈 보내는 걸 늘 못마땅하게 생각하던 부인이 자기도 모르게 남편이 숨겨 놓은 일억 원을 발견하자 대판 싸웠고, 이틀 뒤 변고가 일어났다는 것이었다. 그 돈은 아주 힘들게 살고 있는 자기 누이를 도와주려고 그 의사가 모아두었던 돈이었다고 했다.

참 어처구니없는 일이었다. 돈을 잘 버는 치과의사였다. 착하고 공부 잘하는 두 아들도 있고, 그런 변고가 일어나지 않았다면 남부럽지 않게 잘 살아가고 있을 가족이었다. 그런데 그런 의사가 자기 돈을 마음대로 쓰지 못하고 아내 몰래 돈을 숨겨 두었다는 것도, 또 부부 싸움이 자살로까지 이어졌다는 것도 너무 안타까운 일이다. 부부관계의 주도권을 이렇게 아내가 일방적으로 쥐고 있었다는 건 결혼 전 두 사람의 관계를 추측하게 만들었다. 지인에게 물어봤더니, 학창 시절 아내가 의과대학생이었던 남편에게 경제적 지원을 많이 했다고 한다. 조금은 이해가 됐지만 두 사람의 내밀한 관계를 우리가 어떻게 다 알 수 있겠는가. 다만 아들 친구의 엄마가 꽤 욕심이 많은 여자였다는 게 어렴풋이 기억났다.

지인이 덧붙이기를 그 의사는 우울증을 앓고 있었다고 했다. 가장 가까운 사람에게서 이해받지 못하는 게 제일 외로운 법이니까, 고개가 절로 끄덕여졌다. 자살을 하기까지의 그의 마음이 얼마나 시렸을까, 남의 일인데도 가슴이 너무 아팠다.

이제 우리는 이런 사연쯤은 너무 비일비재해 별다른 느낌도 갖지 못하는 시대에 살고 있다. 사실 이런 류의 비극은 역사 이래 인간 사회에 늘 존재해 왔고, 돈은 어느 시대, 어느 사회에서도 막강한 위력을 휘둘러 왔다. 다만 부에 대한 민감도는 시대에 따라 어느 정도 부침이 있었다. 예컨대 귀족 사회와 같은 신분제 사회에서는 부에 다가갈 현실적 수단이나 방법이 거의 없기에 하층 사람이 부를 탐하는 경우는 극히 적었다.

발자크가 살았던 19세기 초 프랑스 사회는 그 어느 때보다 사회 구성원들의 부에 대한 민감도가 높았던 시대였다. 1789년 대혁명과 나폴레옹의 등장, 왕정복고와 구귀족의 재등극 등 대혼란을 겪은 프랑스 사회는 7월 혁명을 통해 금융과 산업 자본주의 체계로 재편되었다. 7월 왕정(1830~1848)을 이끈, 시민 왕 루이 필립은 일반 시민의 권리보다는 산업과 금융 자본가와 같은 상층 부르조아 계급의 이익에 복무하는 체제를 만들어놓았다.

대혁명으로 신분제 사회가 무너지자 이제 사람들은 부지런히 일을 하면 전에는 감히 꿈도 꾸지 못했던 부를 자기도 거머쥘 수 있다는 걸 깨닫기 시작했다. 비록 귀족처럼 부와 명예, 권력을 다 가질 수는 없다손 치더라도 부의 획득만큼은 어느 누구에게나 열려 있다는 사실은 사회구성원 전체의 부에 대한 민감도를 엄청나게 자극했다. 『고리오 영감』의 주인공인 고리오 영감은 바로 곡물업을 통해 부를 거머쥔 신흥 부르조아이다. 그는 열심히 일해 모은 돈으로 사랑하는 큰딸은 명문 귀족에게, 둘째 딸은 신흥금융 귀족에게 시집보내는 데 성공한다.

돈이 인간 삶에 끼치는 어마어마한 영향력에도 불구하고 문학 작품이 돈 문제를 정면으로 다룬 경우는 꽤 드물었다. 19세기 프랑스 리얼리즘의 거장인 발자크는 바로 이 돈 문제를 중심으로 돌아가는 인간 군상들의 삶을 본격적으로 다룬 최초의 작가이자 최후의 작가이다.

실제로 발자크 자신이 평생 빚쟁이에게 쫓기는 삶을 살았다. 그는 젊은 시절 사업 실패로 엄청난 빚을 지게 되는데, 그 뒤 평생 하루 열 시간이 넘는, 초인적인 글쓰기로 빚을 갚아나가는 형벌을 받았다. 흥미롭게도 사업에 실패할 때마다 그의 과도한 상상력은 그를 점점 더 큰 사업 구상으로 몰아가 그를 점점 더 깊은 수렁에 빠져들게 했다. 처음엔 그저 양서를 시리즈로 출판하는 사업에 투자를 했다가 손해를 보자, 아예 출판사를 인수하고, 또 그다음엔 인쇄소, 또 그다음엔 활자제조업에까지 손을 뻗쳐 빚이 걷잡을 수 없이 늘어났는데, 빚쟁이에게 쫓기면서도 그는 엄청난 양의 글을 써냈다. 하기야 글도 쓰기 전에 늘 선불로 돈을 당겨썼던 그에게 다른 방도가 없기도 했다. 이처럼 절제할 줄 모르는 야심만만한 정력가인 발자크는 『인간희극』이라는 전무후무한 대작을 욕심내게 된다.

발자크는 『인간희극』을 통해 현실 세계에 대응하는, 거대한 또 하나의 우주를 건설하려고 했다. 즉 한 작품에 나온 등장인물들을 다시 또 다른 작품에 등장시키는 등, 한 작품에 다른 작품들을 서로 연결시켜 거대한 전체를 구성하려고 했다. 하지만 아쉽게도 이 계획은 작가의 죽음으로 87편의 작품에 그친 미완의 기획으로 그치고 말았다(한국에 소개된 번역물은 그중 십분의 일 정도밖에 안 된다).

이렇듯 야심찬 작업은 작가 나름의 근본적인 세계관과 인간관이 없이는 실현 불가능한 것이다. 발자크는 초기 사회 경험들을 통해 현재 프랑스에서는 도덕 같은 것은 없고, 성공만이 모든 행동의 원인이라는 것, 현대사회의 법의 정신이란 바로 진정한 신이 아닌 황금송아지일 뿐임을 통찰한다. 그 결과 현시대는 더 이상 '명예의 원칙이 아니라 돈의 원칙'에 의해 움직여지고, 사회란 '피 대신 돈이 순환하는 신체'임을 작품 속에서 적나라하게 보여주고 있다.

상황이 이러하기에 발자크의 작품 속에서 처음부터 악인으로 존재하는 사람은 없다. 개인적인 상황이나 사회적인 요인 때문에 어쩔 수 없이 양심을 버리고 자신의 살길을 모색하는, 체스판 위의 말들과 같은 사람들만 있을 뿐이다. 이렇듯 발자크는 표면적인 사회현상들 배후에 사회를 움직이는 숨은 힘들을 탐색했고, 작품 속 인물들의 구체적 행동 동기를 보여주기 위해 그들이 살아온 배경, 현재 처한 상황, 심지어는 건강 상태와 주거 환경까지 섬세하게 묘사했다. 그리고 이와 같은 발자크 문학의 리얼리즘적 특성은 루카치와 같은 사회주의 문예비평가로 하여금 그의 문학을 전폭적으로 지지하게 만든 주요 요인이 된다.

그런데 이처럼 발자크는 자기가 살고 있는 시대를 움직이는, 숨은 원리를 통찰해냈을 뿐 아니라, 보다 본질적인 인간 삶의 모순들을 발견하고, 이를 자기 시대의 속성을 통해 극명하게 작품 속에 형상화시켰다. 그가 단순히 리얼리즘 작가가 아닌 위대한 리얼리즘 작가인 이유이다.

시골 출신의 스무 살 라스티냐크는 파리에 유학 와 지독한 속물인 보케 부인이 운영하는 하숙집에 살면서 옆방의 고리오 영감을 알게 된다. 당시 파리는 센 강을 중심으로 귀족 계급이 화려한 살롱을 여는 대저택이 밀집한, 좌측의 생제르맹 구역과 신흥 금융 부르조아 계층이 사는, 우측의 쇼세당탱 구역으로 양분된 상태이다. 누구보다 강렬하게 파리 상류층 사회의 일원이 되고 싶어하는 라스티냐크. 그 앞에는 선택할 수 있는 길이 두 개 놓여 있다. 밤낮으로 공부하고 오직 자기가 일한 대가로 돈을 버는 느린 방법과, 귀족 부인의 사랑을 얻어 출세를 하는 직선 코스가 그것인데, 라스티냐크는 결국 두 번째 길을 선택한다.

하지만 사교계에 입문하기 위한 재력과 수완이 부족한 라스티냐크. 수소문 끝에 겨우 알아낸, 자기의 먼 친척 누이인 보세앙 자작부인을 통해 파리 사교계에 입문하려고 결심한다.

그러나 사교계에 등장하기엔 자기의 모습이 너무 보잘것없다는 걸 아는 라스티냐크는 시골집에 있는 엄마와 누이에게 각각 편지를 써 그들의 피 같은 돈을 얻어내 드디어 멋진 모습으로 사교계에 입성하게 된다. 한편 보세앙 부인은 그동안 오래 사귀어온 포르투갈 귀족 다주다와의 관계가 흔들리고 있는 상황에 놓여 있는데, 사교계 그 누구에게서도 이해나 위안을 구할 수 없던 참에 라스티냐크에게서 더할 나위 없는 헌신과 자상함을 발견하고 그를 사심 없이 도와주려 한다.

보세앙 부인 덕택으로 고리오 영감의 둘째 딸인 델핀을 알게 된 라스티냐크. 아름다운 그녀를 열렬히 사랑하게 된다.

한편 프랑스 대혁명 이전에는 일개 평범한 직공이었던 고리오는 혁명의 와중에 희생된 주인의 자산을 사들여 파리의 곡물 값이 엄청나게 오르자 큰돈을 벌게 된다. 아내가 죽고 더욱 더 두 딸에게 애정을 쏟는 고리오. 기어이 큰딸 아나스타지는 명문가 레스토 백작에게, 둘째 딸 델핀은 대은행가 뉘싱겐에게 시집을 보내는 쾌거를 올린다. 하지만 딸들과 사위들은 그가 계속 일하는 걸 달가워하지 않아 그만두게 되고, 사위들이 모두 그를 집에 모시는 걸 싫어해 하숙집에 투숙해 있는 상태다. 처음엔 제일 비싼 하숙집 이층에 거주했지만, 현재는 하숙비가 제일 싼 사층에 거주하고 있는 그는 연봉이 5만 프랑이나 되는 남편을 둔, 큰딸의 빚진 약속 어음을 갚아주기 위해, 그리고 아내에게 생활비를 주지 않는 남편 때문에 고통받는 둘째 딸의 몸치장을 위해 자기가 갖고 있던 돈을 거의 다 탕진한 상태다. 현재 그는 딸들의 하녀들에게서 딸들의 외출 시간을 알아내 먼저 샹제리제 거리로 나가 딸들을 기다리거나 무도회에 갈 시간에 잠깐 딸들을 보는 거로 만족을 하고 있다.

둘째 딸 델핀은 처음엔 외도하는 남편을 자극하기 위해 라스티냐크의 연정을 받아들이다가 차츰 그에게 호감을 느끼는데, 델핀의 가장 큰 관심은 언니 아나스타지가 속해 있는 최상류층 살롱모임에 초대받는 것이다. 한편 사교계 생활에 빠져들면서 점점 경제적 어려움에 처한 라스티냐크. 그의 상황을 알게 된 고리오 영감은 괘씸한 사위에게 복수하는 마음으로 자기가 갖고 있는 남은 돈으로 라스티냐크를 도와준다.

그러던 어느 날, 둘째 딸 델핀, 즉 뉘싱겐 부인이 아버지를 찾아와 남편의 사업이 파산할 지경이라며 남편이 자기의 지참금을 내놓으라고 한다고 말한다. 지참금을 자기에게 넘기면 라스티냐크와의 관계를 허용해 주겠다는 말과 함께. 절대 그 말에 속아 넘어가면 안 된다고 말하는 고리오 영감은 극도의 분노를 느끼는데, 하필이면 이런 상황에서 큰딸 레스토 부인이 찾아온다.

그녀는 자기 남편이 도박으로 진 빚이 10만 프랑이라며 총으로 머리를 쏴 자살까지 하려 했다고 말한다. 그래서 남편 집안의 다이아몬드와 자기 것을 모두 팔아 겨우 고비를 넘겼는데, 이제 와서 자기 다이아몬드를 찾아보던 남편이 그게 없어졌으니 이제 당신의 재산을 매각하는 문서에 서명하라고 했다고 말한다. 돈이 다 떨어진 고리오 영감은 자기가 이제 딸들을 도울 수 없는, 쓸모없는 인간에 불과하다며 비탄에 빠진다.

딸들의 비참한 결혼 생활에 충격을 받은 고리오 영감은 기어이 장액성 뇌일혈로 쓰러지고, 라스티냐크는 다른 의학생 친구와 둘이서 영감을 돌보다가 둘째 딸 델핀과의 약속 때문에 그녀를 만나 아버지의 위급한 상황을 전하지만 그녀는 파리 사교계 사람들이다 모이는, 보세앙 부인 집에서 열리는 만찬에 참석하지 않을 수 없다고 말한다. 한편 포르투갈 귀족인 다주다는 그동안 사귀었던 보세앙 부인을 따돌리고 돈 많은 로슈피드 양과 그날 결혼식을 올릴 예정이다. 이 사실을 모르는 사람은 파리 시내에서 유일하게 보세앙 부인 본인 한 사람뿐인 상황이고, 파리 사교계 사람들은 과연 오늘 보세앙 부인이 만찬에서 자기의 고통을 잘 감출 수 있을지, 아니면 비극적 결단을 내릴지 직접 구경하러 모여들 예정이다. 하는 수 없이 라스티냐크는 델핀과 만찬에 참석하는데, 놀라울 정도로 침착함을 보이던 보세앙 부인은 그날 만찬이 다 끝난 뒤, 자기는 시골 오지로 떠나 거기에 파묻혀 지낼 것이라고 말한다.

다시 고리오 영감에게 돌아온 라스티냐크. 죽음을 목전에 둔 고리오 영감이 딸들을 애타게 보고 싶어하다가 곧이어 발작적으로 그녀들을 격하게 비난하는 모습을 직면하게 되자 큰딸 레스토 부인 집에 찾아간다. 하지만 레스토 백작에게서 자기는 고리오 씨에게 애정이 없고, 그가 자기 부인의 성질을 망쳐 놓았다는 말을 듣게 된다. 그리고 큰딸 역시 자기가 너무 어려운 상황이라 도저히 갈 수 없다고 말한다. 이제 뉘싱겐 부인 집으로 달려간 라스티냐크. 그녀는 몸이 너무 아파 갈 수가 없다, 만약 자기가 지금 나가서 병이 악화된다면 아버지는 슬퍼서 돌아가실 거라고 말한다.

장례를 치르기 위해 전당포에 자기 시계를 맡기고 장례 절차를 밟는 라스티냐크. 거의 숨이 끊어지기 직전, 의식을 잃은 고리오 영감 앞에 델핀의 하녀가 와 부인이 아버지를 위해 돈을 요구했다가 부부가 대판 싸워 의사가 왔다는 소식을 전한다. 이어 큰딸 레스토

부인이 찾아와 남편이 자기에게 어마어마한 빚을 남겨 놓고 떠났다고 말하지만, 고리오 영감은 이미 사망한 상태였다. 이를 본 레스토 부인은 그 자리에서 기절을 하고 만다.

모든 장례 절차를 마무리한 라스티냐크. 다시 두 딸 집에 찾아가지만 아무도 만나주지 않아 허탕을 친다. 묘지 앞에 선 라스티냐크. 무덤 주위에는 딸들이 보낸 사람들이 서 있다가 짤막한 기도가 끝나자 모두 사라진다.

손수 불쌍한 고리오 영감의 임종을 거두며 그가 그토록 사랑을 베풀었던 두 딸의 배은망덕한 행동을 직접 목격한 라스티냐크가 과연 마지막에 어떻게 행동하면서 이야기가 끝날까, 무척 궁금해하면서 책의 끝부분을 읽었다.

혼자 남은 라스티냐크는 묘지의 높은 언덕 쪽으로 몇 걸음 걸어 올라가, 등불이 켜지기 시작한, 센 강의 양쪽 기슭을 따라 구불구불 누워 있는 파리를 보았다. (중략) 그가 뚫고 들어가고 싶어 했던 그 멋진 사교계 사람들이 살고 있는 곳이었다. (중략)
'자, 이제 파리와 나, 우리 둘의 대결이다!'
그리고 그 사회에 대한 첫 도전의 행동으로 라스티냐크는 뉘싱겐 부인 집에 저녁을 먹으러 갔다. [35]

---

[35] 『고리오 영감』, 오노레 드 발자크, 임희근 옮김, 열린책들, 2012, 334쪽

쌉쌀한 뒷맛을 남기는, 아니 뭔가 뒤통수를 맞은 듯한 결말이 아닐 수 없다. 두 딸의 행동을 괘씸하게 보면서도 그 역시 파리 사교계의 유혹에서 한치도 벗어나지 못하고 있지 않은가. 그 역시 두 딸이 걸어온 길을 밟아나갈 게 불을 보듯 뻔하지 않겠는가 말이다.

최고 상류층 삶을 살고 있는 두 딸이 자기가 가진 것을 모두 다 내어주고 빈궁하게 살고 있는 아버지를 등한시한 것은 그들이 원래 나쁜 딸들이기 때문이 아니라 바로 결혼과 함께 그들의 삶의 내용이 바뀌어 새로운 욕구의 지배를 받게 되었기 때문이라고 보아야 한다. 고리오 영감은 두 딸이 시집가기 전, 딸들의 사랑을 받았던 시절을 몹시 그리워하며 모든 잘못을 사위들에게 돌리고 있지만, 사실 보다 근본적으로는 상류층에 들어가자 차츰 허영심이 그녀들의 마음을 장악했기 때문이다. 어렸을 적 순수한 마음, 순정을 갖고 있었던 그녀들이 결혼을 하고 입문하게 된 사교계라는 세계는 끊임없이 누가 더 비싼 보석으로 예쁘게 치장했는가, 누가 더 멋진 애인을 가졌는가를 비교하는 곳이다. 이리하여 허영심이 그녀들 마음속 순정을 차츰 밀어내게 된다.

흥미롭게도 시골에 있는 엄마와 두 누이에게서 없는 돈을 받아 내 멋지게 꾸민 사교계 인사로 거듭난 라스티냐크는 처음엔 그녀들에게 죄책감을 크게 느끼지만, 사교계에 점점 깊숙이 발을 들여놓으면서 그녀들의 존재를 거의 의식하지 않게 된다. 물론 라스티냐크가 고리오 영감의 임종을 자기 희생적으로 돌본 건 아직 그에게 순정한 면이 남아 있기 때문이다. 하지만 그는 이미 출세로 가는 지름길인 사교계의 총아가 되겠다는 야심을 버리지 못하고 있다.

따라서 그 역시 두 딸들처럼 차츰 허영심의 지배를 받게 되리라고 가정하는 게 맞을 것이다.

라스티냐크는 애인에게 배신을 당하고서 시골에 은둔하러 떠나는 보세앙 부인과 죽어가는 고리오 영감을 바라보며 다음과 같이 탄식하고 있다.

"보세앙 부인은 가버리고 이 노인은 죽어 가고, 아름다운 영혼들은 이 세상에 오래 머물 수 없구나. 하긴, 위대한 감정들이 치사하고 편협하고 피상적인 사회와 어떻게 한통속이 될 수 있겠어?"[36]

하지만 이렇듯 아름답고 순정한 영혼을 직접 목격했음에도 불구하고 라스티냐크는 '치사하고 편협하고 피상적인' 사교계에 다시 돌아가고 만다. 물론 자신은 변하지 않으리라 생각하고 있겠지만 쉽지 않은 일이다. 내가 이 작품을 읽고 나서 제일 크게 다가온 아이러니이다.

LE PÈRE GORIOT

그렇다면 라스티냐크는 나쁜 사람일까? 물론 아니다. 어쩌면 극히 평범한 보통 인간의 행동이라 보아야 한다. 하루하루 열심히 법 공부를 해 사법 관리로서 출세하는 길과 사교계의 상류층 여인을 통해 한달음에 출세하는 길, 그 두 선택지 앞에서 전자를 선택하기

---

36 같은 책, 308, 309쪽

는 쉽지 않다. 인간이라면 항상 더 쉽고 더 빠른 길을 택하기 마련이다. 전자를 선택하는 자는 사교계에서의 성공이 아주 희박하다고 느끼는 자일 가능성이 매우 높다.

그런데 최상류층의 사교계라는 세계는 '전장에서처럼 자기가 죽지 않으려면 남을 죽여야 하고, 자기가 속지 않으려면 남을 속여야 하는' 세계다. 이 세계는 여리고 미숙한 순정을 허용하지 않는다. 이전에 갖고 있었던 순정의 자리엔 어느새 약삭빠른 계산과 이기적인 허영심이 밀고 들어와 자리잡는다.

이렇듯 발자크는 아름다운 영혼을 누구보다 섬세하게 인지하고 사랑하지만, 사람은 늘 사회 속에서 출세를 꿈꿀 수밖에 없다는 것, 그리고 그것은 많은 경우 아름다운 영혼의 사망을 의미한다는 걸 본능적으로 알았던 것 같다. 하지만 자기 자신처럼 라스티냐크 같은 사람은 예외라 생각했던 것 같다. 그러나 이미 '감수하고자 했던 궁핍한 삶보다 우아하게 이어지는 이런 삶을 선호하지 않기란 참 어려운 일이라' 생각하면서 점점 사교계에 빠져드는 라스티냐크를 끝까지 믿기는 쉽지 않은 일이다. 바로 이 대목에서 우리는 톨스토이가 왜 사교계를 멀리하려 했는지, 왜 정념이 아니라 영혼에 따라 사는 삶을 추구했는지 좀 더 잘 이해할 수 있지 않을까, 한다.

순정이나 허영심은 모두 나 이외의 다른 사람을 전제로 한 감정이다. 허영심이란 감정은 기본적으로 타인과의 비교를 통해 내가 다른 사람보다 더 위에 있거나, 더 낫다는 걸 의미하기 때문에 허영심의 지배를 많이 받는 자는 타인을 내 감정의 만족을 위한 수단으로 삼는다. 따라서 애초부터 타인의 감정은 내 관심에서 배제되고, 나의 관심은 오로지 나 자신의 이기적 욕망의 충족뿐이다.

이에 반해 순정은 관심이 나의 만족에 있다기보다는 타인의 행복에 있다. 순정은 타인이 슬프면 나도 슬프고 타인이 행복하면 나도 행복하다. 순정에는 타인과의 감정적 분리가 없기 때문에 애초부터 나 개인의 이기적 욕망은 배제된다. 본래 유약한 존재인 인간은 오랜 세월 동안 공동체적 삶을 이어왔기 때문인지 모르나 자기 자신이 타자와 연결되어 있을 때 보다 커다란 원초적인 기쁨을 느낀다.

세상엔 완전히 순정적인 인간도, 완전한 허영덩어리의 인간도 드물다. 우리는 대개 타협을 하고 사는데, 예컨대 순정은 애인이나 가족, 또는 친구 등 소중한 이들을 향해 간직하고, 허영심은 그 밖의 다른 이들에게 적용하며 살아가곤 한다.

라스티냐크의 경험은 지금의 우리에게도 형태만 달리하고 똑같이 일어나고 있다.

고전을 다시 읽는, 의미 중의 하나이다.

억눌린 자의 사랑

드디어 고대하던 봄비가 왔다.

이따금 멀리서 산불 소식만 들려오고 5월도 벌써 다 갔는데, 올 봄엔 이상하게 비가 안 왔다. 일주일 전부터 하늘엔 먹구름이 가득했고, 바람결엔 분명히 비 내음이 실려 있었다. 매일 변죽만 울리더니 드디어 오늘 비가 온 것이다.

우리 동네 혁신도시 산책로엔 적지 않은 나무가 심어져 있다. 그런데 여기에 더해 한 달 전부터 열섬 현상을 막기 위해 대대적으로 나무 심기 운동이 벌어졌다. 고향을 떠난 크고 작은 나무들이 빈터를 속속 메우고, 길섶을 따라 쭉 새로 일군 땅에는 키 작은 라일락, 흰말채나무, 패랭이, 송엽국 등 다년생 식물들이 자기 자리를 잡아 나갔다. 그랬는데, 하루하루 나무들은 비쩍 말라가고 야생화들은 힘을 잃고 모조리 땅바닥에 드러누운 상태였다.

워낙 비를 좋아하는 나는 얼른 우산을 꺼내 들고 집을 나섰다.

더없이 청량한 기운이 피부에 전해졌다. 미세먼지를 말끔히 씻어낸 나무들이 저마다 색이 짙어진 나무줄기로 자기의 존재감을 뽐어내고, 오늘따라 우산 위로 떨어지는 빗줄기의 리듬이 상큼했다. 나는 오리 떼와 왜가리가 노니는 기지제 호수를 향해 걸음을 옮겼다. 저만치 솔나무 가지는 수천 개의 작은 구슬방울을 매달고, 벚나무 가지들은 이제야 살겠다는 듯 두 팔을 활짝 펴고 심호흡을 하고 있었다. 나는 얼른 땅바닥으로 시선을 돌렸다. 역시나, 길가 야생식물들도 일제히 허리를 꼿꼿이 펴고 일어나 살아있음을 만끽하고 있었다.

나는 숨죽여 그들의 환희 속으로 동참해 들어갔다.

뉴스를 보니 올해 5월 한 달의 강수량이 다른 해의 2.6퍼센트에 불과하다고 한다. 아직도 해갈이 되려면 멀었다는 말이다. 봄엔 봄비를, 여름엔 장마를 제일 좋아하는 나다. 다른 때보다 내 감정이 더 고양됐던 건, 오랫동안의 기다림이 있었기 때문일 테고, 식물들의 애타는 목마름을 잘 알고 있었기 때문일 것이다.

LE LYS DANS LA VALLÉE

젊었을 적엔 잘 몰랐는데, 살다 보니 우리 인생엔 참 굽이굽이 지뢰가 많이 묻혀 있다는 생각이 든다. 처음 살아보는 인생이라 아는 게 부족할 수밖에 없는 우리는 매 순간, 눈뜬장님으로 미래를 선택해야 한다. 그중에서도 가장 리스크가 큰 선택이 바로 결혼이다. 그래서 결혼을 최고의 블라인드 베팅(blind vetting), 즉 가장 결과를 알 수 없는 선택이라고 한다. 결혼이 누구에게나 가장 중차대한 결정임에 틀림없을 텐데, 제일 멋모르고 내리는 결정이라는 게 참 아이러니하다. 그런 점에서 수많은 서구 젊은이들이 미리 살아보고, 그러니까 동거를 해보고 결혼을 결정하는 현재의 관행은 나름 일리있는 것 같다.

요즘은 이혼이 많이 흔해지긴 했지만, 그래도 여전히 이혼은 사별 다음으로 당사자들에게 끼치는 스트레스 1위 항목이다. 시대를 거슬러 올라갈수록 이혼은 종교적으로나 사회 윤리적으로 엄격하게 금기시돼왔다. 그래서 어쩔 수 없이, 또 자식들 때문에 지옥 같은 결혼 생활을 감내해온 사람도 적지 않았다.

발자크의 『골짜기의 백합』 여주인공인 모르소프 부인 역시 예외가 아니다. 르농쿠르 공작 부부의 딸로 태어난 그녀는 위로 세 아들을 먼저 보낸 가족에서 딸로 태어나 냉랭하고 엄격한 엄마의 훈육 아래서 불행한 어린 시절을 보낸다. 다행히 나중에 숙모가 그녀의 양육을 떠맡게 돼 사랑과 행복을 살짝 경험하긴 하지만 그것도 잠시, 그녀의 운명은 이제 모르소프 백작과 결혼함으로써 다시 더 커다란 절망의 나락 속으로 빠져들고 만다.

　그녀의 남편인 모르소프 백작은 프랑스 대혁명 이후 왕정이 폐지됐을 때 망명을 떠나 온갖 고초를 겪은 후 나폴레옹이 집권하자 귀국하여 유서 깊은 가문의 딸인 우리의 여주인공과 결혼한다. 지독한 왕정주의자인 그는 망명 생활 중에 나빠진 건강과 경험 부족으로 인해 다시 왕위에 오른 루이 18세가 그에게 관직을 하사했을 때 이를 고사하지 않을 수 없었다. 이렇듯 무능한 '망명 귀족'인 모르소프 백작은 또한 그 시대의 가장 권위적이고 위압적인 남편의 전형을 보여주는 인물이기도 하다.

　끊임없이 사소한 것에 대해 푸념하고, 겉으로는 전혀 증상이 보이지 않는 아픔을 끄떡하면 하소연하는 그는 아내와 하인, 그리고 자기 영지의 농부들에게 극도로 인색하고 가혹하다. 또 가끔은 갑자기 음울하게 침묵하거나 병적인 무기력을 호소하여 아내로 하여금 자기에게 정성을 쏟지 않을 수 없게 만들곤 하는데, 항상 끝에 가서는 아내의 예민한 부분을 건드려 (즉 아이들의 병약한 건강 상태를 지적하고 그 책임을 묻는 등) 상처를 입히고, 그처럼 한심스러운 권력을 휘두르는 데 특별한 쾌감을 느낀다. 한마디로 말해 그는 자기 인생에 대한 선천적인 불만족을 가지고 항상 누군가를 괴롭혀야 직성이 풀리는, 해마다 새로운 희생양을 만들어내는 인사인데, 심지어 아내의 현명한 의견에 따라 농업 경영을 성공적으로 운영하면서도 주위 사람들에겐 마치 원래 자신의 생각인 양 생색을 내기도 한다.

결혼 후 얼마 있다가 백작의 히스테리 기질을 알게 된 모르소프 부인은 자기가 겪는 끔찍한 불행과 남편의 무능력이 밖으로 알려지지 않게 하기 위해, 또 툭하면 자기를 의심하는 남편을 배려해 사교계를 피해 남편의 영지가 있는 투르 지방에 와 고독한 생활을 영위하고 있다. 뿐만 아니라 그녀는 남다른 지혜로 남편에게 선행을 유도하고, 그 결과 백작 스스로 자기가 훌륭한 사람임을 믿게끔 하여 다른 곳에서는 결코 누리지 못했을 우월 의식을 자기 집에서는 누릴 수 있게 해주기도 한다. 그런데 그녀에게는 남편이라는 커다란 질곡 이외에 아빠를 닮아 선천적으로 병약한 두 아이라는 짐이 떠안겨져 있었다. 당연히 그녀는 의사로부터 그리 오래 살아남지 못할 거라고 선고를 받은 아들 자크와 그 위로 연약한 딸 마들렌의 양육에 혼신을 쏟으며 살고 있다.

한편 이 소설의 남자 주인공 펠릭스 역시 오로지 형과 누이들에게만 관심과 애정을 보이는 부모 밑에서 태어나자마자 곧바로 시골에 있는 보모에게 맡겨지고, 이후엔 수도사들이 운영하는 학교에 보내져 부모로부터 아무런 지원도 받지 못한 채 불행한 어린 시절을 보낸다. 그 뒤 고등교육 시절에도 돈도 자유도 없는 비참한 생활이 이어지는데. 이어 불어닥친 극도의 정치적 혼란기에 파리가 위험에 처하자 어머니가 그를 집으로 데리고 간다. 하지만 너무 낯설기만 한 집에서 다른 형제들의 괴롭힘과 엄마의 냉대를 받으며 괴로워하던 중, 우연히 축제에서 한눈에 반하게 된 모르소프 백작 부인을 못 잊어 하는데, 마침 지인의 소개로 그녀의 집을 방문하게 된다.

모르소프 부인을 보기 위해 그 집에 자주 드나들게 된 펠릭스. 무료해 하는 백작의 권유로 주사위 놀이를 배우지만, 그 과정에서 백작으로부터 온갖 불평과 모진 핀잔을 받는다. 나중에 실력이 늘어난 그가 놀이에서 이기자 격분한 백작은 그에게 주사위를 집어 던지며 욕설까지 퍼붓는데. 펠릭스는 하는 수 없이 요령껏 점수를 비기는 것으로 게임이 끝나게끔 조정한다. 그리고 이 과정에서 그는 모르소프 부인의 고통을 깊이 이해하게 되고 서로의 아픔을 나누게 된다. 결국 그토록 열망하던 그녀의 사랑을 얻게 된 펠릭스.

LE LYS DANS LA VALLÉE

한평생 아무 문제가 없는 개인의 삶은 존재치 않는다. 그런데 인생에서의 불행은 놀랍게도 가장 가까운 가족으로부터 비롯되는 경우가 비일비재하다. 일방적 희생을 강요하는 강압적인 배우자로 인한, 지옥 같은 결혼 생활 이외에도, 육체적, 정신적으로 잘못 태어난 자녀 때문에 평생 고통을 짊어지는 부모의 불행, 또는 극도로 비윤리적인 부모나 형제자매를 만나 겪게 되는 가혹한 운명 등 그 예는 아주 다양하다. 그럴 경우, 우리는 곧잘 내가 잘못한 것도 아닌데 그런 악연을 왜 뒤집어써야 하는지, 너무 억울해 신의 멱살이라도 잡고 따져 묻고 싶어진다. 불교에서 말하는 업보의 고리를 가지고 애써 윗세대로 거슬러 올라가 희미하게나마 겨우 그 원인을 찾아냈다 해도 왜 하필, 지금, 내가, 혼자, 그 죄값을 옴팡 뒤집어써야 하는지 받아들이기 어렵기 마련이다.

발자크는 『골짜기의 백합』의 모르소프 부인처럼 별다른 잘못도 없이 우연히 맺어진 잘못된 결혼으로 인해 평생 고통을 떠안게 되는, 삶의 정의롭지 못한 아이러니에 대해 다음과 같이 말하고 있다.

"어느 기이하고 매서운 권능이 항상 미친 사람에게 천사를, 진실되고 시적인 사랑을 할 줄 아는 사람에게 악녀를, 보잘것없는 이에게 위대한 여자를, 못난이한테 눈부시게 아름다운 여자를 선사하는가?" [37]

펠릭스는 모르소프 부인이 배려는커녕 병적인 히스테리 기질과 분노로 공포만 주고, 자기를 고압적으로 지배하는 남편인 모르소프 백작이라는 사람이 무가치한 존재에 불과하다는 것을 인정하기까지 얼마나 많은 고통을 느꼈을까, 하고 생각할 정도로 섬세한 영혼을 소유한 젊은이이다.

그런데 여기에서 우리가 주목할 것은 바로 펠릭스가 모르소프 부인의 고통을 깊이 이해하게 된 데에는 어린 시절 냉혹한 엄마에게서 제대로 사랑을 받지 못하고, 학대에 가까운 대우를 받은 경험이 큰 역할을 하지 않았나, 하는 점이다. 철저히 소외된 채, 외로운 공상가로 자라나 항상 섬세한 관심과 따뜻한 애정을 목말라하던 그의 억눌린 영혼은 어느 누구보다 먼저 모르소프 부인의 불행하지만 순결한 영혼을 깊이 이해한다. 모르소프 부인 역시 자기에게 진정 어린 연정을 보여주는 펠릭스의 마음을 받아들임으로써, 이제 상처받은 두 영혼은 서로 정신적으로 결합함으로써 무한한 행

---

[37] 『골짜기의 백합』, 오노레 드 발자크, 정예영 옮김, 을유문화사, 2010, 163쪽

복을 함께 누리게 된다. 마치 딱 맞는 퍼즐 조각처럼 서로의 단짝인 두 사람의 영혼이 비로소 만나 하나가 된 것처럼.

하지만 이십 대 청년인 펠릭스의 내면에 천사처럼 숭고한 정신적 사랑만이 존재할 수는 없는 법. 펠릭스는 붉게 달궈진 쇠처럼 뜨거운 육체적 사랑으로 끊임없이 갈등을 하고, 이 점을 잘 알고 있는 모르소프 부인은 '숙모가 날 사랑했듯이 나를 사랑해' 달라고 그에게 간곡히 부탁한다. 하는 수 없이 펠릭스는 자기 자신을 잊고 병약한 가족들을 위해 수호천사처럼 헌신하는 모르소프 부인을 위해 그녀가 원하는 대로 따르리라 맹세한다. 그리고 아주 흥미롭게도 먼 훗날, 그는 이때처럼 충만한 행복을 맛보게 해준 사랑을 그 뒤엔 다신 하지 못했다고 다음과 같이 고백하고 있다.

'그렇다. 후에는 사랑하는 여인을 여인 자신으로서 사랑한다. 그러나 첫사랑을 할 때에는 그녀의 모든 것을 사랑한다. 그녀의 아이들이 내 아이요, 그녀의 집이 내 집이고, 그녀의 이해관계가 내 이해관계이고, 그녀의 불행이 나의 가장 큰 불행이다.'[38]

이처럼 첫사랑이 강렬한 이유는 그것이 이후의 사랑에 비해 온몸과 온 마음을 다한 사랑이기 때문일 것이다. 그런데 남성들은 일반적으로 첫사랑 이후의 사랑에서 육체적 사랑에 좀 더 경도되는 경향이 있다.

---

[38] 같은 책, 122쪽

이제 서로의 영혼이 결합된 두 사람은 지극한 행복을 맛보지만, 젊은이가 자기보다 연상이지만 아직은 젊은 백작 부인의 집에 언제까지나 드나들 수는 없는 법. 또 모르소프 부인은 부인대로 자기 때문에 펠릭스의 미래를 망칠 수 없다고 생각하고, 펠릭스의 등을 떠밀어 파리에 있는 자기 아버지 르농쿠르 공작을 만나도록 주선한다. 그리고 떠나는 펠릭스에게 부디 권세 있고, 존경받는 사람이 되기를 기원하면서 그에게 사회생활에 꼭 필요한 조언을 담은, 정성 어린 장문의 편지를 전해준다.

르농쿠르 공작의 도움으로 다행히 루이 18세의 환심을 사는 데 성공한 펠릭스. 국왕으로부터 받은 위험한 임무를 수행한 후 다시 모르소프 부인을 찾아가 사랑을 재확인하며 환희에 떨지만, 자기의 육체적 욕망으로 괴로워한다. 이후 펠릭스는 급기야 국무회의 심리관의 자리에까지 올라가게 되고, 최상류층 사교계에 드나들게 되는데, 폐하로부터 휴가를 얻은 그는 곧바로 다시 투렌 지방으로 날아간다. 그의 커다란 성공에 다시없는 기쁨을 보이면서도 그의 위험한 사랑 앞에서 재차 숭고한 사랑을 지속해 주기를 부탁하는 모르소프 부인. 그녀를 누구보다 사랑하는 펠릭스는 또 다시 그녀에게 성모 마리아와 같은 거룩한 사랑을 맹세한다.

한편 나이가 들어가면서 성질이 더 포악해진 모르소프 백작을 보고 펠릭스는 그녀에게 남편에게 당하지만 말고 맞서라고 조언하지만, 백작이 편찮다는 말을 듣자마자 그를 간호하러 가버리는 그녀의 모습을 보고 자신의 존재는 그녀의 삶의 전부가 아님을 뼈저리게 느낀다. 이때 급격히 건강이 악화된 백작. 두 사람은 사경을 헤매는 백작을 서로 번갈아 가며 헌신적으로 돌보면서 더 친밀한 연대감을 느낀다. 하지만 백작은 다시 건강을 회복하자마자 더 포악해지고, 펠릭스는 그녀의 지나친 희생에 다시 한번 우려와 불만을 토로하지만, 모르소프 부인은 만약 자기가 결혼이라는 의무를 저버린다면 아빠 없이 남겨진 두 아이의 운명은 어떻게 되겠냐며, 오히려 그에게 반문한다.

다시 폐하의 부름을 받고 투렌을 떠나는 펠릭스. 오로지 일에만 몰두하는데, 그의 모르소프 부인에 대한 숭고한 사랑이 사교계에 널리 알려진다. 한편 당시 사교계의 여왕이었던 영국 귀부인 더들리 후작 부인이 그를 유혹하기 시작하는데, 그의 냉랭한 무관심에 오히려 더 자극을 받은 그녀는 그에게 단지 사랑할 수 있게만 해달라고 애원하고, 기어이 자기의 뛰어난 미모와 집요한 노력으로 그의 욕정을 자극하는 데 성공한다.

이제 모르소프 부인으로부터 더 이상 답장이 오지 않자 엄청난 불안에 사로잡힌 펠릭스. 다시 그녀에게로 달려간다. 하지만 그녀는 이미 더들리 부인과의 관계를 다 알고 있고, 펠릭스는 그녀의 냉대에 가슴 아파한다. 한편 그동안 더 심하게 지병을 앓은 자크와 마들렌을 돌보느라 많이 수척해진 부인은 힘들었던 그간의 고통을 솔직히 토로하고, 펠릭스는 자기가 그동안 얼마나 욕정으로 인해 고통스러웠는지를 말한다. 하지만 그녀에 대한 자기 마음은 흔들리지 않았고, 다만 육욕을 다스리지 못했을 뿐이라고 고백하는 펠릭스.

한편 펠릭스를 뒤따라 투르 지방 근방까지 온 더들리 부인. 이를 알게 된 모르소프 부인은 펠릭스와 함께 더들리 부인이 있는 곳에

가 그녀를 직접 본다. 모르소프 부인은 더들리 부인에게 가라고 펠릭스의 등을 떠밀고. 펠릭스는 그녀와 하룻밤을 보내고 다시 투르로 돌아오지만, 전보다 더 확실하게 거리를 두는 모르소프 부인에게서 커다란 마음의 상처를 받는다.

파리에서 다시 더들리 부인과 관계를 이어가는 펠릭스. 하지만 시간이 지날수록 그녀의 본래의 성격이 점차 드러나자 실망을 한다. 항상 외교관처럼 처신하고 사교계를 떠나 살 수 없는 허영 덩어리인 그녀에게서 그의 마음이 멀어지는데. 결국 펠릭스는 사랑을 모르소프 부인처럼 '열정과 이상으로 승격시키는 대신 필요의 수준으로 끌어내리는' 그녀와 파경에 이르고 만다.

그러던 어느 날, 모르소프 부인이 죽어가고 있다는 말을 전해 들은 펠릭스. 정신없이 달려가서 보니 그녀는 42일째 마시지도, 먹지도, 자지도 않아 영양실조로 이미 폐색이 짙어진 상태. 그녀는 자기 곁에 다가온 펠릭스에게 낮은 목소리로 열에 들떠 말한다.

"당신을 보지 못해서 병이 났어요. 당신이 내게 살라고 하지 않았던가요? 나는 살고 싶어요. 나도 말을 타고 싶어요! 그리고 파리, 연회들, 쾌락들을 모두 경험하고 싶다고요!"[39]

"거짓이 아닌 실제의 삶을 살고 싶어요. 여태껏 내 삶에서 모든

39 같은 책, 347쪽

것이 거짓이었어요." [40]

하지만 마음의 회오리바람이 한 바퀴 몰아치고 지나가자, 모르소프 부인은 다시 본래의 자기 자신으로 돌아와 남편인 백작에게 일평생 꼭꼭 숨겨 놓았던 비밀을 고백한다.

"가족 이외의 사람에게 정을 느껴 당신에게 마땅히 쏟아야 할 정성보다 더욱 지극한 정성을 그에게 베풀었습니다. 어쩌면 당신은 그런 정성과 배려를 당신이 받는 것과 비교하여 저에 대해 노했을지도 모릅니다." [41]

그러자 노백작은 오히려 자기가 당신에게 용서를 구해야 한다고 말하며, 자기가 너무 자주 모질게 대했음을 고백한다. 서로를 용서하는 두 사람.

이제 그녀는 벽난로 위에 놓인 유언장을 가리키며 펠릭스에게 마지막 말을 할 수 있게 허락해 달라고 남편에게 부탁한다.

"이제 그는 제 양자일 뿐이에요. 제 마지막 소원으로 펠릭스에게 위대한 업적을 이룩하라는 명을 남기고 싶어요. 제가 그를 과대평가한 것이 아니라고 믿어요. 그에게 제 뜻을 남겨 줄 수 있도록 허락해 주셔서, 제가 당신도 과대평가하지 않았음을 보여 주세요." [42]

---

40 같은 책, 347쪽
41 같은 책, 356쪽
42 같은 책, 357, 358쪽

"펠릭스, 내가 당신에게도 잘못을 했을지 몰라요. 가끔 당신에게 기쁨을 드릴 것처럼 기대하게 만들고는 결국 뒷걸음질을 침으로써 당신을 실망시켰을 것입니다. 하지만 아내와 어머니의 용기 덕분에 모두와 화해하고 죽을 수 있잖아요? 그러니 빈번히 내게 불평했던 당신도 나를 용서해야 합니다. 비록 그런 부당한 불평을 내심 즐겼던 나이지만!" [43]

이처럼 마지막 순간, 모르소프 부인은 자기가 평생 펠릭스 못지않게 뜨겁게 그를 연모해왔음을, 그리고 그로 인해 너무 힘들고 괴로웠지만 그때마다 자기의 욕망을 억눌러 정신적 사랑으로 승화시켜넘으로써, 아내와 엄마의 역할을 성공적으로 수행할 수 있었음을 고백하고 있다.

LE LYS DANS LA VALLÉE

『골짜기의 백합』은 발자크의 다른 리얼리즘 작품들과 달리 낭만주의의 극치를 보여주는 연애소설이다. 자기를 흠모하는 젊은이를 사랑하면서도 끝까지 아내와 어머니로서의 자기 본분을 지켜낸 여인과, 연상의 여인에게서 이상적 여성상을 발견하고 그녀의 뜻에 따라 욕정을 억누르며 정신적 사랑을 이어가던 중, 유혹을 못 이겨 한 때 다른 여성과 불같은 사랑을 하지만 결국엔 다시 그 연상의 여인에게로 돌아오는 사랑을 그린 이야기다.

---

43 같은 책, 358쪽

하지만 그 여인은 지독한 배신감으로 죽어가고, 이제 죽음의 문턱에서 겨우 그녀가 자기의 본분을 저버릴 정도로 그를 사랑했었다는 것, 그리고 오히려 그랬기에 더욱 더 가족들에게 충실하려고 애썼다는 사실을 우리는 마지막에 가서야 알게 된다.

두 사람의 사랑이 그토록 강렬하고 아름답고 지속적일 수 있었던 것은 어쩌면 두 사람 모두 어린 시절 진정한 사랑을 맛보지 못한 불행한 사람들이었다는 게 꽤 큰 역할을 하지 않았을까, 싶다. 이 소설에서 발자크는 진정한 사랑을 욕정의 쾌락이 아닌 정신적인 결합에서 찾고 있다. 그런데 이 지점에서 내가 흥미롭게 생각하는 것은 발자크가 진정한 사랑을 무엇보다 여성의 사랑으로 보고 있다는 점이다.

소설에서 직접 그 이유를 찾아보자. 그에 따르면 우선 여성의 자비로운 사랑은 다른 자비와는 다른 것이다.

"어떤 이는 거만해서 자비롭고, 다른 이는 습관적으로, 또 다른 이는 계산에 의해서 또는 성격이 물러서 자비롭죠. 하지만, 벗이여, 당신은 맹목적인 자비를 보여주었어요." [44]

거만해서 자비로운 것은 돈이나 권력 등 우위에 있는 자가 아랫사람에게 시혜를 베풀듯 사랑을 베푸는 것이고, 습관적으로 자비로운 것은 애정으로 충만한 마음이 결여된, 기계적인 행위에 불과

---

44 같은 책, 290쪽

한 것이고, 계산에 의해 자비로운 것은 무언가를 얻어낼 목적으로 일시적으로 사랑을 베푸는 것이고, 성격이 물러서 자비로운 것은 약자의 처세술처럼 약하기에 어쩔 수 없이 자애롭게 처신하는 것을 의미한다. 하지만 맹목적인 자비란 자식에 대한 부모의 사랑처럼 이해타산을 벗어나 사랑하는 이에게 베푸는, 조건 없는 무한한 사랑을 의미한다.

이러한 사랑을 베푸는 자는 주로 여성이기에 우리도 발자크처럼 이런 사랑을 여성적 사랑이라 이름 붙이는 데 동의할 수 있다. 여성적 사랑의 가장 큰 특징은 바로 사랑하는 마음이 자신을 위한 마음이라기보다, 상대방을 위하는 마음이라는 점에 있다. 발자크는 이런 마음을 우리 안에 있는 천사의 마음으로 보고 있는데, 안타깝게도 '지상에서의 삶은 감각적인 이기심의 지배를 받기 때문에 우리를 끌어내린다'고 말한다.

바로 이러한 입장에서 발자크는 남성의 경우엔 이런 여성적 사랑을 첫사랑의 경우에만 적용될 수 있다고 보는데, 첫사랑 이후 남성들의 사랑의 변모를 다음과 같이 날카롭게 언급하고 있다.

"결국 훗날 나는 이토록 충만한 행복의 원인을 알게 되었다. 그 당시 내 나이에는 어떤 이해관계도 감정을 왜곡시키지 않았고, 어떤 야심도 사랑의 흐름을 가로지르지 않았다. 그렇다. 후에는 사랑하는 여인을 여인 자신으로서 사랑한다. 그러나 첫사랑을 할 때에는 그녀의 모든 것을 사랑한다. (중략) 그런 성스러운 사랑은 우리를 다른 사람 안에서 살게 하지만, 후에는 우리가 다른 이의 삶을 우리 안으로 끌어들이고, 여인에게 우리의 떨어진 기력을 젊은 감정으로 되살려 달라고 요구하게 된다." [45]

"그 이후에, 남자는 더 이상 주지 않고 받기만 한다. 젊은 시절에 자기 안에서 연인을 사랑했던 그는 이제 연인 안에서 자기를 사랑한다. 그리고 우리 남성들은 우리를 사랑하는 여인에게 자신의 취향과, 때로는 악덕까지 심어 준다." [46]

이와 관련하여 『골짜기의 백합』에서 발자크가 모르소프 부인의 입을 빌어 이런 사랑의 뿌리가 바로 모성에 있음을 언급하고 있음은 한번 곱씹어 볼 필요가 있다.

"나는 아이를 둔 어머니로서 사람을 학대할 줄 모릅니다. 고통을 견딜 줄은 알지만, 다른 사람에게 고통을 주는 일은 절대 할 수 없어요." [47]

"그런데 그녀가 모성애가 없다면, 어떻게 사랑하는 법을 알까요?" [48]

이렇듯 모르소프 부인은 사랑과 모성애의 본질적 유사성을 언급하고 있다. 즉 진정한 사랑은 이기적인 남성적 사랑과 달리 아무

---

[45] 같은 책, 122쪽
[46] 같은 책, 320쪽
[47] 같은 책, 228쪽
[48] 같은 책, 280쪽

조건 없이 무한히 베푸는, 모성애와 동일한 성질을 공유하는 일면
이 있다고 보고 있는 것이다.

인간은 동물이기에 우리는 평생 자기 욕구를 벗어나 살지 못한
다. 즉 욕망이라는 근원적인 동력으로 삶을 이끌어간다. 그러니까
인간은 죽을 때까지 자기 자신에 갇힌 채 자기중심성이라는 생물
학적 중력의 자장을 벗어나지 못한다.

그런데 이와 동시에 우리는 자기를 벗어나는 기적의 순간이 존
재함을 경험적으로 알고 있다. 자기를 벗어난다는 건 생물학적 자
아에서 탈피하는 걸 의미하는데, 그것을 가능케 하는 것은 상상력
이나 사유를 통해서이거나, 사랑 행위를 통해서이다.

사유한다는 것, 즉 보편적인 이념이나 일반적인 법칙을 생각한
다는 것은 이미 시야가 자기라는 좁은 틀에서 벗어나 있다는 걸 의
미하고, 타인의 처지에 자기를 가져다 놓고 그의 희노애락을 자기
의 것처럼 느낄 수 있게 해주는 상상력 또한 이미 자기가 놓여 있
는 상황과 감정에서 벗어나 있음을 의미한다.

그리고 마지막으로 여성적 사랑은 여기에서 한 걸음 더 나아가,
자기를 벗어나는 것에 그치는 것이 아니라 사랑하는 사람 안에서
사는 걸 의미한다. 이때 사랑하는 사람 안에서 산다함은 그 사람의
행복과 성장을 나의 이기적 입장에서가 아니라 바로 그 사람의 입
장에서 바라보고 간절히 원하는 상태를 의미한다.

사유와 상상력이라는 정신적 행위와 여성적 사랑 행위는 감각적이고 이기적인 사랑에 비해 영속적이고 생산적이다. 이에 비해 자기 하나의 몸뚱아리의 만족을 위한 사랑은 일회적이고 일시적인 소모 행위라 할 수 있다. 물론 우리가 육체라는 옷을 걸치고 있는 한, 몸뚱아리의 욕망을 벗어날 수는 없지만, 일시적으로나마 우리를 본능이라는 생물학적 중력에서 해방시켜, 즉 자아라는 갇힌 틀에서 끄집어내 보다 더 자유로운 존재로 만드는 것은 바로 이러한 정신적 행위들과 여성적 사랑, 그 둘 뿐이다.

여성적 사랑의 근원은 말할 것도 없이 모성적 사랑이다. 모성적 사랑은 생명을 잉태하고 양육하는 행위이기 때문에 관심이 자기 자신에게보다는 상대방의 행복과 성장에 놓여 있다. 모성애가 얼마나 한 인간의 인식의 폭과 깊이를 넓히고, 이와 더불어 한 인간의 인격을 한 단계 더 높게 성장시키는가, 하는 것은 모르소프 부인이 심지어 자기에게 폭군처럼 보이지 않는 학대를 휘두르는 남편에 대해서도 다음과 같이 깊은 동정심을 보여주고 있는 점에서 우리는 확인할 수 있다.

"인생이란 그런 거예요. 모르소프 백작은 무슨 죄를 지었길래 그런 운명에 처하게 됐을까요?"[49]

---

49 같은 책, 284쪽

하지만 바로 여기에서도 함정은 존재한다. 여성이 아이를 낳음으로써 자아의 한계를 벗어나는 경험을 하게 되고 그런 점에서 한 단계 인격적으로 성숙을 경험하는 건 사실이지만, 자칫 잘못 생각해 마치 자기의 자아가 없는 것처럼 생각하는 것은 인간의 근원적인 생물학적 한계를 무시하는 몰지각한 생각이라 할 수 있다.

그런 점에서 여성은, 아니 엄마는 상대방을 사랑하는 존재여야 할 뿐 아니라 자기의 자아까지 사랑할 줄 알아야 한다. 이제 여성들은 더 이상 수천 년간 지속되어온 가부장제하에서 여성들에게 씌워진, 희생하는 존재라는 이데올로기의 일방적 희생자가 되어서는 안 된다.

수많은 남성들의 사랑이 정신적 사랑보다는 육체적 사랑에 보다 경도되고, 여성을 자기의 이기적 욕망을 충족시키기 위한 수단으로 보게 된 데에는 인류 역사상 가장 오래된 사회 제도인 가부장제라는 견고한 제도가 배경이 되고 있는 게 분명하다. 가부장제라는 제도 속에서 남성은 여성에 비해 지배적인 위치에서 자기의 욕망을 충족시키기 때문에 상대방을 위해 희생할 이유도 필요도 없다. 오히려 지배적 강자라는 위치는 자기의 욕망을 마음대로 처리해도 되는, 언제든 탐욕과 방종으로 나갈 수 있는 여지를 남성에게 제공한다.

그런 의미에서 볼 때 남성이 진정한 의미의 사랑인 여성적 사랑을 경험키 위해서는 어린 시절의 펠릭스처럼 억눌린 약자로서의 경험이 필요한 것일지도 모른다.

PHILOSOPHICAL ESSAYS
ON CLASSIC LITERATURE

Lev Tolstoi

ВОЙНА И МИРЪ

레프 톨스토이의
『전쟁과 평화』에 대하여

인간 유형의 전시장

천 길 물속은 알아도 한 길 사람 속은 모른다는 속담이 있다. 겉모습만으로는 그 사람을 제대로 알기 어렵다는 말일 것이다. 시각은 우리에게 가장 많은 정보를 주는 최고의 감각기관이지만 우리를 가장 큰 착오에 빠뜨리는 기관이기도 하다. 실제로 인생의 희비극은 이렇듯 사람들의 겉과 속이 다르다는 것에서 연유하는 경우가 참 많다. 그중에서도 최고봉은 아마 겉으로 드러나는 육체적인 성적 매력과 보이지 않는, 진정한 인간적 가치가 심히 어긋나는 경우가 아닐까 한다.

실제로 우리 엄마도 우리 아버지의 멀쩡한 외모에 반해 결혼했지만 아버지 때문에 평생 힘든 삶을 살다 가셨다. 인정이 많고 통이 큰 엄마는 옷 장사로 돈을 잘 벌었지만 돈이 모이면 그때마다 아버지가 내다 쓰곤 했다. 아무리 깊이 숨겨 놓아도 찾아내는 데는 귀신같은 아버지였다. 툭하면 아버지와의 결혼을 후회하곤 했지만, 과연 엄마가 젊은 시절로 다시 돌아간다 해도 잘생기고 선량한 호인이었던 아버지를 마다할 수 있었을까, 의심이 된다.

또 우리 시어머니도 몇십 년간을 함께 산, 당신 남편의 속을 죽을 때까지, 아니 지금까지 잘 모르겠더라고 말하곤 했다. 한 사람을 제대로 이해하는 게 결코 쉬운 일이 아니라는 얘기다. 사실 한 평생을 살아온, 내 삶의 주체인 나 자신도 스스로를 잘 알고 있다고 말하기 쉽지 않다. 이렇게 나도 나를 잘 모르는데, 과연 남을 얼마나 알겠는가.

하지만 올바른 정보를 교란시키는 외모와 이미지라는 수단에 현혹되지 않고, 그 사람을 가장 잘 알 수 있는 믿을만한 방법이 하나 있긴 하다. 그건 바로 그 사람의 행동을 통해 그 사람을 가장 많이 지배하는 욕망을 알아내는 길이다. 인간은 누구나 자기 욕망에 따라 움직일 수밖에 없기 때문이다.

그런데 여기서 우리가 결코 간과해서는 안 되는 것이 바로 그 사람의 타고난, 유전적 기질의 문제다. 우리 인간은 태어날 때 이미 일정한 성향을 갖고 태어나는데, 이러한 성향이 그 사람의 욕망에 일정한 방향성과 질적 특성을 부여한다.

톨스토이의『전쟁과 평화』에서도 바로 이러한 점들을 재확인할 수 있다.

톨스토이의 『전쟁과 평화』는 작품의 스케일이나 질의 측면을 고려했을 때 고대 호메로스의 『일리아스』에 버금갈 만큼 방대하면서 완성도가 높은 작품이다. 작품의 배경은 1805년 제1차 나폴레옹 전쟁 직전부터 1812년의 대(對)나폴레옹 조국전쟁을 거쳐 자유주의 기운이 러시아 사회를 뒤덮기 시작한 1820년까지의 러시아 역사이고, 여기에 등장하는 인물도 알렉산드르 1세와 나폴레옹을 비롯한 실제 인물들과 무수한 가공 인물들로 손으로 일일이 꼽을 수 없을 만큼 많다.

이 작품의 주인공은 나따샤와 안드레이 볼꼰스끼 공작, 그리고 삐에르 세 사람이라고 할 수 있다. 하지만 이 세 사람의 로맨스만으로 이 작품을 압축시켜 놓으면 이 로맨스의 깊이를 제대로 이해하기 어려울 뿐 아니라 톨스토이가 말하고 싶어하는, 보석 같은 다른 이야기들을 많이 놓치게 된다. 물론 그렇다고 그 많은 등장인물들의 이야기들을 다 다룰 수도 없는 노릇이겠고.

이 작품의 에센스에 다가가기 위해서는 어쩔 수 없이 무수한 곁가지를 쳐내고 먼저 이야기의 뼈대를 구축해야 한다. 다행히 이 방대한 전체 이야기를 한 눈에 꿰뚫게 해주면서도 그 중심이 되는 사랑 이야기도 놓치지 않게 하는, 효과적인 접근 방법이 있다. 그건 바로, 작품 속 중요한 세 집안사람들의 이야기를 통하는 길이다.

세 집안은 바로 볼꼰스끼 공작 집안, 로스또프 백작 집안, 그리고 바씰리 공작 집안으로, 볼꼰스끼 공작 집안은 공작과 아들 안드레이, 그리고 딸 마리야로, 로스또프 백작 집안은 백작과 백작 부인, 큰아들 니꼴라이와 딸 나따샤, 그리고 둘째 아들 뻬쨔로, 마지막 바씰리 공작 집안은 공작과 딸 엘렌, 그리고 둘째 아들 아나똘리로 (큰아들은 작품 속 비중이 작아 생략) 구성되어 있다.

당연한 얘기겠지만, 이 집안 구성원들은 각자 개성은 물론 다 다르지만, 초록이 동색이듯 서로 묘하게 닮아 있다. 그리고 더 중요하게는 이들 각자의 독특한 성격이 전체 이야기의 중심 사건들을 만들어내는 주요 요인이 되고 있다는 점이다. 다시 말해 그들의 성격이 곧 그들의 운명이 된다.

열다섯 번이나 수정을 가하고 수시로 박물관에 들락거리며 기록을 검토하고, 자기 집 서재를 참고 서류로 도배하다시피 하며 창작에 몰두했던 톨스토이는 『전쟁과 평화』 집필의 어려움을 다음과 같이 토로하고 있다.

"이제부터 착수하려는 대작 가운데 나오는 여러 사람들에게 일어날 모든 사건을 구상하고 고쳐 생각하고, 그러한 여러 인물들에게 일어날 수 있는 몇백만의 관계를 고려하고, 그 가운데서 백만분의 일을 골라낸다는 것은 참으로 어려운 일입니다." [50]

필자가 보기에 톨스토이가 이렇듯 힘겨운 일을 성공적으로, 그리고 거뜬히 해낼 수 있었던 건 바로 그가 이 세 집안 사람들 한 사

---

50 『전쟁과 평화』 2권, 톨스토이, 맹은빈 옮김, 동서문화사, 2013, 1659쪽

람 한 사람의 성격을 또렷하게 형상화해내고, 그럼으로써 그 각각
의 성격에서 새로운 인간관계를 구축해내고, 이를 통해 새로운 사
건들을 하나하나 만들어낼 수 있었기 때문이지 않았나, 싶다.

제일 먼저, 볼꼰스끼 공작 집안 사람들의 특성은 고귀한 정신성
을 겸비한 현실적 합리주의에 있다.

예전에 '프러시아 왕'이라는 별명을 가진 육군 대장이었던 볼꼰
스끼 공작은 빠베르 황제 시대에 자기 영지인 '벌거숭이 산'으로 추
방되었지만, 새로 즉위한 알렉산드르 1세에 의해 궁정 출입의 허가
를 받는다. 하지만 그는 '벌거숭이 산'을 떠나지 않고 그곳에서 두
문불출, 자기 나름의 생활방식을 엄격하게 지키며 살고 있다. 모든
인간 악의 근원을 무위와 미신, 그 둘에 있다고 보는 그는 따라서
인간이 지켜야 할 선(善)을 오로지 활동과 지성뿐이라고 생각하는
노인이다. 그는 늘 세계가 돌아가는 정세와 러시아 상황에 대해 촉
각을 세우고 열심히 정보를 수집하며, 서재에서 회상록을 집필하
고 고등 수학을 연구하며, 그 밖에 정원 가꾸기, 자기 영지의 관리
감독, 그 밖에 딸에게 수학 공부까지 시키는 등 시간을 분(分)까지
나누어 쓸 정도로 규칙적인 생활을 하고 있다.

한편 그의 아들이자 소설의 주인공인 안드레이 볼꼰스끼 공작
은 강인한 정신력과 침착한 태도, 뛰어난 기억력을 구비한 박학다
식한 귀족 자제로, 군 업무에 있어서나 농업 경영에 있어서 꼼꼼
하고 야무지게 일을 처리하는 현실적인 합리주의자이다. 그는 무

엇보다 명예라든가 공공의 복지와 같이 사회적으로 가치 있는 훌륭한 것을 추구하기에, 전쟁을 치르고 있는 조국에 도움이 되고자 군에 입대하려고 한다. 대도시의 사교계 생활을 좋아하는 아내와 달리 사교계를 허영과 무위의 집합체이자 보잘것없는 일에 에너지를 소모시키는 곳이라고 생각하고 있는 그는 현재 임신을 한 아내의 문제로 고민을 하고 있다. 결국 임신을 한 아내를 혼자 두고 갈 수 없다고 생각한 그는 '벌거숭이 산'에 아내를 데려다 놓고 군에 들어간다.

안드레이 공작의 여동생 마리야는 비록 얼굴은 오빠처럼 잘 생기진 않았지만, 그리스도에 대한 독실한 믿음을 갖고, 아름다운 눈빛과 그보다 더 고귀한 심성을 간직한 채 아버지를 돌보며 헌신적으로 살아가고 있다. 물론 기독교 신자로서의 마리야를 합리주의자라고 하기는 어려울지 몰라도 그녀는 높은 정신성을 가지고 기독교적인 윤리를 직접 몸으로 실천해 보이는 여성이다.

두 번째로, 로스또프 백작 집안 사람들은 냉철한 이성은 상대적으로 부족하지만, 인간에 대한 따뜻한 정을 나누며 사는 순수한 감성주의자들이다.

로스또프 백작은 마음씨 좋은 호인으로 수시로 집안에서 만찬을 베풀고, 가족들의 요구를 거절하지 못하는 등 가족의 행복을 위해 살아가지만, 아쉽게도 자기 재산 관리 능력이 부족해 자산이 점점 줄어드는데도 불구하고 속수무책인 사람이다. 하지만 이렇듯 따뜻하고 정감 있는 집안 분위기는 백작 부인과 딸, 그리고 두 아들 모두 그들의 타고난 순진무구한 마음, 즉 인간의 본래적인 순정(純

情)을 성인이 되어서까지 잘 간직하고 살아갈 수 있게 해주는 배경이 된다. 그렇지만 다른 한편에서 보면 이들은 아버지를 닮아 안타깝게도 하나같이 냉철한 판단보다는 늘 뜨거운 열정이 먼저 앞서 본의 아니게 실수를 하곤 한다.

그의 딸이자 소설의 여주인공인 나따샤는 타고난, 풍부하고 섬세한 감성과 삶에 대한 다혈질적인 열정을 아무 구김살 없이 마음껏 펼치며 살아가는 낭만적인 아가씨이다. 하지만 다른 사람들의 처지와 그들의 마음에 대한 센스와 이해력이 뛰어나며 동정심이 많고 정의감도 있어 필요할 때엔 자기희생도 마다하지 않는 여성이기도 하다.

두 아들 니꼴라이와 뻬쨔는 성인이 되어가는 길목에서 둘 다 조국과 황제를 위해 기꺼이 자기를 희생하려는 젊은이들이다. 이 두 청년의 마음을 뜨겁게 달아오르게 하는 러시아에 대한 애국심과 황제에 대한 충성심은 청년기의 남자아이들에게서 흔히 발견되는, 자기 조국에 대한 순수한 열정의 결정체라 할 수 있겠다. 형인 니꼴라이는 전쟁 중에도 황제 앞에서 그를 위해 죽을 수만 있다면 얼마나 행복할까 하는 공상에 잠기곤 하며, 부모가 말리는데도 불구하고 형의 뒤를 이어 군에 들어간 뻬쨔는 자기의 열정을 억제하지 못하고 주위를 제대로 살피지 못한 채 용감무쌍하게 적군 깊숙이 뛰어들다가 허무하게 전사하고 만다.

마지막으로 바씰리 공작 집안사람들은 아무런 정신성도 윤리성도 없는, 당대의 전형적인 속물 귀족의 모습을 보여준다.

유력한 권세가이자 세련된 사교계 인사인 바씰리 공작은 언제 어디서나 성공의 가능성이 보이기만 하면 자기도 모르게 이에 접근하는 게 이미 습관이 되어버린 귀족이다. 새로운 상황이나 사람을 만나면 저절로 자기에게 유리한 계획이나 생각이 떠오르고, 자기보다 힘이나 돈이 많은 사람들에게 무의식적으로 끌리곤 하는 그에게는 하지만, 늘 골치를 썩이는 자식들이 있다. 그는 어떻게 해서든 큰아들을 고위 공직 자리에 앉히고, 미모가 뛰어난 딸 엘렌을 부호에게 시집보내고, 말썽꾸러기이자 방탕아인 둘째 아들 아나똘리의 빚을 청산해주어야 한다.

그의 딸이자 사교계의 꽃인 엘렌은 자기를 보고 황홀해지지 않을 사람은 아무도 없을 것이라 생각하며 살아가는 허영과 사치의 여인이다. 그녀는 아버지 바씰리 공작과 황태후의 여관(女官)이자 최고 상류사회의 사교계를 이끄는 안나의 합동 작전으로 갑자기 거대한 유산을 상속받은 삐에르와의 결혼에 성공하게 된다. 하지만 남편에 대해 전혀 관심도 애정도 없는 그녀는 남편을 두고 계속 불륜을 저지르다가 나중엔 천연덕스럽게 두 남자와 동시에 연애를 하게 되는데, 결국 그 중 한 사람인 고위 관리 노백작의 사주를 받은 게 아닌가 의심되는 독약이 든 음료를 마시다 죽음을 맞이한다.

그의 둘째 아들 아나똘리는 2년 전 그의 연대가 폴란드에 주둔하고 있을 때, 그다지 부유하지 않은 어느 폴란드 지주의 딸과 결혼하지만, 곧 그 아내를 버리고 장인에게 정기적으로 돈을 보낸다는 약속하에 독신자의 자유를 얻는다. 또 해마다 도박으로 2만 루불이나 되는 빚을 지고 그 빚을 아버지에게 떠넘긴 채, 언제나 명랑하고 쾌활하게 살아가는 미남자이다.

그가 늘 밝고 자신만만하게 살아가는 것은 마치 오리가 항상 물에서 살도록 만들어진 것처럼, 자기는 당연히 연 3만 루블의 수입으로 생활하고 항상 사회의 가장 높은 자리를 차지하도록 하느님에 의해서 창조되었다고 스스로 확신하고 있기 때문이다. 요컨대 그는 자기의 지위와 자기 자신에 대해 항상 만족하고 있는데, 애석하게도 자기 행위가 다른 사람에게 어떤 영향을 끼칠 것인지에 대해서는 깊이 생각하지 않는 성품이다. 노름도 출세도 명예도 비웃고, 인색한 편도 아닌 그가 좋아하는 유일한 것은 인생을 즐기는 것과 여자이다.

마지막으로 우리가 빠뜨려서는 안 될 인물은 세 번째 주인공인 삐에르이다.

삐에르는 항상 꿈을 쫓고 인생의 궁극적인 목적을 알고 싶어하는 공상가로, 안드레이 공작과는 달리 실제적인 일들에 대해서는 관심도, 능력도 별로 없는 지식인이다.

뚱뚱하고 키도 보통보다 큰 그는 이제 막 외국에서 교육을 받고 돌아와 사교계에 입문하지만, 황태후의 여관(女官)인 안나가 눈을 찌푸릴 정도로 사교계에 서투르기만 하다. 그는 응접실에 들어오는 요령도, 물러날 때 남겨야 할 재치 있는 인사도 할 줄 모르는 데다가 상대방의 이야기를 끝까지 듣지 않고 곁을 떠나거나, 자기한테서 떠나야 할 상대방을 자기 이야기로 붙잡아 두는 등 안나의 마음을 불안하게 한다.

하지만 대부호인 베주호프 백작의 사생아인 삐에르가 갑자기 발생한 백작의 사망으로 엄청난 유산을 받게 되자 삐에르는 한순간 사교계의 관심의 초점이 된다. 바씰리 공작과 가까운 사이인 안나는 파티에서 삐에르를 가슴이 깊이 파인 드레스를 입은 엘렌 가까이 앉혀 놓음으로써 그녀의 육체에 그의 시선을 결박시켜 놓는 데 성공한다. 이어 바씰리 공작은 자기 집에서 연회를 열어 엘렌과 삐에르 둘만 방에 남겨 놓는다. 밖에서 아무리 애타게 기다려도 소식이 없자, 바씰리 공작은 인상을 쓰며 자리를 박차고 일어나 드디어 큰 걸음을 내딛는다. 바씰리 공작은 삐에르에게 성큼 다가가 다짜고짜 결혼을 축하한다고 악수를 한다.

이렇게 마음에도 없이 주위 사람들에게 이끌려 엘렌과 결혼하게 된 삐에르. 얼마 지나지 않아 자기가 아내를 사랑하지 않는다는 사실을 깨닫는데. 얼마 지나지 않아 아내가 돌로호프와 내연의 관계에 있다는 걸 자기만 모르고 누구나 다 알고 있다는 사실에 직면하게 된다. 경찰서장을 곰에 잡아매서 물속에 던지거나 역마차의 말을 권총으로 쏘아 죽이던 돌로호프의 과거 행적을 떠올리며 그에게 결투를 신청하는 삐에르. 하지만 결투장에서 돌로호프에게 먼저 총을 쏜 삐에르는 다행히 총알이 빗겨 간 걸 보고 안심하면서 동시에 남을 죽이려고 한, 자신의 행위에 큰 충격을 받는다. 절망 속에서 아내에게 헤어지자고 하지만, 만약에 자기에게 재산을 준다면 헤어지겠다는 아내에게 격노해 집을 나온다.

한편 바씰리 공작은 이번엔 골칫덩어리인 둘째 아들 아나똘리 문제를 해결하러 집을 나선다. 아나똘리를 권세 있고 돈 많은 볼꼰스끼 공작의 딸 마리야와 맺어주기 위해 '벌거숭이 산'을 찾아가는데, 그 속셈을 다 알아챈 볼꼰스끼 노공작의 노골적인 냉대를 받고 그만 뜻을 접는다.

한편 군에 입대한 안드레이가 전사했다는 통지를 받고 반신반의하는 볼꼰스끼 공작 가족들. 드디어 안드레이 공작부인이 막 아기를 해산하려고 하고 있는데, 안드레이 공작이 눈이 쌓인 모피 코트를 입고 나타난다. 하지만 남편 앞에서 아들을 순산하고 목숨을 잃고 마는 공작부인. 안드레이는 자기가 아내에게 돌이킬 수 없는 죄를 지었다고 자책한다. 이제 '벌거숭이 산' 근처에 있는, 독립된 자기 영지에 건물을 짓고 학교와 병원 건축, 농업 경영 등에 몰두하는 안드레이.

한편 아내와 자기 자신에 대한 혐오감을 갖고 기차에 탄 삐에르는 그 안에서 한 인상적인 노인을 알게 되고 그에게 영향을 받아 프리메이슨(평등과 형제애 등 인간의 도덕적 완성을 목표로 하는 종교 비밀결사 단체)에 가입하게 된다. 이어 자기 영지를 둘러본 삐에르는 안드레이를 만나보러 '벌거숭이 산'에 들른다. 그곳에서 예전의 활기를 잃고 우울하게 살고 있는 안드레이를 보며 안타까워하는 삐에르. 하지만 안드레이는 믿을 수 있는 단 하나의 친구인 삐에르의 긍정적인 이야기를 듣고 미약하게나마 그에게서 선한 영향을 받는다.

일 년 후, 겨우내 고립된 생활을 영위했던 안드레이는 새로운 봄을 맞이하여 이제 막 다시 소생하는 자연에 감탄하는데, 이 지역의 귀족 단장인 로스또프 백작을 만날 일이 있어 그의 저택을 향하게 된다. 거의 도착할 무렵 안드레이는 자기가 탄 마차 옆을 크게 웃으며 달려가는 나따샤의 쾌활한 모습에 강한 인상을 받는데. 그날 밤, 백작의 저택에서 하룻밤을 묵게 된 안드레이는 잠이 안 와 창가로 다가가 창문을 연다. 이때 위층 창문 밖으로 흘러나오는 뜻밖의 목소리에 흠칫 놀라며 귀 기울인다.

"쏘냐, 이토록 아름다운 밤에 어떻게 잘 수 있어?"[51]

어둡고 조용한 밤, 나따샤가 쏘냐(나따샤와 한 집에 살고 있는, 먼 친척으로 나따샤의 가장 가까운 친구)에게 건네는, 들뜬 듯 탄식하는 소리를 듣자, 안드레이는 아까 낮에 보았던 그녀의 모습을 떠올리며 이상한 설렘을 느낀다.

한편 다시 빼쩨르부르그에 돌아온 삐에르는 프리메이슨의 중심인물이 되어 활동하지만, 프리메이슨 사람들의 생각이 자기와 달라 점차 불만을 느끼는데, 아내가 보낸 참회의 편지와 장모의 간절한 부탁으로 아내와 재결합하게 된다. 하지만 또다시 시작된, 사교계에서의 아내의 불성실한 행실 때문에 우울증이 도지는 삐에르.
때마침 우연히 아버지와 이곳 무도회에 처음 참가하게 된 나따샤는 안드레이와 춤을 추며 즐거운 시간을 보내는데, 점점 더 그녀에게서 생명력 넘치는 매력을 느끼는 안드레이는 결국 청혼을 결심한다. 서둘러 아버지 볼꼰스끼 노공작에게 결혼 승낙을 구하지만, 자기 가문보다 재산이나 명예가 뒤떨어지는 로스또프 집안 딸과 결혼하는 것을 못마땅해하는 노공작은 안드레이에게 일 년간 외국에 갔다 오면 결혼을 승낙하겠노라고 말한다. 크게 실망하지

---

51 같은 책, 1권, 580쪽

만 어쩔 수 없이 받아들이는 안드레이.

안드레이는 이 소식을 나따샤와 로스또프 백작 부부에게 알리고 외국으로 떠난다. 잔뜩 사랑과 꿈에 부풀었던 나따샤는 갑자기 돌변한 상황에 당혹스러워한다. 무엇을 해야 할지 몰라 침울해하는 나따샤. 아버지와 함께 미래의 시부모가 될 볼꼰스끼 공작 저택을 방문하지만 환영을 받지 못한다. 그런데 우연히 참석하게 된 오페라 극장에서 나따샤는 아나똘리의 집요한 눈길을 받게 되고. 다른 연회에서 또다시 그녀에게 접근한 아나똘리는 더없이 부드럽고 뜨거운 시선을 던지며 다음과 같이 사랑 고백을 한다.

"나는 미치도록, 미치도록 당신을 사랑한다고 말하고 있는 것입니다. 당신이 그토록 매력적이라고 해서, 내가 나쁜 것은 아니잖습니까?" [52]

얼떨결에 그의 키스까지 받게 된 나따샤는 엄청난 혼란에 휩싸인다. 급기야 그를 사랑하고 있다고 확신하게 된 나따샤는 자기와 함께 외국으로 도피를 하자는 아나똘리의 편지(이 계획은 애초에 그의 친구 돌로호프의 머리에서 나온 것이다)를 받게 된다. 하지만 막 집을 떠나려는 찰나, 쏘냐의 의심과 추궁으로 결국 그 계획이 탄로나고 만다.

한편 삐에르는 그저 습관적으로 다시 사교계와 클럽에 드나들

---

[52] 같은 책, 1권, 794쪽

며 자기 혐오에서 벗어나지 못하는데, 나따샤에 관한 소식을 듣게 되자 아나똘리를 만나 혼쭐을 내주며 당장 이 도시를 떠나라고 명령한다. 처음엔 아나똘리의 과거 행적을 믿지 못하던 나따샤. 삐에르의 말을 듣고 더 이상 아나똘리라는 인물의 삐뚤어진 인간성을 부정할 수 없게 되자 치욕과 불명예의 구렁텅이 속에 빠져버린다.

아무도 만나지 않고 크게 병을 앓는 나따샤. 로스또프 백작의 간곡한 부탁을 받고 나따샤를 만난 삐에르는 이제 자기에겐 모든 것이 다 끝났다는 나따샤의 절망적인 말을 듣는다. 삐에르는 그녀에게 절대 그렇지 않다, 만약에 자기가 이 세상에서 최고 미남이고 머리가 좋고 뛰어난 인간이라면, 그리고 자유로운 몸이라면 당장 무릎을 꿇고 당신의 사랑을 구할 거라고 말한다. 실로 오랜만에 감사와 감동의 눈물을 흘리는 나따샤. 삐에르는 한동안 자기 가슴을 진정하지 못한다.

한편 나따샤와 아나똘리가 사랑의 도피 행각을 하려 했다는 추문을 듣게 된 안드레이는 크게 분노한다. 아나똘리에게 결투를 신청하려 하지만 그는 이미 군대로 떠나버린 상태인데. 이때 마침 꾸뚜조프 총사령관의 부름을 받은 안드레이는 아나똘리도 만날 겸 전투지로 찾아가지만 그를 만나지 못한다. 결국 안드레이는 모든 것을 잊고 단순하게 군 업무에 집중함으로써 애써 마음의 평정을 얻으려 한다.

한편 삶의 의욕을 잃고 방황하는 나따샤는 기도 생활을 통해 차츰 심리적 안정을 취하는데. 자기가 나따샤를 사랑한다는 걸 깨달은 삐에르는 다신 로스또프네를 방문하지 않으리라 마음먹는다.

모스크바에 침입하기 시작한 프랑스 군을 보고 모스크바를 떠나는 삐에르. 격전지인 보로지노 전투 현장에 와 전쟁의 참혹함을 몸소 체험하면서 영웅 나폴레옹을 환멸하게 된다.

다시 모스크바로 돌아온 삐에르. 여기저기 불에 타고 있는, 모두가 떠나버린 유령의 도시 모스크바를 목도한다. 마침내 나폴레옹을 죽이려고 마음먹은 삐에르는 권총과 농민복을 준비해 집을 떠난다. 하지만 어느 불타고 있는 집안으로 뛰어들어 잃어버린 딸아이를 부모에게 찾아주려다 프랑스 군인에 의해 방화범으로 몰려 독방에 수용된다. 그리고 그곳 감방에서 우연히 뽈라똔이라는 농부를 만나는데, 그에게서 원만하고 영원불변한 소박함과 진리의 화신이라 할, 진정한 인간의 모습을 발견한다.

한편 가장 치열했던 전장에서 포탄을 맞고 쓰러진 안드레이. 죽음을 눈앞에 두고 숱한 추억과 사념에 휩싸인다. 차츰 자기가 추구했던 명예가 헛된 미망임을 깨달으며 다른 이들에 대한 연민과 사랑을 느끼지만, 이제 자기 삶이 끝났다는 걸 깨닫는다.

또 다른 한편 우왕좌왕 끝에 결국 모스크바를 떠나기로 결심한 로스또프네 가족들. 마차로 이동하다가 한 마을에 머물게 되는데. 그곳에서 부상병들을 실은 마차 속 안드레이를 발견하게 된 나따샤는 안드레이과 극적으로 상봉한다. 눈물로 용서를 비는 나따샤. 그리고 서로의 사랑을 확인하는 두 사람. 결국 나따샤의 품 안에서 숨을 거두는 안드레이.

안드레이를 보내고 나서 혼이 빠진 듯 슬픔에서 벗어나지 못하는 나따샤는 갑자기 날아온 빼쨔의 사망 소식을 듣고 쓰러진 엄마를 전심전력으로 위로하는 과정에서 조금씩 다시 기운을 되찾는다. 한편 러시아를 버리고 퇴각하는 프랑스 군인들의 무방비한 상태 덕분에 간신히 도망쳐 나온 삐에르는 아내가 사망했음을 알게 되고, 나따샤를 통해 안드레이의 마지막 순간들에 대한 이야기를 듣는다. 기어이 울음을 터뜨리는 그녀를 위로하는 삐에르.

"우리는 익숙해진 길에서 내던져지면 만사는 끝이라고 생각하기가 쉽지만, 실은 거기서 새롭고 훌륭한 일이 시작됩니다. 목숨이 있는 동안은 행복도 있습니다."
"그러나 지금은 아무것도 없어요."
"아닙니다, 아닙니다. 내가 이렇게 살고 있고 또 살고 싶다고 생각한다고 해서 내가 나쁜 것은 아닙니다. 당신도 마찬가지입니다."

[53]

포로 생활을 통해 자신의 내면이 한 단계 단단해진 것을 느끼는 삐에르. 드디어 나타샤와의 결혼을 결심한다.

WAR AND PEACE

거칠게나마 소설의 줄거리를 정리해 보았다. 줄거리를 꼼꼼하게 잘 살펴보면 우리는 이야기가 전개되는 과정 마디마디에 등장인

---

53 같은 책, 2권, 1525쪽

물들의 독특한 개성이 일정한 역할을 하고 있음을 알 수 있다. 각기 다른 등장인물들의 장점과 단점이 특수한 상황 속에서 구체적으로 어떻게 작용하는지, 그리고 다른 인물들의 특성과 만나 어떻게 새로운 국면을 전개시켜 나가는지를 주목해 보면 더 재미있게 전체 이야기를 꿰뚫을 수 있다. 이를 통해 우리는 『전쟁과 평화』속에 구현된 이야기가 얼마나 개연성이 높은 내러티브인가를 확인할 수 있을 것이다.

늘 꿈을 쫓는 공상적 기질의 삐에르는 자기 주위의 실제적인 일에 둔감하기에 바씰리 공작과 안나의 교활한 공작(工作)을 감지하지 못하고 얼떨결에 사랑하지도 않는 엘렌과 결혼을 함으로써 온갖 수모와 치욕을 겪게 되지만, 인생의 궁극적 목적을 탐구하는 성향으로 인해 집을 떠나 프리메이슨에 가입도 하고 전장에 직접 참가해 전쟁의 참혹함과 영웅의 허상을 깨닫기도 한다. 또 프랑스군에 점령돼 모두가 떠나버린 모스크바가 불에 타는 유령의 도시로 화하자 나폴레옹을 죽이려 집을 나서지만, 우연히 목격한 화재 현장에서 아이를 구하려 뛰어들다가 포로가 되는데, 오히려 감방에서 만난 쁠라똔이라는 농부를 통해 자기가 추구하던, 심원한 정신적 성숙을 이루게 된다.

현실적 합리주의자인 안드레이는 현실적인 명예를 추구해 군에 입대해 아내를 잃고 절망에 빠지지만, 아버지의 명으로 인해 나따샤까지 잃게 되자 명예를 회복하기 위해 아나똘리를 만나러 다시 전쟁터로 간다. 하지만 그를 만나지는 못하고 누구보다 용감하게 앞장서 싸우다가 명예롭게 전사하게 되는데. 죽음 앞에서 비로소 세속적인 명예의 헛됨을 깨닫고 삶의 궁극적 의미가 바로 인간에 대한 사랑임을 발견한다.

낭만적 열정주의자인 나따샤는 삶에 대한 생명력 넘치는 열정을 갖고 살다가 안드레이를 기다려야 하는 일 년이라는 기간을 견디지 못하고, 아나똘리의 미친 듯한 사랑의 고백 앞에서 그만 냉철한 판단을 잃고 만다. 이후 그녀가 견뎌야 할 엄청난 수모와 고통이 이 한순간의 착각에서 비롯됐음을 생각하면 어이가 없지만, 젊고 감정적인 그녀의 다혈질적인 기질을 생각하면 이해하기 어려운 일도 아니다. 하지만 그녀의 순정은 죽음 앞에 놓인 안드레이에 대한 사랑으로 다시 살아나고, 혼신을 다해 간호하던 나따샤는 결국 그에게서 용서를 받는다.

마지막으로 그때그때마다 자기의 세속적이고 육체적인 욕망에 따라 살아가는 엘렌과 아나똘리는 자기들의 행동이 다른 사람에게 어떠한 결과를 낳을지에 대해서 전혀 생각하지 않기 때문에, 엄청난 잘못을 저지르고도 끝내 반성할 줄 모른다는 점에서 동일한 DNA를 보여준다 하겠다.

WAR AND PEACE

인간은 크게 보면 다 똑같지만, 섬세하게 보면 다 다르다. 인간을 지배하는 욕망의 수가 그리 많은 건 아니지만, 사람마다, 또 그때그때마다 그 사람을 지배하는 욕망은 충분히 서로 다르다.『전쟁과 평화』속 인물들에서 확인할 수 있듯이 그 인간을 지배하는 욕망의 일정한 특질 내지 바운더리는 유전적 DNA에 의해 우선적으로 영향을 받는다. 그다음에 그 사람의 지배적인 욕망은 그 사람이 살아온 과정, 현재 그 사람이 놓여 있는 상황에 따라 독특한 성질의 것으로 형성된다.

물론 한 인간 안에는 다양한 욕망들이 병존해 있다. 그리고 이때 욕망들은 동등한 가치를 가지고 병렬적으로 존재하기보다는 일종의 계층구조(hierarchy)를 이루고 있다. 다시 말해 그 사람을 지배하는 욕망들의 크기와 비중은 서로 다른 상태로 병존해 있다. 또한 인간은 충족시키기 손쉬운 욕망부터 먼저 충족하려 하기 때문에 욕망은 그것이 얼마나 현실적으로, 또는 즉각적으로 실현 가능한가, 아닌가에 따라 끊임없이 우선순위가 변동하기도 한다.

이렇듯 한 인간의 인성(personality)을 구성하는 한 측면은 욕망들의 계층구조로 이루어져 있다. 따라서 그 욕망들의 계층구조 속에 가장 꼭대기에 위치해 있는 욕망을 발견하는 것이야말로 현재 그 사람을 이해하는, 가장 중요한 열쇠가 된다 하겠다.

내가 나를 알고 싶을 때, 또 내가 그 사람을 알고 싶을 때 가만히 눈을 감고 나, 또는 그를 가장 지배하는 욕망이 무엇일까,를 생각해 보는 것은 매우 유익한 일이 될 것이다.

PHILOSOPHICAL ESSAYS
ON CLASSIC LITERATURE

궁극적인 것에 대한
집요한 탐구

이번 학기 성적 작성도 다 끝났다. 이제 며칠 지나면 교수로서의 생활도 끝이 난다.

거의 40년 동안 강의를 해왔는데, 몇 년 전부터 가슴 한 켠이 켕기곤 했다. 고민 끝에 첫째 주 수업 시간엔 아예 진도를 나가지 않고, 학생들에게 좀 더 직접적으로 다가올 만한 강의를 하기로 했다. '인생의 궁극적인 목표가 무엇인가', 그리고 '대학 생활을 어떻게 할 것인가', 라는 두 주제에 관한 강의였다. 그래도 명색이 철학을 전공한 교수로서, 또 인생의 한참 선배로서 학생들을 위해 특별히 준비한 거였다.

인생의 궁극적인 목표가 무엇일까?

답이 하나는 아니겠지만, 행복이라고 하면 크게 틀린 답은 아닐 것이다. 문제는 행복을 느끼기가 내 맘대로 되는 것도, 쉬운 것도 결코 아니라는 것이다. 물론 이때 행복은 감각적 쾌락과는 다른 것이다. 감각적 쾌락은 우리의 감각기관이 만족을 취할 때 느끼는 것으로 매우 일시적이라는 한계가 있기 때문이다. 우리가 생각하는 행복은 좀더 지속적이고, 감성적이며, 때론 정신적인 충족감을 의미한다. 그런데 흥미로운 건 존 스튜어트 밀도 강조했듯이 행복은 우리가 그것을 쫓아가면 갈수록 달아나는 경향이 있고, 차라리 그저 내가 해야 할 일을 묵묵히 해나갈 때 나도 모르는 새 내 곁에 찾아와 주곤 한다는 것이다.

필자가 지금까지 알고 있는 삶의 최고의 경지이자 최고의 행복은 바로 장자가 말한 '일하는 게 노는 것이요, 노는 게 일하는 것'인 경지가 아닐까, 한다. 만약에 일하는 게 노는 것처럼 즐겁다면 그 이상 무엇을 더 바랄까, 생각한다.

과거의 인간에게 있어서 일은 대체로 고된 육체적 노동을 의미했다. 하지만 앞으로 이런 일들은 기계나 로봇, 또는 AI와 같은 첨단과학 기술의 혜택을 점점 더 받을 것이다. 따라서 미래의 노동은 이전 시대의 노동처럼 점점 더 전염병을 피하듯 하기 싫은 게 아니라, 나의 자아실현의 중요한 장이 될 가능성이 커질 것이다. 그런데 장자가 말한, '일하는 게 노는 것이요, 노는 게 일하는 것'인 경지가 가능하려면, 무엇보다 노동이 힘겹기보다는 하기 쉽고 또 하고 싶은 게 되어야 한다.

하지만 일이란 처음부터 쉬울 수는 없는 법이다. 그 이유는 어떤 일이나 그 일이 요구하는 특정한 기술이 있기 때문이다. 강의를 하려면 아는 내용을 말로 잘 전달할 줄 아는 기술이, 피아노로 연주를 하려면 피아노를 잘 칠 수 있는 기술이 필요하다. 그러기에 내가 학생들에게 권하는 건, 내가 하고 싶은 일을 정해 그 일이 필요로 하는 기술을 숙달함으로써, 그 일이 더 이상 힘들지 않게 만들라는 것이다.

그러나 그 어떤 기술도 단기간에 숙달될 수는 없다. 따라서 하루에 3시간씩 시간을 정해, 그 일에 필수적인 기술을 연마하는 걸 일정한 루틴으로, 즉 습관으로 만드는 게 중요하다.

대학 시절, 이렇게 자기만의 기술을 닦아놓으면 이후에 일도 수월하게 할 수 있고, 이를 통해 자기 정체성도 획득할 수 있을 것이다.

사실은 나도 오래전부터 퇴직 이후 내가 하고 싶은 일을 위해 오전 시간 두세 시간을 그 일이 필요로 하는 기술을 닦는데 써왔다. 이 글을 쓰고 있는 것도 그 과정의 일환으로 내가 하게 된 작업이었다. 정말 한 십 년간 꾸준히 노력하면 일하는 게 노는 것이요, 노는 게 일하는 것인 경지에 이르게 되는 것인지 직접 확인해 보고 싶다.

WAR AND PEACE

지난 겨울, 한 미술 컬럼니스트가 쓴 미술 관련 에세이를 재미있게 보다가 불쑥 내가 좋아하는 고전 작품에 대한 에세이를 써보면 어떨까, 하는 생각이 떠올랐다. 결단을 내리자마자 바로 이 작업에 매진해 오고 있는 나에게 한 친구가 톨스토이가 『전쟁과 평화』에서 하려는 얘기가 뭐냐고 물었다. 그렇지 않아도 이 책의 주제라 할 만한, 톨스토이의 중심 사상을 한번 정리해보고 싶었었다. 톨스토이는 내가 아는 한, 가장 철학적이고 가장 고귀한 정신성을 가진 소설가이기 때문이다.

부유한 귀족으로 태어난 데다 엄청난 명성까지 얻은 대문호임에도 불구하고 톨스토이는 죽을 때까지 정신적 긴장을 잠시도 늦추지 않고 살았던, 보기 드문 인물이다. 그는 39세에 『전쟁과 평화』(1867년), 49세에 『안나 카레니나』(1877년)를 완성해 대성공을 거두고 이미 꽤 유복하고 다복한 가정을 이룬 가장이었지만, 인생의 궁극적 의미에 대한 탐구를 멈추지 않았다. 헨리 조지의 『토지 국유론』을 읽고 깊은 감명을 받아 사유재산을 부정함으로써 급기야 아내와 격렬한 의견 대립을 보게 된 톨스토이는 귀족으로서의 사생활과 자기가 추구하는 생활방식의 갈등으로 인해 자살까지 생각할 정도로 극심한 방황을 겪었다.

이처럼 1870년대 후반, 세속적 관점에서 보면 인생 최고의 시점에서 오히려 최대의 정신적 위기를 겪게 된 톨스토이는 이 위기를 무엇보다 순박한 민중과의 접촉을 통해 해결하려 했다. 그 결과 지속적으로 빈민 구제와 농민 구제를 위해 힘썼지만 이에 만족할 수 없었던 그는, 1910년 81세의 나이에 아내에게 마지막 편지를 써놓고 이전부터 수차 감행했던 가출을 드디어 실행에 옮기다 결국 죽음을 맞이하고 만다.

『전쟁과 평화』에 나오는 안드레이와 삐에르가 톨스토이 본인을 닮은 두 인물이라는 것은 많이 알려져 있다. 물론 안드레이는 현실적 합리주의자이고, 삐에르는 꿈을 쫓는 공상가이다. 하지만 두 사람의 정신세계는 매우 커다란 유사성을 갖고 있으며, 이로 인해 서로가 서로를 진정한 친구로 깊이 신뢰하게 된다. 자기의 허영과 사리사욕만을 추구하는 속물들의 세상인 사교계에 등을 돌린 채, 사회 전체의 복지에 기여하고 싶어하고, 인생의 궁극적 가치를 추구하며 자기의 인격을 완성하고자 노력한다는 점에서 두 사람의 영혼은 서로 닮아 있다.

그런데 이 작품을 꼼꼼히 읽다 보면, 두 사람이 최후에 도달한 정신적 경지 역시 유사성과 더불어 차이점도 갖고 있음을 알 수 있다.

현실적인 명성을 쫓았던 안드레이 볼꼰스끼 공작이 커다란 정신적 전환점을 맞이하게 된 건 바로 그가 전쟁터에서 죽음을 예상할 만큼 심각한 부상을 당한 직후이다. 활동적이고 진취적이며 인내심이 강한 그는 선두에 서서 전투를 지휘하던 중, 쁘라쯔 산 위에서 포탄에 맞아 깃대를 쥔 채 쓰러진다. 이때 그의 시야에 저 멀리 드높은, 영원한 하늘의 모습이 들어오는데, 마침 그때 적군을 둘러보러 나온, 나폴레옹의 모습을 처음 접하게 된다. 그 순간, 그에게 나폴레옹은 너무 작고 보잘것없는 인간처럼 느껴진다. 이후 들것에 실려 한참 만에 정신을 차리게 된 안드레이는 나폴레옹이란 영웅의 마음을 사로잡고 있는 허영심과 승리의 기쁨이 드넓고 공평하고 선량한 하늘이 상징하는 궁극적인 것에 비해 얼마나 무익하고 시시한 것인지를 다시 한번 강렬하게 느낀다.

　이어 두 번째 사고에서 안드레이는 자기의 죽음이 이제 얼마 남지 않았다고 확신할 만큼, 훨씬 강도가 높은 부상을 입게 된다. 뱃속의 심한 고통으로 의식을 잃었다가 겨우 정신이 든 안드레이는 차츰 고통이 사라지면서 뭐라고 형용하기 어려운 행복감에 젖어드는데, 그때 마침 비명을 지르는 부상병 아나똘리의 목소리를 듣게 된다. 순간 머릿속에 이전의 일들이 파노라마처럼 스쳐지나가면서 안드레이는 전혀 예상치 않게도 이 사나이에 대한 연민을 느낀다. 그러자 자기의 이기적 욕망과 좁은 미망이 걷히고 안드레이는 자기를 사랑해 준 사람들과 모든 동포들에 대한 사랑, 심지어 적에 대한 사랑으로 가슴이 벅차오르는 걸 경험한다. 안드레이의 가슴 속에 사랑이라는 궁극적인 가치가 명예와 같은 현실적인 가치를 밀어내는, 드물게 귀한 순간이라 하겠다.

　이후, 안드레이는 들것에 실려 수송되는 중, 기적적으로 나따샤를 만나 서로의 사랑을 확인하면서 더욱 자기의 경험을 심화시켜 나간다. 이제 안드레이는 예전처럼 자기를 기쁘게 한 그녀의 매력만을 생각하지 않고 그녀의 영혼을 처음으로 떠올리게 되는데, 그럼으로써 그녀를 거절했던 순간 자기가 그녀에게 행한 잔혹성을, 그리고 그때 그녀의 기분, 그녀의 고통과 수치, 후회를 이해하게 된다. 이리하여 안드레이는 다른 사람에 대한 깊은 이해가 바로 그 사람에 대한 사랑에서 비롯된 것임을 뚜렷이 깨닫는다. 만약에 그녀를 사랑하지 않는다면 애당초 이러한 이해가 발생하지 않을 게 분명하기에.

'내가 이해하고 있는 것은 모두, 사랑하고 있기 때문에 이해할 수 있는 것이다. 내가 사랑하고 있기 때문에 모든 것이 있고, 모든 것이 존재하고 있는 것이다. 모두가 오직 사랑에 의해 맺어지고 있다. 사랑은 곧 신이다. 그리고 죽는다는 것은 - 사랑의 일부인 나에게는 보편적이고 영원한 근원으로 돌아가는 것을 의미한다.' [54]

안드레이는 이러한 생각을 함으로써 충분한 위안을 경험한다. 그러나 시간이 지나감에 따라 이러한 생각이 한낱 머릿속 생각에 지나지 않는 것이라는 냉정한 결론에 도달한다.

'거기에는 무언가가 결여되어 있었다. 무언가 일면적이고, 개인적이며, 이지적인 머리에서 나온 것에 지나지 않았다. - 분명한 데가 없었다. 그리고 역시 불안과 애매함이 남아 있었다.' [55]

그러면 이번에는 삐에르가 포로 생활이라는 험난한 경험을 통해 얻어낸 지혜를 살펴보자. 여기에서 필자는 톨스토이가 안드레이가 도달했던 추상적 사유가 가진 한계라 할 수 있는, 그 결핍을 삐에르의 깨달음을 통해 보완해 주고 있지 않나, 생각한다.

방화범으로 몰려 수감된 삐에르는 자기 앞에서 한 명 한 명 처형을 당하자 패닉 상태에 빠지는데, 자기 차례가 됐는데 이유도 알

---

54 같은 책, 2권, 1346쪽
55 같은 책, 2권, 1346쪽

수 없이 처형이 면제되어 기적적으로 살아난다. 포로로 다시 수감된 삐에르는 이처럼 어처구니없는 상황에서 처음엔 이 세계와 인간 존재에 대해 도저히 이해할 수도 수용할 수도 없는 비관적인 생각에 빠져들지만, 새로 알게 된 쁠라똔이라는 인물에 의해 커다란 정신적 변화를 경험하게 된다. 삐에르의 눈에 쁠라똔은 겉으론 평범하지만 결코 평범하지 않은, 자기가 진정으로 닮고 싶은, 러시아적인 선량하고 원만한 영혼의 화신이다.

잔주름이 많지만 젊고 순진한 표정, 노래를 부르는 것 같은 목소리, 솔직하고 급소를 찌르는 말투, 거역할 수 없이 설득력 있는 표현의 정확성, 피로나 병을 모르는 것 같은 체력과 민첩성 등등 특별히 잘하지는 않지만, 못한 것이 별로 없는 그는 언제나 무언가 일을 하고 있었고, 밤에만 이야기를 하거나 노래를 부르곤 했다.

또 잘 때는 돌처럼, 일어날 때는 부푼 빵처럼 일어나는 그에게서 삐에르가 발견한, 무엇보다 뛰어난 점은 그가 매우 균형 잡힌 긍정적 사유를 갖고 있다는 점이었다.

예를 들어 그는 남의 숲을 도벌하러 간 바람에 감시인에게 매를 맞고 재판에 회부돼 군대로 보내졌는데, 오히려 이게 전화위복이 되어 집안 전체가 훨씬 더 잘살게 되었다고 웃으며 말한다. 그러니까 자기가 만약에 군대에 가지 않았다면 (그 덕분에 자기가 포로가 됐는데도 불구하고) 아이가 셋이나 되는 동생이 군대에 갔을 테고, 그랬다면 집안 상황이 더 나빠졌을 거라는 것이었다(왜냐하면 동생이 자기보다 농사일도 잘하고 자식도 있으니까). 다시 말해 그는 시야가 자기 개인의 불행에 머무르지 않고, 전체의 연관성을 바라봄으로써 긍정적이고 밝고 선한 태도를 유지할 수 있었던 것이다.

사회와 삶에 대한 회의에 빠져 있던 삐에르는 이처럼 한 병사에 지나지 않는 그를 통해 다시 삶에 대한 긍정적 에너지를 회복하게 된다. 이제 삐에르는 '소박, 선, 진실이 없는 곳에 위대함은 없다'고 생각함과 동시에 살아있음의 의미를 다음과 같이 자각한다.

'삶이 전부인 것이다. 삶이 신인 것이다. 모든 것이 변동하고 움직인다. 그리고 그 운동이 신인 것이다. 그리고 살아 있는 동안에는 신을 자각하는 기쁨이 있다. 삶을 사랑해야 한다. 신을 사랑해야 한다. 이 삶을 고뇌 속에서, 죄 없는 고뇌 속에서 사랑하는 일이 무엇보다 어렵고 무엇보다 행복한 일인 것이다.' [56]

다시 집에 돌아온 삐에르는 그가 이전에 고민하고 끊임없이 찾고 있었던 것, 즉 인생의 목적이 지금의 그에게는 더 이상 존재하지 않게 되었음을 발견한다. 다시 말해 인생의 목적 같은 것은 지금 이 순간에 우연히 존재하지 않는 것이 아니라, 처음부터 없었고 있을 수도 없다고 느낀다. 그리고 바로 이 목적이 없다는 것에서 삐에르는 완전하고도 기쁜, 자유로운 영혼의 존재를 인정하게 된다.

그는 이제 위대하고 무한한 것을 모든 것 안에서 보는 것을 터득했기 때문에, 이제까지 사람들의 머리 너머로 들여다보았던 망원경을 버리고, 즉 추상적 사유를 버리고, 자기 주위에서 항상 변화하는 무한한 인생을 기쁜 마음으로 바라볼 수 있었던 것이다.

---

56 같은 책, 2권, 1451쪽

결론적으로, 톨스토이는 안드레이와 삐에르의 통찰을 통해 인생의 궁극적 목적이나 인격 완성(완전히 좋은 사람)이라는 목표라는 건 애초에 없는 것이며, 오로지 우리 주위를 둘러싸고 진행되는 변화(이것이 바로 삶이다)를 보다 거시적인 시각에서 통합적으로 바라보면서 긍정적인 태도로 민감하게 대처하는 것이 바로 사랑을 실천하는 구체적인 방법이라고 보고 있다고 생각된다.

물론 보다 거시적인 시각에서 통합적으로 세상을 바라보며, 긍정적인 태도로 민감하게 대처하는 것은 결코 쉬운 일이 아니다. 이를 위해서 우리는 우선 세상에 대한 열린 마음으로 꾸준히 관찰하고, 사랑을 실천하기 위해 관찰한 결과물에 대해 긍정적인 관점에서 사고한 뒤, 그 판단의 결과에 따라 그때그때 민감하게 대처해야 한다. 이를 위해 우리는 늘 정신적으로 부지런해야 하고, 또 육체적으로 민첩해야 한다.

'소박, 선량, 진실이 없는 곳에 위대함은 없다'는 톨스토이의 말은 우리 현대인에게 시사하는 바가 매우 크다. 오늘날 우리는 주위에서 매일, 아니 매 순간 부를 향한 미친 듯한 질주를 목도한다. 물론 일정한 부가 없으면 심각한 부자유를 경험할 수밖에 없는 자본주의 사회에서의 당연한 일상 풍경이라고 생각할 수 있다. 하지만 어느 정도 인간적인 삶을 유지케 하는 부를 훨씬 능가하는, 남들보다 더 화려한 삶을 가능케 해주는, 커다란 부에 대한 맹목적 추구가 대다수의 우리를 가장 강력하게 지배하고 있는 것 역시 명백한 사실이다. 예컨대 SNS를 통해 매 순간 날아오는, 우리 눈을 부시게 만드는 연예인들의 사치 행각은 수많은 젊은이들의 마음에 상처를 입히면서 그들을 닮고 싶어하는, 브레이크 없는 욕망을 양산하고 있다.

현재 연예인들의 삶에 해당하는 것이 바로 톨스토이가 살았던 당시에는 귀족들이 누렸던 사교계 생활이라 할 수 있다. 그런데 톨스토이를 대변하는 안드레이도 삐에르도 다 사교계를 의도적으로 멀리했다. 그 이유를 한번 생각해 보자.

사교계에서는 진실보다는 외양이, 삶의 내용이나 의미보다는 비본질적인 가십거리가 더 중요한 관심의 대상이 되는 세상이다. 그곳에서 사람들은 자기를 자연스럽고 소박하게 드러내기보다는 어떻게 해서든 남들보다 더 사치스럽게 꾸미려 한다. 한마디로 허영심이 지배하는 사교계에서는 누가 누가 더 잘났고 부유한가를 두고 끊임없이 경쟁한다. 그러다보니 진정한 유대나 우정, 혹은 사랑을 기대하기 매우 어렵고, 따라서 진정한 행복을 느끼기도 그만큼 더 힘들다.

이러한 사교계의 특성은 현재 연예인들의 삶에도 그대로 적용된다. 화려함이라는 외양 때문에 연예인들의 삶에 대해 수많은 젊은이들이 환상을 품고 있지만, 막상 연예인들의 내면이 얼마나 삭막하고 피폐한지에 대해서는 눈을 감고 있다. 적지 않은 연예인들이 겉으론 멀쩡해도 속으론 깊이 곪아 있는 게 현실이다. 물론 예외도 있겠지만 얼마나 많은 연예인들이 내면적으로 행복감을 느끼지 못하고 알코올과 프로포폴에 의지하거나 잘못된 탈선과 타락, 극단적 선택 등을 해왔는지를 떠올려 보라.

돈은 어느 정도 품위 있는 삶을 위해 일정 정도 꼭 필요하지만, 너무 많은 돈은 우리의 내면을 충만한 행복보다는 오히려 극단적 이기주의의 황량한 공허감으로 이끈다는 것을 젊은이들이 잊지 않았으면 좋겠다.

인간은 호랑이와 다르게 무리 동물에 가깝다. 오랜 기간 동안 인류의 삶이 다른 인간들과의 협업 속에서 유지되어 왔기 때문일 것이다. 실제로 로빈슨 크로소우의 실험이 보여주듯 인간의 삶은 다른 인간들의 노동 없이는, 그러니까 기술이나 자산의 사회적 축적 없이는 존재하기 어렵다. 그러기에 사람은 다른 사람들과 연결되어 있을 때 비로소 깊은 안정감과 충만한 행복감을 느낀다. 그런 점에서 극단적 개인주의를 지향하는 자본주의적 인간상은 우리의 이상적 인간상이 되기 어렵다.

또한 고등동물인 인간은 단순히 육체적인 포만감만으로는 충분히 행복하기 어렵다. 자기의 정체성, 혹은 존재의 이유를 느낄 수 없으면 가슴 속 깊은 곳에서 무언가 결핍감을 느낄 수밖에 없기 때문이다.

적당한 연대와 자기만의 정체성, 둘 중 하나도 놓칠 수 없기에 인간은 행복을 느끼기가 그만큼 쉽지 않다. 최고의 고등동물인 인간의 어쩔 수 없는 숙명이다.

그런데 인간이 자기 존재를 긍정하고 자기 정체성을 확인할 수 있는 건 바로 사회 속에서이다. 정체성이란 남과 다른 나만의 어떤 특성을 의미한다.

그리고 예컨대 테니스 선수는 오른쪽 팔을 더 많이 사용하기에 오른쪽 팔이 더 긴 것처럼, 인간은 끊임없는 활동을 통해 자기 자신의 여러 특성을 형성해 나간다. 이런 자기만의 특성을 확인할 수 있는 것은 사회의 다른 구성원들과의 차이에서 비로소 가능하다.

우리 인간은 사회 다른 구성원과 연계되어 있을 때 비로소 충분히 행복을 느끼는 존재이기 때문에, 내가 선택한 일이 가능한 한 사회 전체의 복지에 기여하는 일이어야 할 것이다. 그러니까 내 속에, 내가 하고 있는 일 안에 사회가 들어와 있어야 우리는 더 충만한 행복을 느낄 수 있다.

따라서 '나 자신의 이익이나 행복을 우리 사회 전체의 이익이나 행복과 일치시킬 수 있는, 나만의 일'을 찾는 게 매우 중요하다.

젊은 시절, 내가 좋아하는, 그리고 내가 잘 할 수 있는 일을 찾는 작업에 열과 성의를 아끼지 않아야 하는 이유이다.

PHILOSOPHICAL ESSAYS
ON CLASSIC LITERATURE

PHILOSOPHICAL ESSAYS
ON CLASSIC LITERATURE

11

John Fowles

THE FRENCH LIEUTENANT'S WOMAN

존 파울즈의
『프랑스 중위의 여자』에 대하여

시대를 앞서간 여성

    톨스토이가 그린 인물들은 대부분 귀족들이다. 아마도 자기가 몸담고 있는 귀족 사회 속 인물들을 그리기가 가장 수월하고 또 자신이 있었기 때문일 것이다. 귀족은 아니지만 성공한 부르조아 자식으로 거의 귀족과 같은 삶을 영위한 프루스트나 몰락한 귀족 출신인 발자크는 부유하고 혈통이 뛰어난 명문 귀족에 대한 동경을 죽을 때까지 버리지 못했다. 귀족들만이 부와 명예, 문화와 예술을 모두 다 누리고 살았던 사회였음을 생각하면 당연한 현상이라 하겠다. 발자크는 자기 작품 속 주인공들처럼 돈 많은 귀부인의 도움을 받아 상류계층에 진입하고자 진력을 다했고, 가난하고 쇠락한 귀족의 후예인 도스토예프스키 역시 자기 작품 속 주인공들처럼 자존감을 지키기 위한 부의 쟁취에 평생 엄청난 에너지를 쏟았다.

    그렇다면 18, 19세기 당시 밑바닥 서민들의 삶은 어떠했을까? 그들의 삶의 비참함은 굳이 빅토르 위고의 『레 미제라블』을 떠올리지 않아도 상상하기 어렵지 않다.

    자, 그러면 이번엔 당시 일반 서민 계층의 여성들의 삶이 어떠했을까? 인류 역사상 가장 오래된 사회 제도라 할 수 있는 가부장제 하에서 여성들의 삶은 일반적으로 남성들의 지배를 받아왔다. 따라서 당시 사회 체제의 밑바닥을 차지하고 있는 여성들의 삶은 그들을 짓누르는 신분 및 계층의 무게와 가부장적인 남성들의 무게를 한꺼번에 다 짊어지고 있다고 보아야 할 것이다. 즉 그녀들은 부에서 철저히 배제되어 있었을 뿐 아니라 성적 차별과 가부장제 이데올로기의 멍에까지 오롯이 다 감당했다.

이러한 상황을 누구보다 잘 표현한, 대표적 작품이 바로 토마스 하디의 『테스』다. 하디는 이 작품에서 온갖 종류의 육체노동에 시달리면서 동시에 귀족 남자의 노리개로 이용당하고 폐기처분 되는, 하층 여성의 고단한 삶을 통렬히 고발하고 있다.

그렇다면 이러한 사회적 배경 속에서 하층 출신의 여성이 사회적 억압에서 벗어날 수 있는 가능성이 과연 존재할 수 있을까? 아니 주어진 자기의 운명을 극복할 가능성, 예컨대 상류층 남성에게서 버림을 받지 않고 사랑을 쟁취할 수 있는 방법이 있기나 한 것인가? 모르긴 몰라도 그 가능성은 낙타가 바늘구멍을 뚫고 지나갈 만큼이나 적지 않을까, 한다.

놀랍게도 존 파울즈는 『프랑스 중위의 여자』에서 거의 불가능한, 귀족 남성에 대한 하층 여인의 사랑의 쟁취를 성공적으로 보여주고 있다. 여주인공 쎄러는 잘생긴 귀족이자 아마추어 과학자이며 뛰어난 감수성과 시대를 앞서가는 의식을 지닌, 흠잡을 데 없는 찰스의 사랑을 쟁취하는 데 성공한다.

1867년 영국 남서부 라임 만, 원시림에 덮혀 있는 코브 해안 암벽을 아마추어 고생물학자인 찰스가 약혼녀 어니스티나와 함께 내려와 부두를 걷다가 우연히 방파제 위에서 바람에 옷자락이 날린 채 꿈쩍 않고 하염없이 바다만 바라보고 있는 쎄러를 처음 접하게 된다.

이 소설을 제대로 이해하기 위해서는 먼저 당시 사회에 대해 알아볼 필요가 있다.

19세기 중엽 영국 사회는 빅토리아조 시대로 경제적으로는 부르조아지가, 정치 · 문화 분야에서는 귀족 계급이, 사회 전체적으로는 엄격한 청교도적 규범이 지배하던 사회였다. 당시 사회구성원들은 순결 · 질서 · 절제 · 검약 · 순종을 강조하는 복음주의 교리에 의해, 다시 말해 지나치게 완고하고 편협하며 격식에 치우쳐 있는 기독교적 윤리에 의해 통제되고 있었다.

소설의 화자이자 주인공인 찰스는 준남작이었던 할아버지로부터 막대한 재산을 유산으로 받은 아버지는 이미 돌아가셨고, 평생 독신으로 산 백부의 재산을 상속받게 되어 있는 상태다. 동시대인들과 달리 당시 사회의 고루한 사고방식에 대해 매우 비판적이고, 새로운 이론인 진화론을 신봉하고 있는 그는 젊은 나이에 이미 답답한 영국을 떠나 해외여행을 많이 다녀왔다. 아버지의 유산으로 직업을 가질 필요가 없는 그는 성게 화석과 같은 고생물학에 대해 흥미를 갖고 있다.

한편 찰스의 약혼녀인 어니스티나는 포목상으로 대단한 부를 이룬 신흥 부르조아 아버지의 지나친 염려와 보살핌으로 자라나 버릇없는 어린애처럼 자기만의 고집을 갖고 있는, 예쁘고 매력적인 아가씨이다. 양장점이나 양품점, 가구점에서 엄청난 돈을 쓰는 것 외에 특별히 다른 재능이 없는 그녀는 반듯한 이목구비에 다소 헝클어진 머리카락, 혈통과 자부심을 드러내는 그리스인 같은 콧날과 차가운 잿빛 눈동자를 가진 찰스를 몹시 사랑하고 있다. 그녀는 현재 완전히 찰스의 마음을 사로잡지 못해 고민 중이다.

소설의 여주인공인 쎄러는 가난한 소작인의 딸로 태어나 기대 이상의 교육을 받았지만, 아버지가 죽자 인근 지역에 가정교사로 일하던 중 프랑스 중위로 알려진 남자를 만나 사귀는데 그가 떠나 버려 충격을 받은 상태다. 일자리가 끊긴 쎄러는 현재 돈 많은 풀트니 부인의 하인 겸 비서로 고용돼 있는데, 독선적이고 가학적인 풀트니 부인은 '프랑스 중위의 여자', 즉 프랑스 중위 놈과 놀아난 년인 쎄러를 마음껏 지배하고 싶어하지만, 사람들의 겉모습 아래 숨겨져 있는 본연의 모습을 간파하고 타인의 마음을 꿰뚫어 보는 능력을 가진 쎄러로 인해 녹록치 않은 상태다.

학창 시절, 또래 아이들과 잘 어울리지 못하고 수많은 소설과 시를 자기 고독의 안식처로 삼아온 그녀는 주위의 젊은이와도, 그렇다고 자기와 다른 상류층과도 어울리기 힘든 삶을 살고 있다. 그러기에 그녀는 평생을 독신으로 사는 것이 자기의 운명이라고 생각한다.

건강 때문에 올해도 이모인 트랙터 부인 댁을 방문한 어니스티나. 간밤에 잠을 충분히 이루지 못해 머리가 아픈 그녀를 남겨두고 혼자 코브 성벽을 돌아다니던 찰스는 풀트니 부인으로부터 겨우 휴가 시간을 얻어내 나온, '프랑스 중위의 여자'인 쎄러가 양지바른 풀밭에 누워 잠들어 있는 모습을 발견한다. 순간, 그는 야릇한 감정에 휩싸이는데, 타락한 여자라는 추문에 시달리는 그녀가 사실은 결백함에도 불구하고 세상으로부터 부당하게 배척을 받고 있는 게 아닌가, 하는 의구심을 갖게 된다. 잠시 후, 숲속 오두막에 들렀다가 올라간 오솔길에서 다시 쎄러를 만나는 찰스. 어색함에 인사를 건네자 여기에서 자기를 보았다는 말을 아무한테도 하지 말아 달라(풀트니 부인이 이곳은 어떤 일이 일어날지 모르는 곳이라며 출입을 금했기 때문에)고 말하고 자리를 뜬 그녀의 뒷모습을 물끄러미 쳐다보는데. 남보다 더 많은 것을 보고 더 많은 고통을 느낄 것 같은, 그녀의 비정상적으로 커다란 눈동자에서 깊은 인상을 받는다.

다음 날 약혼녀와 함께 풀트니 부인 댁을 방문한 찰스는 독실한 신자인 풀트니 부인의 겉과 속이 다른, 잔인하고 가학적인 성격을 알아챈다. 며칠 후 다시 절벽을 오르는 찰스. 편마암층을 훑고 다니다가 다시 쎄러를 만난다. 그녀에게 길을 비켜주자 서둘러 그를 지나쳐 걷던 그녀가 그만 둔덕에 걸려 넘어진다. 재빨리 달려가 그녀를 돕는 찰스. 위험한 곳을 돌아다니다 발목이라도 삐면 어떻게 하겠냐(인적이 드문 곳이라)며 걱정하는 찰스를 직선적으로 쳐다보는 그녀의 두 눈에서 찰스는 지성과 꼿꼿한 정신, 동정에 대한 조용한 거부, 억제된 감각 등을 발견한다. 이어 얼굴을 온통 뒤덮은 듯한 그녀의 검은 눈에서 나오는, 섬광 같은 눈빛에 마음이 흔들리는데. 나란히 함께 걸으며 가볍게 신상 이야기를 나누는 두 사람. 풀트니 부인의 성격을 잘 아는 찰스는 쎄러에게 이 고장을 떠나는 게 어떠냐고 제의한다. 하지만 바다 쪽으로 돌아서서 바다를 바라보며 이곳을 떠날 수 없노라고, 이곳만이 자기의 구원이라고 말하는 쎄러. 찰스는 그녀가 프랑스 남자를 기다리는 거라고 생각하는데. 의외로 쎄러는 그 남자는 결코 돌아오지 않을 거라고 말한다. 당황해하는 찰스.

집에 돌아온 찰스. 시골을 경멸하는 어니스티나와 연주회에 다녀온 뒤, 자기도 모르게 깊은 성찰에 빠져든다. 얌전하고 냉담한 어니스티나의 개성 없는 얼굴 뒤에서 지겨운 이기심만을 발견하게 된 찰스는 인생의 반려자를 선택하는 중요한 순간에 자기가 너무 인습적이고 안일한 선택을 하려고 하는 게 아닌가, 회의한다. 저절로 쎄러의 풍부한 얼굴 표정이 떠오르자 찰스는 그녀에게 일순간 반한 건 사실이지만, 그를 매혹하는 것은 쎄러 자신이 아니라 그녀가 불러일으키는 어떤 감정, 즉 그녀가 상징하는 어떤 가능성임을 깨닫는다. 언제나 거대한 가능성의 덩어리였던 자기의 미래가 이젠 이미 그 길을 훤히 알고 있는 손쉬운 항로로 바뀌어 버린 게 아닌가, 탄식하는 찰스.

편두통을 앓고 있는 어니스티나. 할 일이 없어진 찰스는 이번엔 쎄러를 피해 이전과 다른 길을 가는데, 화석을 찾아 기슭을 오르던 중 쎄러를 만난다. 마치 기다리고 있었던 듯, 조심스레 두 개의 훌륭한 별조개 화석을 내미는 그녀에게 고맙다고 인사하고 받는다. 곁을 막 지나치려는 찰스에게 쎄러가 조심스레 말을 꺼낸다. 자기는 의지할 사람이 아무도 없다, 독실한 기독인들이야말로 가장 야만적이라며, 자기가 무슨 죄를 지었기에 이토록 고통을 받아야 하는지 모르겠다고 고백한다. 당황해하며 침묵하는 찰스. 찰스가 그만 돌아서서 가려고 하자 쎄러가 무릎을 꿇고 꼭 한 번만 더 자기를 만나 달라며 부탁한다. 머뭇거리는 찰스.

마을 의사에게서 쎄러는 가까이하지 말아야 할 우울증 환자라는 얘기를 듣는 찰스. 하지만 결국 코브 절벽에서 그녀를 다시 만나게 되는데. 쎄러는 자기가 지성과 아름다움과 배움을 추구할 권리가 없는 여자라는 것을, 그리고 자기와 대등한 사람을 만날 수도, 그렇다고 다른 세계를 원할 수도 없다는 것을 그에게 토로한다. 이어 결혼을 약속하고 자기를 떠난 프랑스 중위를 찾아 항구로 갔지만 그는 이미 변해 있었다고, 그래서 일부러 그에게 스스로 자기 몸을 바쳤다고 고백한다. 쎄러는 그 이유를 자기가 스스로에게서 벗어나기 위해서, 즉 다른 여자들이 꿈꾸는 순결한 행복을 포기하고, 모든 이들로부터 스스로 추방자가 되기 위해서였다고, 말한다. 이야기를 나누고 돌아오는 찰스. 지금까지 여자와 그처럼 친밀하게 생각과 감정을 나눈 적이 없다고 생각한다.

백부로부터 빨리 자기에게로 오라는 전보를 받고 급히 백부에게 가는 찰스. 육십이 넘도록 독신으로 있던 백부가 갑자기 결혼을 하려고 한다는 사실을 알게 돼 너무 놀란다. 이제 백부로부터 거대한 유산 상속을 받을 수 없게 된 찰스는 라임으로 돌아와 어니스티나에게 소식을 전하는데, 자기 감정을 억제하지 못하고 분노를 드러내는 어니스티나에게 실망을 한다. 그런데 바로 그때 찰스는 그녀의 이모로부터 쎄러가 해고됐고, 지금 행방불명이라는 소식을 듣게 된다. 그리고 급히 만난 의사로부터 쎄러가 자살할 가능성이 있으니 내일 아침에 수색을 펼칠 예정이라는 얘기를 듣는다.

하룻밤을 꼬박 새고, 이른 새벽 그녀를 찾아나서는 찰스. 이전에 만났던 오두막, 어둠 속 칸막이 너머에 잠들어 있는 쎄러를 발견한다. 쎄러에게 라임을 떠나야 한다고 말하려는 순간 그녀의 몸 전체에서 불꽃이 인다. 갑자기 그의 손을 붙잡더니 거기에 입술을 갖다대는 쎄러. 자기도 모르게 찰스는 쎄러를 품 안으로 끌어당겨 그녀의 입술을 찾는다. 곧이어 그녀를 밀어내며 자기가 타락한 범죄자라도 된 듯 당황하는 찰스. 그녀에게 엑서터로 가라며 돈이 든 자기 지갑을 건네주자 다시는 선생님을 뵙지 못하겠군요, 하고 말하는 쎄러. 아니라고는 말 못 한다고 답하자, 쎄러는 선생님을 만나는 것이 자기가 살아가는 이유의 전부라며 말을 맺지 못한다. 당신을 잊지 못할 거라고 말하고 발길을 돌리는 찰스.

이제 미래의 장인을 만나 백부의 결혼으로 인해 자기의 상황이 변했음을 알리는 찰스. 나중에 자기의 사업을 이어받기를 바란다는 그의 말을 듣게 나자 자기가 장인의 꼭두각시에 불과하며 돈에 팔린 남편이 되어버린 것 같은 느낌을 받는다. 그것이 무엇이든 '소유'하는 것이 인생의 목적이었던 적이 없었던 찰스. 장사꾼이라는 직업에서 자기 인생의 의미를 찾기는 어렵다고 생각한다.

  하인을 통해 주소만 적힌, 쎄러가 보낸 편지를 받아든 찰스. 결국 그녀가 거주하고 있는 작은 호텔을 찾아간다. 일층 거실에서 만나 몇 가지만 물어보고 가려고 하는데, 호텔 여주인 노파로부터 그녀가 발목을 삐었다는 소식을 듣게 된다. 하는 수 없이 층계를 올라가 쎄러를 만나는 찰스. 다리를 담요로 덮은 채 무력하게 의자에 앉아 있는 쎄러를 본다. 그를 보자 몹시 당황해하며 쎄러가 기어이 손수건으로 눈물을 훔쳐내자 그 순간, 감당할 수 없을 만큼 그녀를 소유하고 그녀 속으로 녹아들고 싶은 강한 욕망을 느끼는 찰스. 선생님을 다시는 못 볼 줄 알았다는 그녀의 말에 그만 무너지고 만다.
  벼락이라도 맞은 듯 격렬하게 사랑을 나누는 두 사람. 침묵이 흐른 후, 파혼을 하겠다고 말하는 찰스에게 쎄러는 자기가 이렇게 되기를 간절히 바랬었다고 실토한다. 하지만 당신이 나랑 결혼할 수 없다는 걸 잘 안다고, 이제 당신이 한때나마 나를 사랑한 날이 정말로 있었다는 걸 알게 됐기에, 모든 걸 견딜 수 있다고 말한다.
  자기 와이셔츠 앞자락에 붉은 얼룩이 묻어 있는 걸 본 찰스는 쎄러가 프랑스 중위에게 자기 몸을 허락했다는 말이 거짓이었음을 알게 된다. 그러니까 쎄러가 자기를 손아귀에 넣기 위해 사기극을 벌인 것임을 깨닫는 찰스에게,

  "당신은 저에게 위안을 주셨어요. 다른 세상, 다른 시대, 다른 인생을 살고 있었다면 제가 당신의 아내가 될 수도 있었으리라는 위안을. 그리고 당신은 저에게 계속 살아갈 수 있는 힘을 주셨어요.

… 지금까지 당신을 계속 속여 왔지만, 단 한 가지 당신을 속이지
않은 게 있어요. 전 당신을 사랑했어요. … 당신을 속인 건 제 외로
움이었어요."[57]

이어 쎄러는 자기와 함께 있으면 당신한테는 어떤 행복도 있을
수 없고, 자기랑 결혼할 수 없다며 이제 그만 떠나달라고 말한다.

라임에 돌아와 어니스티나를 만나 자기의 파혼 결심을 알리는
찰스. 그 자리에 그대로 쓰러지는 어니스티나. 바로 의사를 부르고
난 찰스는 이번에 저지른 죄(약속을 파기한 죄)를 속죄하는 일이,
즉 이번 행동의 정당성을 보여주는 것이 앞으로의 자기 삶의 목적
이라고 생각한다. 급히 다시 쎄러가 머물고 있는 호텔을 찾아왔지
만, 찰스는 주인 노파로부터 그녀가 아무 소식도 남기지 않은 채 떠
나버렸다는 걸 알게 된다.
　그녀를 찾아 온갖 곳을 다 돌아다녀도 허탕을 치는 찰스. 결국
탐정까지 고용해 보지만 성공하지 못하고. 그 와중에 어니스티나
아버지가 제기한 명예훼손죄 소송에 휘말려 심한 고초를 겪는다.
　우울증을 앓으면서도 자기 자신의 행동을 후회하지 않는 찰스.
열다섯 달에 걸쳐 유럽의 거의 모든 도시를 돌아다니는데. 지금 자
기의 운명이 아무리 가혹하다 해도 자기가 거부했던 운명(그러니
까 어니스티나와의 현실 타협적인 결혼)보다는 고귀하다고 느낀
다.

---

[57] 『프랑스 중위의 여자』 하, 존 파울즈, 김석희 옮김, 열린책들, 2011, 493쪽

자포자기의 심정으로 신대륙 미국행의 배에 오르는 찰스. 보스턴에서 미국 여성들의 진취성과 솔직하고 도전적인 태도를 보며 쎄러를 떠올린다. 몇 달간 미국에서 체류하면서 자유에 대한 자기의 신념을 재확인하는데. 그러던 어느 날 변호사로부터 쎄러를 찾았다는 전보를 받는다.

THE FRENCH LIEUTENANT'S WOMAN

영화의 고전이 1930년대의 할리우드 영화이듯 소설의 고전은 19세기 리얼리즘 소설이다. 지금까지 필자가 이 책에서 다룬 소설들이 이에 해당하는데, 현실을 그대로 반영하는 리얼리즘 소설은 작가가 전지전능한 신과도 같이 보이지 않는 곳에서 자기 마음대로 등장인물들의 운명을 조종, 결정한다. 하지만 리얼리즘적 문학 표현방식은 20세기에 들어와 모더니즘과 포스트모더니즘적 표현방식에 의해 도전을 받아왔다. 리얼리즘 소설은 그것이 작가의 상상력이 만들어낸 허구적 작품임에도 불구하고 독자들에게 객관적으로 존재하는 사실들처럼 받아들여지게끔 하는데, 이와는 달리 포스트모더니즘 소설은 작품이 작가가 써낸 주관적 창작물임을 노골적으로 드러내려 한다.

20세기 중엽의 작가인 존 파울즈는 『프랑스 중위의 여자』에서 19세기 영국을 지배했던 빅토리아조 시대의 정신 풍토와 문화, 풍속 등을 다각적으로 고증하여 더없이 세밀하게, 즉 리얼리즘적으로 표현해냈다(물론 편의상 이 글에서는 생략할 수밖에 없었지만). 하지만 파울즈는 여기에 머무르지 않고 이 작품에 포스트모던적 표현방식을 첨가했다. 즉 파울즈는 의도적으로 작가를 소설 속 인물로 등장시켜 등장인물들을 관찰자적 시선으로 바라보고, 등장인물 각자의 자율성을 최대한 존중하는 방식으로, 그러니까 작가가 자기 의도대로 그들의 운명을 주무르지 않게끔 이야기를 전개시키려 한다. 다시 말해 파울즈는 이 작품에서 리얼리즘적 요소인 사실성과 포스트모더니즘적 요소인 상상력과 같이 허구적인 측면을 혼합시켜냈다.

이러한 파울즈의 입장이 가장 노골적으로 드러나는 부분이 바로 소설의 마지막 부분, 그러니까 찰스가 쎄러를 만나는 장면이다. 작가는 여기에서 두 가지 가능성이 있다고 보고, 그 둘을 우리 독자에게 각각 선사하고 있다(당연히 이러한 결말은 리얼리즘 소설 속에서는 절대 있을 수 없는 일이다).

다시 영국으로 돌아와 쎄러가 살고 있는 집을 찾은 찰스. 떨리는 마음으로 등나무 덩굴이 늘어진 벽돌집의 벨을 누른다. 한 아가씨의 인도를 받아 그림들이 빽빽이 걸려 있는 층계를 올라 잠시 대기하고 있는데. 그런데 눈앞에 나타난 쎄러가 예전처럼 칙칙한 의상이 아니라 신여성의 자유분방한 복장을 입고 환한 모습으로 나타나자 크게 놀란다. 자기가 파혼을 했고 오랫동안 당신을 찾아다녔다는 말을 하는 찰스에게 당황해하며 그동안 자기에게는 인생이 퍽 너그러웠다고 말하는 쎄러. 찰스가 아까 저택에 들어오면서 본 남자 화가에 대해 의심을 하자, 쎄러는 자기는 그분의 정부가 아니라 조수라고 답한다.

수많은 말들이 오가고. 쎄러는 하지만 자기는 결혼하고 싶지 않다고, 그 화가와 당신의 공통된 경쟁자는 바로 이미 고독에 길들여진 자기 자신이라고 말한다. 아무리 친절하고 너그러운 사람이라도 남편이라면 결혼 생활에서 자기에게 아내로서 적당한 역할을 하길 원할 수밖에 없지 않겠냐고 반문하면서 자기는 그렇게 되고 싶지 않다고 한다.

이러한 쎄러의 말에 격분하면서도 다른 한편으로 마음속 깊은 곳에서 그녀에 대한 존경심을 느끼는 찰스. 그러니까 그녀는 여전히 어느 누구와도 다른, 자기의 기대를 저버리지 않은 사람이었던 것이다.

하지만 그것도 잠시, 실망과 좌절, 분노가 찰스의 심장을 헤집어 놓고, 이제 그만 가려고 하는 찰스의 앞을 가로막고 얼굴을 붉히며 당신이 만나야 할 숙녀가 있다며 자리를 뜨는 쎄러. 잠시 뒤, 찰스는 아까 현관문을 열어주었던 아가씨가 한 여자아이를 안고 오는 걸 본다. 의아해하는 찰스. 이어 쎄러가 들어오고 찰스는 그 여자아이가 자기의 아이임을 알게 된다. 찰스를 바라보는 그녀의 눈에 눈물이 가득 고이고. 찰스는 그녀의 시선에서 이 세계가 한꺼번에 녹아버리면서 과거는 이제 사라져 버렸음을 깨닫는다.

파울즈는 이와 같은 해피엔딩의 첫 번째 결말에 이어 두 번째 결말을 내놓는다. 이제 작가는 소설 속 등장한 인물로 변신해 찰스가 혼자 외롭게 남는 모습을 보여준다. 여기에서 쎄러는 자기 자신을 제외하고는 모든 것을, 그러니까 아내로서의 삶까지 희생할 각오가 되어 있음을 알린다. 따라서 이제 찰스에게도 쎄러처럼 정신의 완전무결한 상태를 본래대로 유지하기 위해 철저한 정신적 독신

생활을 하는 길만이 남겨져 있을 뿐이다.

이 작품을 읽고 난, 독자들의 반응은 대체로 다음과 같은 두 개의 반응으로 날카롭게 나뉜다. 하나는 찰스라고 하는 훌륭한 귀족 청년의 행복한 미래가 쎄러라고 하는 비천한 출신의 팜므 파탈에 의해 파탄이 났다고 애석해하는 것이고, 또 하나는 비록 평민 출신이지만 시대를 앞서가는, 지적이고 열정적인 쎄러가 당대 최고의 남자인 찰스의 사랑을 쟁취한 과정을 아주 흥미롭게 보는 것이다.

필자는 후자의 입장에서 작품을 감상했다. 인간의 마음을 꿰뚫는 능력이 뛰어난 쎄러는 결국 자기만의 매력과 지략으로 자기와 신분이 다른 찰스의 사랑을 성공적으로 쟁취해낸다.

처음에 쎄러는 교활하다고 할 정도로 머리를 써 찰스로부터 자기에 대한 관심을 유도한다. 즉 세상으로부터 박해받는 여성이라는 점을 아주 효과적으로 드러냄으로써 찰스 속에 잠자고 있는 기사도 정신을 불러낸다. 또한 실제로는 처녀임에도 불구하고 프랑스 중위와의 경험을 거짓 조작함으로써 사회구성원들에 대한 방어선을 구축해 자기만의 독립성을 강화하고, 찰스의 뇌리에 그러한 이미지를 강렬하게 각인시킨다.

또 쎄러는 풀트니 부인이 출입 금지 명령을 내린 코브 절벽에 간 자기의 모습을 염탐하러 온, 다른 하인의 눈에 의도적으로 띄게 만듦으로써 풀트니 부인이 자기를 해고하게끔 유도하고, 이를 통해 찰스와의 관계를 한 단계 더 공고하게 만든다. 심지어 쎄러는 자기가 머물고 있는 호텔에 찾아온 찰스에게 자기가 사고로 부상당해 있다고 거짓 꾸밈으로써 그를 자기 곁에 더 오래 머물게끔 유도한다.

그러나 그녀 스스로 고백하고 있다시피 지성도 아름다움도 배움도 추구할 권리가 완전히 배제된 채, 자기에게 걸맞은 남자와 결혼할 수도 없는 그녀가 과연 무엇을 시도하거나 선택할 수 있었을까, 를 생각하면 그녀의 지나치게 영리한 계략을 단순하게 비난할 수 없지 않나 싶다. 아니, 한 걸음 더 나아가 그녀는 오로지 자기의 지력 하나로 자기 운명을 스스로 개척해낸 여성이라는 생각이 든다. 적어도 그녀는 자기가 사랑하는 남자의 사랑을 받고 싶은 자기의 열망을 성공적으로 충족시켜 냈다. 그것이 현실적으로 얼마나 가능성이 희박한 일일까, 하는 것은 19세기 빅토리아조 시대의 여성의 지위를, 그것도 하층 여성의 지위를 생각해보면 어렵지 않게 알 수 있다.

더욱이 어렵사리 찾아낸 찰스 앞에 나타난 쎄러는 찰스의 아이를 내미는 비참한 여인이 아니라, 자기 일을 갖고 만족스럽게 살고 있는 당당한 여인이다. 심지어 처음엔 아이를 보여주지 않고 전통적인 아내로서의 의무보다는 자기의 실존적 자유를 먼저 내세운 다음 아이를 보여 주는 해프닝까지 벌인다. 보통의 지력이나 약한 의지력으로는 어림없는 행동이 아닐 수 없다.

존 파울즈의 회고에 따르면, 그는 어려서부터 자기가 자라난 영국 런던에서 약간 떨어진 작은 해안 도시 리언지의 문화가 답답하고 지나치게 인습적이어서 줄곧 거기에서 달아나려고 애썼다고 한다. 『프랑스 중위의 여자』 주인공 찰스 역시 기존 질서와 이데올로기에 회의를 품고, 잦은 해외여행을 통해 새로운 문화를 흡수하는 진취적인 젊은이다.

찰스가 어니스티나와 파혼을 한 근본적인 이유는 물론 쎄러가 계기를 제공해주긴 했지만, 자기 미래를 안일하고 뻔한 방식이 아니라, 매 순간 모든 가능성 앞에 열고 모험적이고 열정적으로 살아가려는, 그의 실존적 태도 때문이었다.

당시 빅토리아조 시대의 이상적 여성상은 가정의 천사, 혹은 남성의 보호를 받아야 하는 연약한 여성으로, 여성과 남성의 관계는 당연히 상하 관계를 갖는다. 가부장제 아래에서 여성은 이성적 판단 능력을 갖고 있지 않기에, 남성의 합리적 판단에 따라야 하는 존재로 간주되어 왔다. 그런데 어니스티나와 달리 쎄러는 타인의 가치를 한눈에 간파할 수 있는 능력, 말하자면 타인을 완전하게 이해하는 능력을 가진 여성으로 풀트니 부인과 같은 이들의 비열함과 거짓된 겸손과 어리석은 소행들을 한눈에 꿰뚫는다.

이와 관련하여 작가는 그녀가 천성적으로 매우 희귀한 능력, 즉 지성과 감성의 조화를 갖고 있다고 덧붙인다. 즉 쎄러는 남성에게만 배타적으로 인정받았던 지성과 여성에게만 배타적으로 인정받았던 감성을 모두 구비한, 당시로는 매우 드문 여성이었던 것이다.

천신만고 끝에 다시 쎄러를 만난 찰스는 놀랍게도 그녀가 자기와 지적으로 대등하다고 느낀다. 19세기 중엽 영국 사회에서 신분이 높고 가장 지적인, 그것도 남성이 신분이 비천한 여성에게서 이렇게 느끼는 경우는 완전 희박하다 할 수밖에 없다. 게다가 예전의 모습과 달리 당당하고 행복해 보이는 쎄러를 본 찰스는 이제 두 사람의 입장이 서로 뒤바뀌었음을 알아챈다. 다시 말해 이제는 자기가 그녀에게 사정하는 입장이고, 그녀는 마지못해 들어주는 입장이 된 것이다. 심지어 찰스는 그녀가 자기 성미와 취미에 맞는 다양한 일을 즐기고 있는 현재의 생활을 다른 생활과 바꾸고 싶은 생각이 없다며 자기의 자유를 주장할 때에는, 마음속 깊은 곳에서 그녀에 대한 존경심을 느끼기까지 한다.

지금까지 살아온 대로 각자 자기의 자유를 버리지 않고 자기의 길을 간다는 두 번째 결말은 말할 것도 없고, 쎄러가 찰스에게 처음엔 아내의 역할을 거부하다가 나중에 아이를 보여주면서 해피엔딩의 급반전으로 끝나는 첫 번째 결말에서 우리는 쎄러가 결혼한 다음에도 자기에게 최대한의 자유를 허락해달라는 강력한 메시지를 우회적으로 읽어낼 수 있다.

사실 비록 허구적 인물이라 할지라도 빅토리아조 시대에 그토록 독립적이고 그토록 지적인 여성을 보는 것만으로도 경이로운 일이 아닐 수 없다. 아니, 이런 새로운 시대의 여성상을 설득력 있게 그려낸 파울즈의 실력에 찬탄을 금하지 않을 수 없다.

인간이 스스로를 반성하고 자각하기 시작한 헬레니즘 시대 이래 철학자들은 인간의 이성 능력을 인간을 인간이게끔 하는 가장 중요한 속성으로 파악해 왔다. 따라서 플라톤, 아리스토텔레스는 물론이거니와 토마스 아퀴나스나 데카르트 같은 중세, 근대의 철학자들 역시 이성 능력이 부족한 여성을 자격 미달의 인간, 즉 불완전한 인간으로 파악해 왔다.

이와 유사하게 보편적인 실천이성의 명령에 따르는 것을 윤리의 근본 법칙으로 파악한, 근대 계몽주의 철학자 칸트는 남성과 달리 선천적으로 실천이성 능력이 뒤떨어진 여성이 추구해야 할 윤리를 남성에게 복종하는 것, 즉 정절과 순종으로 규정하고 있다.

하지만 일반적으로 남성이 이성 능력을, 여성이 감성 능력을 보다 더 발전시킬 수 있었던 것은 무엇보다 오랜 기간 동안 남성이 사회라는 광범위한 영역에서 사회적인 노동을, 여성이 가정이라는 사적 영역에서 사적 노동을 주로 담당해 온 결과라 할 수 있다. 육아와 가사라는, 여성이 담당해 온 사적 노동은 주로 가족 구성원의 욕구를 충족시켜주는 서비스업으로 일종의 감성 노동에 해당한다. 이와는 달리 주로 남성이 담당해 온 사회적 노동은 대자연이나 사회 전체, 또는 다른 사회구성원 등을 대상으로 하기에 사사로운 감정에 휘둘리지 않는, 냉철하고 합리적인 이성을 필요로 하고, 또 발휘해야 하는 노동이다. 이처럼 여성과 남성이 담당했던 서로 다른 노동의 성질은 여성과 남성에게 서로 다른 인성의 발달을 가져왔다고 할 수 있다.

그러나 현대 사회에서 사회적 활동은 더 이상 남성들만의 전유물이 아니다. 과학과 기술 문명의 발달로 가사 노동에서 자유로워진 여성들은 자기 능력에 맞게 다양한 사회적 활동을 해 왔고, 이에 상응하여 남성들도 사적 노동에 가담하고 있다.

이렇듯 새로운 상황은 여성에게도 남성 못지않은 지적 능력을, 남성에게도 여성 못지않은 감성 능력을 이전보다 더 많이 요구하고 있다. 결국 앞으로의 사회에서 여성과 남성은 한층 더 총체적인 인간형을 향해 나아가고 있다.

진정한 사랑은 서로의 몸과 마음을 끊임없이 주고받음으로써 서로의 공통분모를 깊고 넓게 만들어 나가는 것이다. 두 사람 모두 영과 육의 소통을 통해 각자의 존재의 핵심에 가 닿고, 그럼으로써 서로의 존재에 변화를 끼치고, 그 과정에서 서로의 감정 공유지를 넓혀가는 과정이다. 가부장제 아래에서의 여성과 남성처럼 존재의 지평의 높낮이가 현격하게 다르거나 처음부터 서로의 삶과 인격 내용이 모두 너무 작은 공통분모를 갖고 있으면 서로가 함께 누리는 행복과 성장은 제한적일 수밖에 없다.

바로 그런 점에서 찰스가 시대를 앞서가는 지성과 감성을 겸비한 쎄러를 선택한 행위는, 시대의 한계를 뚫고 두 총체적 인격의 보다 높은 사랑을 성취하기 위한 값비싼 노력이라 하지 않을 수 없다.

PHILOSOPHICAL ESSAYS
ON CLASSIC LITERATURE

PHILOSOPHICAL ESSAYS
ON CLASSIC LITERATURE

12

D. H. Lawrence

THE RAINBOW

D. H. 로렌스의
『무지개』에 대하여

무지갯빛, 궁극의 사랑

　우리에게 가장 중요한 것, 두 가지는 말할 것도 없이 일과 결혼이다. 그러기에 많은 작가들이 결혼, 혹은 사랑을 주제로 숱한 작품들을 남겼다. 하지만 그중에서도 남녀 관계의 문제를 가장 깊이 천착한 대표작가로 우리는 D. H. 로렌스를 들 수 있다. 그의 처녀작인 『아들과 연인』에 이어 2년 만에 내놓은 『무지개』와 『사랑하는 여인들』, 마지막 작품인 『채털리 부인의 연인』에서도 로렌스는 거의 남녀 관계의 문제만을 집요하고 여일하게 다루었다.

　19세기 말에서 20세기 초 영국 사회는 인류 역사상 최초로 여권운동이 활발했던 사회였다. 당시 교사로 여권운동 행사에 참여하는 등 관심을 보였던 로렌스는 이즈음 교직 생활을 포기하고 문필 생활에 일생을 바치기로 결심을 하는데, 동시에 그에게 프랑스어를 가르치던 교수의 아내인 프리다를 만나 사랑에 빠진다. 남성을 압도할 만큼 자의식이 강하고 열정적인 프리다와 로렌스는 이후 독일로 도피, 알프스 산을 넘어가는 도보 여행을 하고 이탈리아에 정착한 다음, 이 년 뒤 정식 결혼에 성공하는데, 바로 이 시기에 나온 소설이 『무지개』(1912)이다.

『무지개』속엔 이러한 당시의 시대적 배경과 로렌스 개인의 격렬했던 체험이 진하게 배어 있다. 이 작품의 주인공 어슐라는 부모의 반대에도 불구하고 선생이라는 직업을 선택한 진취적인 신여성으로 어느 누구보다 열렬하게 자아 실현으로의 길을 지향하면서 또 다른 한편으로 저 먼 하늘 위 무지갯빛, 궁극의 사랑을 놓치지 않으려 하는 여성이기도 하다.

하지만 주인공 어슐라는 이 장편소설 중반부에 가서야 등장하기 시작한다. 앞부분은 그녀의 조부모와 부모의 결혼 생활이 주요 내용을 이루는데, 이것은 물론 어슐라라는 여성을 보다 더 깊이 이해하기 위한 작가의 의도적 장치이기도 하지만, 다른 한편으로 그 두 부부의 결혼 생활도 그 자체로 충분히 주목받을 만한 남녀 관계의 또 다른 두 전형을 보여주기 때문이다.

여러 세대 동안 마시 농장에서 살아온 브랑윈 집안 사람들은 금발에 활력이 넘치고 천성이 부지런해 대지와 교류하며 풍족한 삶을 누려왔지만, 다른 한편으로 늘 이런 본능적인 삶 그 너머의 세계를 동경해 왔다. 그중 막내아들 톰은 천성이 공부에는 맞지 않았지만 예민하고 섬세한 남자로 열여덟 살부터 농장 관리를 맡아 정력적으로 일을 해왔는데. 결혼을 하고 싶어도 마음에 드는 여자가 없던 그는 마차를 타고 목사관에 하녀로 오고 있는, 폴란드 미망인 리디아를 보고 한순간 마음을 빼앗겨 버린다. 처음으로 낯선 집에 와 버터를 빌리면서도 당당하고 초연한 듯한 그녀의 태도에 압도당한 톰. 분명히 자기 집에 있으면서 '마치 자기가 그 여자를 위해 그곳에 있다'는 착각에 빠져드는데. 이제 그녀 없이는 자신은 무(無)라고 느낄 정도로 사랑에 빠진다.

한편 주인공 어슐라가 어릴 적 무척 따랐던 조모인 리디아. 그녀는 폴란드 의사이자 독립 투사였던 전남편 폴 렌스키와 함께 간호 일을 배우면서까지 독립운동에 참여하지만, 폴은 그녀를 독립된 한 개체로 인정하지 않고 종속된 존재로만 여길 뿐이었다. 점점 더 정신적인 이념 추구에만 열중하게 된 폴이 런던으로 도피해 걸인과 같은 생활을 하다 사망하고, 이곳 마을 목사관에 오게 된 리디아는 전남편과 달리 순박하고 건강한 생명력의 소유자인 톰이 청혼을 하자 바로 그 자리에서 "네, 결혼하고 싶어요."라고 담담히 말하며 그의 구혼을 받아들인다.

결혼 후, 차츰 과거를 망각하며 톰에게서 안정감을 느끼며 사는 리디아. 한편 톰은 귀가할 때마다 심오한 미지의 세계로 가는 사람처럼 기대에 차는데. 리디아가 자기에게 속해 있고, 자신이 그 여자에게 속해 있다는 걸 새삼 깨달으며 행복에 젖는 톰은 결혼 생활이라는 삶의 위대한 근원을 몸으로 체험하고 만끽한다.

하지만 이따금 옛이야기를 하면서 다시 어린 시절로 돌아간 듯한 아내 때문에 좌절감을 느끼는 톰. 과거를 알 수 없는 아내에게서 소외를 느끼는 톰은 곧잘 그녀가 진정으로 자기 곁에 끝까지 아내로 남아 있어 줄 것인지 의구심을 가지며 자기 비하감에 빠지곤 한다. 이처럼 톰은 리디아의 독특한 개별성을 인식하지 못하고, 더불어 자기의 존재에 대해서도 확신을 갖지 못한 채, 차츰 침묵과 거리가 두 부부 사이에 자리를 잡는데. 톰은 이렇게 자기를 혼자 내버려 두는 아내를 미워하며 아내가 자기의 존재를 깡그리 무시한다고 속으로 분노한다.

그러던 어느 날 리디아가 남편에게 진심을 토로한다.

"당신은 나의 관심을 충분히 못 받는다고 생각하지만 당신이 나를 어떻게 아세요? 내가 당신을 사랑하게끔 무슨 노력을 해봤나요?"[58]

자기의 속마음을 그토록 태연스럽게 들추어낼 수 있는 아내를 경이로운 눈초리로 쳐다보고만 있는 톰.

58 『무지개』 1권, D.H. 로렌스, 김정매 옮김, 민음사, 2019, 167쪽

"왜 당신은 나에게 만족을 못 하지요? 전남편 폴은 사나이답게 나에게로 와서 나를 취하곤 했어요. 한데 당신은 나를 외롭게 홀로 두거나, 아니면 내가 가축인 양 빨리 취하고는 다시 나를 잊어버리지요."

"당신이야말로 내가 아무것도 아닌 양 느끼게 해요."

"이쪽으로 와요." [59]

톰이 다가가자 여보! 하고 부르며 두 팔로 남편을 감싸 안는 리디아. 이제서야 그의 억눌린 욕정이 풀려난다.

이렇듯 위기를 극복한 두 사람의 결합은 전보다 훨씬 더 멋진 관계로 나아가고, 톰은 자기의 길을, 아내도 또 자신의 길을 걸어간다. 결국 두 사람은 각자 다른 개별성을 인정하고 서로 상대의 매력을 인지하고 받아들임으로써 만족스러운 결혼 생활을 이루어낸다.

한편 톰은 리디아가 전남편과의 사이에서 낳은 딸, 애나에게 차츰 자기의 남은 에너지를 쏟는다. 애나 역시 성장해 감에 따라 아버지 톰을 눈에 띄게 사랑한다. 톰 역시 다른 애들에게는 별 관심 없이 외톨이로 농장을 뛰어다니는 도도하고 영리한 딸 애나를 마음속으로 숙녀로 키우겠다는 욕망을 갖는다. 하지만 애나는 사춘기를 맞아 차츰 불안을 느끼기 시작하는데.

그러던 어느 날, 톰은 노팅엄에 사는 숙모로부터 초보 도안사인 아들 윌리엄을 당분간 돌봐달라는 편지를 받는다. 교회와 교회 건

---

59 같은 책, 1권, 170, 171쪽

축에 흥미를 갖고 있고, 목각을 다듬어 무엇이든 만들어내는 윌은 애나를 그림자처럼 따라다니고. 멋진 음성을 가진 윌을 애나 역시 사랑하게 된다.

드디어 결혼을 하게 된 두 사람. 집 밖으로 나오지 않고 몇 날 며칠을 신혼집 안에서만 보내는데. 하지만 그 뒤, 곧바로 첫 다과회를 여는 등 극성을 떠는 아내를 보며 침울해지는 윌. 아내에게 지나치게 의존하는 자신에게 수치심을 느끼며 침착성을 잃기 시작한다. 옆에서 아무 일 없이 어슬렁거리는 남편을 참을 수 없는 애나와 그런 아내를 증오하는 윌 사이에 수시로 애정과 증오가 교차하는데. 윌은 결국 도안사 사무실에서 일하게 되지만, 애나는 그의 그런 생활을 별로 중요하게 생각하지 않는다.

그중에서도 두 사람 사이의 간격을 결정적으로 넓혀놓은 건, 바로 교회에 대한 두 사람의 입장 차이였다. 교회에서 무한한 절대자를 체험하는, 암흑의 정서에 열정을 느끼는 윌과 달리 애나는 교회의 설교와 성경 이야기를 현실적 관점에서 비판한다. 하지만 격렬하게 싸우다가도 밤이 되어 집에 돌아오면 그의 마음은 아내에 대한 사랑으로 달아오르곤 하는데.

이런 식으로 이들 부부 사이엔 하루는 모든 것이 산산이 부서졌다가, 이튿날엔 다시 모든 것이 경이로워지는 사랑과 갈등이 반복되는 관계가 지속된다. 윌은 시간이 흐를수록 그들 부부는 상보적이 아니라 서로 반대되는 존재라는 걸 명확히 느끼고. 그는 아내가 자기의 일부가 되어주기를 원하지만, 아내는 자기를 그저 지배하려고 한다고 느낀다.

시간이 가도 조금도 변하지 않고 별개의 존재로 남아 있는 두 사람. 마침내 애나도 지치기 시작하고. 이제 그녀는 아무 노력도 하지 않고 그저 수동적이 되어 남편에게서 완전히 동떨어져 나간다. 즉 자기와의 관계를 넘어서서 남편이 그 자체 어떤 사람인지에 대해서는 전혀 관심이 없는 애나의 영혼은 남편 곁을 떠나 자기만의 길을 걷고. 한편 윌은 아내가 자기의 생각을 말로 잘 표현할 줄 모르고, 사고가 둔한 자기의 영혼을 빈정댄다는 사실 때문에 격분한다. 또한 지식을 숭상하고 인간 지성의 전능한 힘을 믿는 애나 역시 남편과 언쟁을 벌일 때마다 승리하지만 내적으로는 깊은 고독을 느낀다.

하지만 애나는 아이를 통해 남편과 결합함으로써 가슴속 공허감이 채워지길 갈망하고, 결국 그들 부부는 다시 친구가 된다. 그들은 다시 잠자리를 함께 하지만, 전과는 달리 아주 조용히 떨어져 잔다. 이제 드디어 혼자 지낼 수 있게 된 윌. 아내를 필요로 하고 아내에게 의존했던 자아에서 벗어나 마침내 별개의 주체성을 가지게 된다.

결국 중년이 된 애나의 영혼은 처녀 시절처럼 미지의 세계로 떠나는 여행객이 아니라 모험을 포기하고, 자기 집에 만족스럽게 머문다. 모성적 소유 의식이 강하고 자식들을 낳고 기르면서 커다란 성취감을 맛보는 애나에게는 삶의 원초적 활기와 기운이 흘러넘친다.

이처럼 두 부부는 빛 가운데서는 별개로 떨어져 있다가 짙은 어둠 속에서는 굳게 결합했다. 남편은 아내의 낮 동안의 권위를 지지해 주었고, 아내는 암흑 속에서는 남편에게 예속됐다.

주인공 어슐라의 이야기를 하기 전에 먼저 이 두 부부, 각각의 관계에 대해 정리해 보자. 자기가 모르는 세계에 대한 막연한 동경을 갖고 있던 톰은 당당하고 신비스러운 여인 리디아를 사랑하게 된다. 그는 삶의 위대한 근원인 결혼 생활의 매력과 힘을 온몸으로 만끽하지만, 아내를 잘 알지 못한다는 벽에 부딪쳐 좌절하는데. 하지만 아내의 따뜻한 포용력으로 다시 화해하고 서로의 개별성을 인정함으로써 두 사람은 충분히 행복한 결혼 생활을 누린다.

이와는 달리 영리하고 고집 센 애나는 종교와 교회 건축에 열정을 품은 윌을 만나 서로 사랑에 빠지지만, 현실적이고 합리적인 지성만을 내세워 남편의 어두운 감정의 세계를 인정하지 않은 채 서로 각자의 삶을 이어간다. 다행히 아이들이 두 사람을 맺어주고, 밤과 낮의 권한을 서로에게 각각 위임함으로써 그런대로 삶의 균형을 잡아나간다.

이처럼 리디아와 톰 부부는 시대적 한계와 외국인이라는 제약으로 인해 서로가 서로를 충분히 이해하지는 못하지만, 서로의 독자성을 인정해 줌으로써 성공적인 결혼 생활을 하는 반면에, 애나와 윌 부부는 각자의 고집으로 인해 서로의 개별성을 인정하지 않은 채 애나의 자아가 윌의 자아를 압도함으로써 그리 성공적인 결혼 생활을 했다고 하기는 힘들 것 같다.

THE RAINBOW

그렇다면 소설의 주인공, 어슐라의 사랑은 어떻게 전개되고, 우리에게 과연 어떤 메시지를 주고 있는지 살펴보자.

큰딸 어슐라는 처음부터 젊은 아버지 월의 마음에 깊고 강렬한 열정을 불러일으켰다. 어린 딸에게 재미있는 놀이들을 가르쳐 주며 함께 노는 월은 이 딸에게 모든 희망을 건다. 한편 아버지의 귀가 시간을 기억하고 기다리는 아이에게 아버지는 힘이요, 대자아였다. 아이는 아주 일찍부터 자신의 정신을 단단하게 하여 바깥세상의 모든 것에 저항하는 법을 배웠다.

모든 것을 빨리 배우고 지적이면서도 본능적인 어슐라. 차츰 궁극적인 문제에 깊은 관심을 가지게 된, 그녀의 가슴속에는 먼 곳을 보고픈 경이로운 열망이 차오르는데. 어느새 사춘기에서 숙녀의 나이에 접어든 어슐라는 자기 삶에 대한 무거운 책임감을 의식함과 동시에, 신앙심이 갖는 달콤한 감상주의(예수 그리스도의 품 안에서 자기의 미숙한 감정을 위무 받으려는 태도)를 자각, 이를 배척하며 어떻게 하면 진정으로 자유로운 사람이 될 수 있는지 고민한다.

이 무렵, 어슐라는 삼촌이 데리고 온, 청년 스크레벤스키를 만나게 된다. 휴가를 받아 나온 공병대 군인인 그는 그녀에게 바깥세상에 대한 강렬한 느낌을 안겨주었고, 그의 단도직입적이고 침착하고 귀족적인 태도 역시 그녀의 마음을 끈다. 한편 매우 아름다운 어슐라는 그에게 욕정과 고통을 안겨 주고. 진정한 사랑이 아니라 일시적 불장난인 것을 알면서도 어슐라는 세상에 대한 일종의 반항심으로 그와 키스하며, 서로가 서로에게 무한한 존재(무한히 사나이답고, 무한히 탐스러운 존재)임을 느끼며 황홀해 한다.

하지만 그것도 잠시, 언덕 위 어둠 속 달빛 아래 달님과 자유롭게 충일한 교감을 나누는 어슐라와 다르게 그의 영혼과 몸은 위축

되고. 이 순간 어슐라는 그의 키스를 겉으로는 받아들이지만, 그가 결코 그녀 존재의 핵심을 건드릴 수 없다는 걸 깨닫는다. 한 개인의 영혼을 진정으로 중요시하는 그녀와 달리 그의 자아는 산업화된 세상의 정립된 질서 속에 한 부품으로 존재할 뿐이었다. 이어 그는 휴가를 끝내고 기차를 타고 떠난다.

　이제 완전한 자립을 위해 경제적 독립을 꿈꾸는 어슐라. 수동적이고 활기 없는 양이나 비둘기보다는 자부심이 강하고 강인한 사자나 독수리가 되고 싶어한다. 학교를 마치고 결혼 적령기를 앞둔 어슐라는 집에서 시간을 보내는데. 그녀는 엄마의 삶에 대한 무사안일한 태도에 혐오감을 느끼며 우선은 자격증 없는 교사가 되고, 그다음에는 교육전문대학에 가서 학위를 따기로 마음먹는다. 부모의 반대에 부딪쳐 할 수 없이 가까운 일커스턴에 있는 초등학교 교사가 된 어슐라. 첫날부터 독단적이고 무자비하게 권위적인 하비 교장과 마찰한다. 부푼 꿈을 안고 온정적인 교사가 되려 하지만 번번이 좌절하는 어슐라에게 브런트 선생은 엄하게 반을 다스려야 한다며 따끔하게 충고한다. 오로지 적개심과 굴종이 지배하는 학교 분위기에 짓눌린 어슐라. 당장 학교를 떠나고 싶어 갈등하지만, 만약 여기에서 굴복하면 평생 자신이 남성 세계에서 절대 해방되지 못하리라는 생각에 교사 생활을 힘겹게 이어가는데. 기어이 문제아 윌리엄스를 만나 위기에 빠진다. 끝까지 말을 듣지 않고 자기를 조롱하며 힘으로 반항하는 그에게 어쩔 수 없이 회초리를 드는 어슐라. 결국 몇 명의 남학생들의 기를 더 꺾고 나서야 겨우 기강이 잡힌다. 이렇게까지 스스로 잔인스러워져야 하는지 회의를 하면서도 때로 가르친다는 일에 몰두하면서 즐거움도 느끼게 된 어슐라는 끝까지 자기 임무를 무사히 마치자 뿌듯함을 느낀다.

'가르치는 일에서 결국 승리를 거두었구나. … 이곳에서 우리는 선한 싸움을 했고, 통틀어 볼 때 나쁜 것만은 아니었어.'[60]

이제 어슐라는 학교가 자기의 영혼을 단단하게 자립적으로 성장시킨 감옥이었다고 스스로 규정짓는다.

한편 노팅엄의 미술 수공 교사가 됨으로써 드디어 사회적으로 떳떳한 인물이 된 아버지를 진심으로 축하해 주는 어슐라. 그로 인해 가족 모두 신흥 교외 주택가로 이사하게 되고, 어슐라는 대학에 입학하여 신학기를 맞이한다. 대학을 지식의 성소로 생각하며 꿈에 부풀었던 어슐라는 얼마 지나지 않아 깊은 실망을 느끼는데. 대학이 단순한 직업 양성소로, 즉 물질적인 성공이라는 신의 아첨꾼으로 전락해 버린 것에 대해 분노한다. 그나마 식물학 실험실에서 겨우 정신적 만족을 구하는 어슐라.

대학 최종 학년 부활절을 앞둔 어느 날, 어슐라는 갑자기 그동안 통 소식이 없었던 스크레벤스키로부터 노팅엄에 들릴까 한다는 편지를 받는다. 자기도 모르게 흥분을 느끼는 어슐라. 말타기의 명수인 그의 균형 잡힌 육체에서 풍기는 자신만만한 분위기에 매혹을 느끼지만, 동시에 그의 정신은 오히려 더 흐리멍텅해졌다는 걸 간파한다. 어슐라는 인도로 발령 받아 그곳으로 가려고 한다는 그의 말을 듣고, 그 말속에서 옛 문명에 군림하는 지배계급의 한 사람으로 나약한 대중들을 거느리고 행세하는 귀족이 되고 싶어하는, 그의 숨은 욕망을 읽어낸다.

하지만 뿌리치기 힘들 만큼 매력적인 그의 육체에 욕망을 느끼는 어슐라. '모든 일 뒤에 항상 당신이 버티고 있어 당신에게 돌아올 수밖에 없었다'며 그녀를 원하는 그에게 키스를 허락하고, 두 사람은 관능적인 쾌락에 빠진다. 드디어 어슐라에게 청혼하는 스크레벤스키. 하지만 어슐라는 선뜻 청혼을 받아들이지 못하고. 그녀 앞에서 그만 울음을 터뜨리고 마는 스크레벤스키에 대한 연민의 정으로 자궁이 불타는 듯 아프다. 하지만 그를 속속들이 다 알고 있기에 어떤 경우에도 그가 자기를 미지의 세계로 이끌지는 못하리라는 것을 안다. 물론 그의 경탄할 만한 육체에 대해 열정을 느끼지만, 가공할 만한 경이감이라든가 미지의 세계와의 연대감, 혹은 사랑의 경이로움 같은 것을 느끼지는 못하는 어슐라. 하지만 두 달 뒤, 인도행 배를 탈 그는 초조하게 어슐라 곁을 따라다니고.

그 와중에 어슐라는 졸업 시험에서 떨어져 커다란 타격을 받는다. 그래도 중급 문과 시험에는 합격해 중학교에 교사 자리를 얻을 수가 있어 선택의 기로에 놓이는데. 인도로 떠나기 전 링컨션 해안 방갈로에서 열린 커다란 파티에 초대된 두 사람. 곧 결혼할 사람이라며 귀빈 대접을 받아 방을 따로 배정받는다. 어두운 밤, 밖으로 나가 모래톱 사이 움푹 패인 곳에서 욕정을 불태우는 스크레벤스키. 하지만 밤마다 미지의 것에 대한 동경과 자아 성취에 대한 끝없는 기대감으로 고통을 겪는 어슐라. 그녀가 잘 알고 좋아하며 매력적인 스크레벤스키가 옆에 있어도, 그의 영혼은 그녀를 포용하지 못하고.

달빛 아래 그녀에게 다시 거칠게 달려드는 스크레벤스키. 사랑 행위를 끝내며 몸으로 느껴지는 그녀의 반응에서 두 사람의 관계가 이것으로 끝이 났다고 생각한다. 이제 그는 재빠르게 목전의 일로 관심을 돌려 하루빨리 대령의 딸과 결혼하리라 결론 내린다. 그녀에게 편지를 쓰고, 답장을 받자마자 바로 그녀를 만나러 간 스크레벤스키. 첫날 바로 그녀에게 청혼을 하고 2주 만에 결혼식을 올린다. 그리고 바로 그다음 주에 새 아내와 함께 인도로 떠나버리는데. 하지만 이 사실을 전혀 모르는 어슐라.

한편 기진맥진해 집으로 돌아온 어슐라는 가족에게 파혼 사실을 알리고. 식구들은 어이없어하며 화를 낸다. 냉담한 몇 주일이 지난 어느 날, 어슐라는 갑자기 몸의 변화를 감지한다. 아이를 가졌다는 사실에 놀라며 당황하는 그녀. 이제 어슐라는 어쩔 수 없이 자기의 생각을 바꾼다. 그 실체가 불확실한 자아보다 매일의 생활이, 훌륭한 아내로 단순히 살아가는 것이 더 중요한 것이 아닐까, 육체적으로 사랑받고, 풍요롭고 평화로운 생활이 터무니없이 자유를 추구하는 것보다 이상적인 삶이 아닐지 심각하게 고민하는 어슐라. 옆에서 엄마의 삶을 지켜보며 단순하게 주어진 삶을 감수하는 게 옳았다는 결론을 내리고, 스크레벤스키에게 자기 심정의 변화를 편지로 알린다.

어슐라는 그가 자신을 받아주리라 확신하지만, 마음속에서 조금씩 알 수 없는 반항심이 이는 걸 느끼며 이를 억누른다. 그러던 10

월 초순 어느 오후, 집안에서는 금방 질식할 것만 같아 숲속으로 달려나갔다. 갑자기 질풍이 몰아치기 시작해, 늪지대 너머 오두막 지붕 밑으로 들어선 어슐라. 집으로 돌아가기 위해 황야 한가운데로 난 좁은 길로 들어서는데. 저 멀리 몇 필의 말들이 얼핏 보여 돌아가려는 순간, 어느새 지축을 뒤흔들며 다가오는 말발굽의 진동 소리. 그녀 앞에 길을 막고 선 말들. 일순 뒤로 물러섰다가 조심스레 앞으로 걸어가는데. 번개 같은 것을 맞았다 하는 순간, 말들이 양쪽으로 그녀의 몸을 통과해 지나가고. 하지만 아직 저만치 서 있는 말들. 통나무 다리 위를 걸어가는데 다시 달려와 그녀를 노려보며 서 있다. 겨우 용기를 내 말들을 통과해 신작로에 들어선 어슐라. 또다시 뒤에서 말들의 우레 같은 말발굽 소리가 들려오더니, 옆구리를 스쳐 지나 다시 그녀 앞에 버티고 선 말 떼. 용기를 잃은 어슐라. 몸을 부르르 떨며 말들을 피해 돌아가는 체하며 걸어가다가 갑자기 쏜살같이 달려가 울퉁불퉁한 떡갈나무 위로 기어오른다. 말들이 그녀를 향해 달려오기 시작하자 생울타리 안쪽으로 훌쩍 뛰어내린다. 생울타리 모퉁이에서 다시 멈추고 선 말 떼. 가시나무에 등을 기댄 채 꼼짝않고 서 있는 어슐라.

한참 뒤, 모든 것들이 다 사라지고. 가시나무 등걸 위에 오랫동안 누워 있던 어슐라는 지친 상태로 마침내 집에 도착한다.

2주 동안 어슐라는 굉장히 앓았다. 헛소리를 하고 오한에 떨면서도 그녀는 마음속 깊은 곳에서 한 가지 사실만을 계속 의식했다. 과연 내가 스크레벤스키에게 속해야만 하는 건가? 무언가가 그렇게 하라고 강요했지만, 그건 진실 같지가 않았다. 분명히 어떤 굴레가 자기에게 들씌워져 있었다. 생각해보니 그건 아기였다. 아기가 그녀를 스크레벤스키에게 묶었던 것이다! 하지만 이 모든 것은 실체가 아니었다.

'마치 건과가 실체 없는 겉껍질을 부수고 나오는 것 같이 나도 이들을 깨버리고 나가야만 해.' [61]

어슐라는 차츰 새로운 땅에 뿌리를 내리며 자기의 성장에 눈을 돌렸다. 돌이켜 보면 지난 몇 주 동안 그는 그녀의 욕정으로 인해 그녀와 일체가 된 것이었다. 말하자면 어슐라가 그를 그러한 존재로 만들어놓은 것이었다. 그는 이제 빤히 다 드러난 존재였다. 어슐라는 지나간 것에 대해 애틋한 정을 느끼듯, 그에 대해 가슴 찡한 애정을 느꼈지만, 이제 구세계와 신세계 사이를 흐르는 공허한 암흑의 공간을 겨우 건넌 그녀 앞에는 미지의 세계, 미탐험의 세계가 활짝 펼쳐져 있었다.

다행히 아기는 가고 없었다. 그러나 아기가 존재했더라도 별 차이는 없었을 것이었다. 스크레벤스키는 이미 과거의 인물이었다. 그런데 이때 마침 그에게서 '결혼했음'이란 전보가 왔다. 어슐라는 그가 바로 그러한 인물이라는 것을 재확인하며, 잘된 일이라고 환호했다.

그러는 동안 창밖 하늘, 바람에 밀려가는 구름 사이로 한 줄기 무지개가 막 생겨나고 있었다. 어슐라의 가슴이 저리도록 희망으로 부풀어 올랐다.

---

61 같은 책, 2권, 442쪽

흥미롭게도 로렌스가 작품 속 주인공으로 삼은 여자들은 하나같이 자아가 강한 여성들이다. 여성적인 여성, 순종적인 여성은 그의 관심을 끌지 못했는데, 이러한 그의 특성은 특히 그의 처녀작인 『아들과 연인』에서 잘 드러나 있다. 『아들과 연인』의 주인공인 폴은 성년이 되자 미리암과 사귀기 시작하지만, 지나치게 희생적이며 자기 뜻을 주장하지 않는 그녀에게서 마음이 멀어진다. 특히 처음으로 미리암과 육체적 관계를 맺는 순간, 잔뜩 기대에 부풀었던 폴은 아무 감정 없이 완전히 수동적인 자세를 취하는 그녀에게 커다란 실망을 하고 만다. 그 뒤, 폴은 자유롭고 주체적인 성향을 가진 클라라와 사랑에 빠진다.

이처럼 로렌스는 자아가 없이 순전히 남자에게 순종만 하는 전통적인 여성에게서 특별한 매력을 느끼지 못한다. 이러한 로렌스의 여성관에는 아버지를 능가했던, 강인하고 지적이었던 자신의 엄마나 열정적이고 자의식이 강한 프리다의 영향이 컸던 게 사실이다. 하지만 상식적으로 생각해도 아무런 독자적인 생각도, 취향도, 개성도 없이 남자에게 모든 것을 맞추는 여성이 매혹적이기는 힘든 게 사실이다. 하지만 여성의 미덕을 남편의 생각과 취향에 그대로 따르는 순종과 겸양에서 찾았던, 과거 역사를 기억해 보면 당시 로렌스의 생각이 얼마나 진취적인 것이었던가를 알 수 있다.

따라서 우리는 로렌스처럼 바람직한 남녀의 관계를 마치 마치 별과 별이 균형을 이루어 조화를 유지하는 것과 같이 순수하고 자유롭고 독립된 자아를 유지하는 별들의 평형 관계로 비유할 수 있겠다.

어슐라와 스크레벤스키의 사랑은 영혼에 아무런 접촉이 없는 피상적인 육체의 사랑에 불과한 것일 뿐이다. 결국 어슐라가 그와의 관계를 깨뜨린 것은 그의 영혼이 자유롭고 독자적인 주체성을 가지지 못했기 때문이다. 산업화된 사회 속에서 영혼을 잃고 사회의 부속품으로 전락한 스크레벤스키는 자기의 자아와 함께 성장할 수 있는 강력한 남성을 원하는 어슐라의 이상형이 결코 아니다. 말 떼의 공격을 가까스로 물리친 뒤, 자기의 자아에 대한 믿음을 다시 획득한 어슐라는 자기의 결혼을 적당하고 안일하게 처리해서는 안 된다고 느낀다. 이제 어슐라는 용기를 내 자기와 마찬가지로 순수하고 자유롭고 독립된 자아와의 만남인 진정한 사랑에 대한 기대와 희망을 다시 움켜잡는다.

이러한 사랑이야말로 조부모인 리디아와 톰의 관계처럼 서로 충분히 소통하지 못한 채 서로의 개별성을 인정하는 느슨한 결합도, 부모인 애나와 윌의 관계처럼 강력한 자아에 의한 일방적 결합도 아닌, 무지갯빛 궁극의 사랑이라 할 것이다. 즉 정신과 육체가 조화를 이룬, 창조적인 삶의 바탕이 되는 이상적 사랑이 될 것이다.

THE RAINBOW

자아가 없는 인간은 텅 빈 인간이다. 물론 문자 그대로 텅 빈 인간이라기보다는 자기만의 독자적인 생각도, 취향도, 개성도 없이 사회가 일방적으로 주입하거나 남편이 명령 하달식으로 제공한 것들을 무비판적으로 내면화시킨 인간이다. 애석하게도 수천 년 동안 이어진 가부장제 사회에서 여성에게는 독자적인 주체성이 인정되지 않았기 때문에 남편에게 복종하는 게 최고의 미덕이었다.

사랑은 독자적인 두 자아의 육체와 영혼이 끊임없이 상호 교류하는 과정이다. 서로 다른 두 자아는 영과 육을 소통하는 과정에서 끊임없이 갈등도 겪고 공감대도 넓혀 나간다. 그리고 그 과정에서 한쪽 자아의 긍정적인 일면이 상대방의 자아의 핵에 닿아, 그 속에서 살아 움직이며 그 자아를 변화시키는, 일종의 기적이다. 끊임없는 상호 소통의 이런 과정을 통해 각각의 자아의 경계는 넓어지고, 각자의 자아는 지속적으로 성장하며, 두 자아의 공통분모는 깊고 커져만 간다.

이런 과정에서 겪게 되는, 화해와 공감이야말로 지상의 인간이 경험할 수 있는, 천상의 행복이 아닐까?

이러한 궁극의 사랑이라면, 어슐라처럼 한번 욕심내 볼 만하지 않은가.

PHILOSOPHICAL ESSAYS
ON CLASSIC LITERATURE

13

George Eliot

MIDDLEMARCH

조지 엘리엇의
『미들마치』에 대하여

환상과 환멸,
그리고 성숙

　결혼한 지 40년이란 세월이 흘렀다. 믿기지 않을 정도로 긴 세월이다. 지금 남편은 내 삶의 든든한 동반자다. 그래서 참 고맙다. 하지만 신혼 초에 나는 극심한 위기를 겪었다. 돌이켜 보면 그때가 결혼 생활 중 가장 큰 위기였다.

　당시 대학원에 다니고 있던 나는 물질적으로는 그닥 부족하지 않았지만, 정서적으로 메마르고 정신적으로 궁핍했던 친정집에서 벗어나고 싶었다. 하루라도 빨리 새로운 내 삶의 둥지를 마련하고 싶었다. 그런데 당시 고시 공부를 하던, 지금 남편인 남자친구의 상황이 꽤나 어려웠다. 얼마 전에 돌아가신 아버지와 앞으로 학업을 마쳐야 할 네 명의 동생이 밑으로 줄줄이 있는 맏아들이었으니까. 공부하는 여자는 시집을 잘 안 간다는 편견을 갖고 있던 엄마는 집에 오면 책만 보는 막내딸인 내가 혹시라도 시집을 안 간다고 할까 봐, 그동안 사귀었던 남자친구가 사법고시에 붙자마자 결혼을 서둘렀다. 비교적 유순한 기질의 나는 우리 엄마가 마련해 준 아파트에 울며 겨자먹기식으로 시동생을 데리고 살게 되었다. 내 공부는 공부대로 하면서 재수를 하는 시동생의 도시락을 챙기곤 했던 시절이었다. 지금의 젊은이들로선 상상하기 어려운 일일 게다.

하지만 이 모든 어려움보다 더 나를 힘들게 만든 건 바로 너무 밋밋하기만 결혼 생활이 준 환멸이었다.

초등학교 5학년 때 큰언니는 시집가버리고, 작은 언니는 계속 투병 생활을 하던 집안에 부모님은 자정이 다 돼서야 들어왔다. 안락하고 포근한 가정을 경험치 못한 나는 앞으로 다가올 사랑에 과도한 의미를 부여하며 낭만적 공상을 한껏 키워나갔다. 신성불가침의 절대적인 사랑에 대한 강렬한 환상이 당시 초라했던 현실을 살아내는 가장 큰 힘이 됐던 건 물론이다.

대학 초년생이던 당시 나를 우연히 알게 된 남자친구는 젊음 특유의 거침없는 열정으로 나에게 다가왔다. 그 열정이 너무 생경하고 뜨거워 상당 기간 밀어냈지만, 결국 남자친구의 집요한 의지에 내 마음이 열렸다. 하지만 우리는 자주 만날 수 없었다. 학생운동으로 제적당했다가 다시 복학된 남자친구는 고시 공부를 시작하기 시작했다. 그리고 시험에 합격하자마자 우리는 식을 올렸다.

그런데 전혀 예상치 않게 사법고시 2차에 붙은 남편이 과거 학생운동 경력으로 3차 면접에서 떨어졌다. 그래도 다행히 곧바로 남편은 쌍용 종합상사 기획실에 취직이 됐다.

남자친구가 멀리 있는 절이나 기도원에서 고시 공부를 하느라 가뭄에 콩 나듯 만나던 연애 시절엔 내 환상을 유지하는 게 전혀 어렵지 않았다. 짧고 진한 만남과 길고 애틋한 기다림이 반복적으로 이어지던 연애 시절엔 내 상상력이 내 사랑을 가지고 한껏 아름다운 나래를 펼칠 수 있었으니까. 하지만 매일 똑같이 이어지는, 단조로운 결혼 생활은 이런 나의 시적 환상을 여지없이 박살내 버렸다.

이미 가장이 된 남편이었다. 본인이 내심으로 원치 않았던 직장 생활에 적응하느라 꽤 힘들었을 시절이었지만, 남편이 처한 그런 현실의 이면을 그때의 나는 전혀 주목하지 않았다.

MIDDLEMARCH

조지 엘리엇의 소설, 『미들마치』 속 주요 인물들 역시 하나같이 자기 나름의 환상을 갖고 결혼 생활을 시작한다.

자신의 인생을 의미 있는 일에 바치려는 열망을 갖고 있는 스무 살도 채 못 된 도로시아는 배움과 지식을 갈망하지만, 19세기 초 여성에게 교육은 남성을 위한 외모 꾸미기와 남편에 대한 희생과 봉사를 의미하는 천사 되기에 한정되어 있었다. 그러기에 도로시아는 자기보다 서른 살이나 많은 학자인 커소번을 결혼 상대로 선택한다. 도로시아는 남편을 통해 배움의 기회도 얻고, 남편이 위대한 학문적 결실을 이루어나가게끔 옆에서 도와주는 삶을 꿈꾼다.

다음으로 자기 삶을 사회적 선행에 바치기 위해 의사직을 선택한 리드게이트는 약을 무분별하게 남용하는 기존 의사들을 비판하고, 환자에게 무분별한 투약 대신 처방을 내리거나 물리적 요법을 사용한다. 또한 자기의 뜻을 자유롭게 펼치고자 책략과 사기가 판치는 런던을 피해 지방 소도시인 미들마치에서 개업을 감행한다. 또한 리드게이트는 부유한 집안 출신의 미모가 뛰어난 로스몬드를 결혼 상대로 취하는데, 그녀의 세련되고 고상하고 온순한 성품이 가정생활을 행복하게 만들 것이라고 기대한다.

한편 도로시아의 남편인 커소번은 이미 비생산적인 오랜 연구로 심신이 지쳐있는 상태라 결혼을 하면 젊은 아내가 자기에게 위로와 휴식을 주리라 기대한다. 아내와 달리 섬세한 감성과 뜨거운 열정이 부족한 그는 내적으로는 자기 연구가 실패한 것임을 알면서도 학문적 연구를 지속해 나가 자기의 체력을 낭비하고 있지만, 아내에게서는 무조건적인 신뢰와 숭배를 받고자 한다.

또한 리드게이트의 아내인 로스몬드는 자기보다 신분이 더 뛰어난 남편과의 결혼이 여관 주인의 딸이라는 과거를 떨쳐버리고 상류사회의 일원으로서 자기 취미에 맞는 우아한 생활을 보장해 주리라는 환상을 갖는다. 님프처럼 아름다운 로스몬드는 오로지 귀부인들과 기사들만이 있는 로맨스의 세계를 꿈꾸면서 정신적, 물질적 허영을 넘어 성적 허영심에까지 빠져든다. 그녀는 비록 결혼한 상태지만 다른 남성들을 자기의 성적 포로로 삼을 수 있다고 생각한다.

우리가 자라나면서 품게 되는 환상은 개개인의 삶을 추동시키는 가장 강력한 욕망을 핵으로 하여 그 당시 사회, 문화적인 영향을 받아 형성된다. 개인은 저마다 다른 특정한 상황 속에서 자기도 모르는 사이에 서서히 자기 내면에서 싹이 트기 시작한 환상을 먹고 살아가기 때문에 그 사람이 가진 환상은 그 개인의 고유한 정체성을 형성하는 데 결정적인 영향을 끼친다.

그런데 인간은 누구나 예외 없이 자기가 서 있는 특정한 시·공간의 위치에서 세계를 바라볼 수밖에 없다. 그러기에 인간은 기본적으로 자기중심적 시각, 즉 주관적 시각에서 벗어나기 어렵다. 이것은 마치 카메라가 서 있는 특정한 공간적 위치에 따라 그 카메라의 앵글에 잡힌 이미지가 서로 상이할 수밖에 없는 것과도 같은 이치이다. 이렇듯 사람마다 서 있는 시·공간의 위치가 다르기 때문에 각자가 갖게 된 세계상은 조금씩 서로 다 다르다. 결국 인간은 성인으로 자라나는 과정에서 이처럼 저마다 자기중심적 시각의 틀 안에서 자기 내면의 달콤한 욕망을 충족시키려고 하기 때문에 자기만의 독특한 환상을 갖게 되는 것이다.

그런데 이처럼 자기중심적 시각에 사로잡힌 환상이 갖는 문제점은 바로 그것이 자기의 주관적 소망과 객관적 실재를 혼동해 버린다는 점에 있다. 다시 말해 청년기의 인간은 자기의 소망이 별다른 저항 없이 쉽사리 충족될 수 있다고 착각한다. 하지만 좀 더 성장해 세상에 본격적으로 뛰어들면, 우리의 환상은 현실의 벽에 부딪쳐 산산이 부서지고, 우리는 지금까지의 자아가 통째로 깨져나가는 듯한 환멸을 경험하게 된다. 결혼하기 전 갖게 된, 결혼에 대한 환상과 결혼 후, 실재 결혼 생활에서 오는 환멸도 예외가 아니다.

MIDDLEMARCH

금발 머리의 젊은 미남, 제임스 경을 거부하고 미라같이 병약하고 나이든 학자, 커소번을 선택한 도로시아는 신혼여행을 간 로마에서 이미 세상에서 버림받은 듯한 쓸쓸함을 경험한다. 섬세하고 따뜻한 관계와 자유로운 대화를 원하는 도로시아는 자기의 비생산적인 연구에만 충실한 채 자기의 내면을 함께 나눌 줄 모르는 남편 앞에서 좌절하는데. 더욱이 로마에서 만난, 남편의 이종 조카인 윌 레디스로우에 의해 남편의 학문이 이미 의미를 상실한 것임을 알게 되자 자기의 환상이 송두리째 깨져나가는 아픔을 겪는다.

한편 리드게이트는 미들마치 자선병원의 경영권을 쥐고 있는 벌스트로드의 도움으로 그곳에서 자유로운 의술 행위를 허락받고 자기의 소신을 펼쳐나가지만, 기존 의료인들의 공개적 비난과 보수적 주민들의 저항에 부딪친다. 또한 그는 소녀적 환상에 빠져 고급 가구와 여러 명의 하인들을 거느리고 초대와 대접에 몰두하는 아내 로스몬드로 인해 점차 감당할 수 없는 재정 위기에 처한다. 급한 불을 끄기 위해 벌스트로드의 도움을 청하게 되는 리드게이트. 나중에 벌스트로드가 횡령과 살인 혐의를 받게 되자, 리드게이트는 그의 범죄를 공모 내지 용인한 게 아니냐, 하는 의혹까지 받게 된다.

도로시아의 남편인 커소번은 가정된 히브리어를 구성해냄으로써 신화와 성서 사건의 연관성을 증명하려 한 자기 연구가 실패하고 만 것 같아 좌절하고 있는 상태인데. 소심하고 까다로운 그는 감추고 싶은, 자기 연구의 현황에 대해 관심을 보이는 아내 때문에 피곤하기만 하다. 또한 그는 신혼여행을 간 로마에서 아내에게 커다란 관심을 보인, 이종 조카 윌 레디스로우가 자기 부부가 사는 미들마치로 따라오자 신경을 곤두세우며 혹시 아내도 그에게 연정을 갖고 있지 않나, 의심하며 질투한다.

또 리드게이트의 아내인 로스몬드는 어릴 적부터 씀씀이가 헤픈 성질을 버리지 못한 채 무엇이든 최상품을 주문하는 것을 살림을 잘하는 것으로 생각한다. 그녀의 사치스러운 생활로 인해 경제적 어려움에 봉착한 남편이 호소해도 아무 소용 없이 세속적 허영에 빠진 채, 다른 남자와 승마를 타다 낙마하여 유산까지 하게 되는데. 그녀는 남편 몰래 자기 아버지와 남편의 친척에게 손을 내밀어 보지만 모두 거절을 당하자, 가난한 남자를 만나 고생을 한다며 남편과의 결혼을 후회한다.

이렇듯 자기중심적 또는 주관적 관점에 갇힌 환상은 냉엄한 현실의 벽에 부딪쳐 차갑게 부서지며 우리를 쓰디쓴 환멸로 이끈다. 그 과정에서 환상의 핵을 이루는 가장 강력한 욕망, 내지 간절한 염원 역시 돌이킬 수 없을 것 같은 절망 속으로 빠져든다. 하지만 환상의 오류는 강렬한 욕망에서 비롯된 것이라기보다는 무엇보다 자기중심적 사고에서 연유한 것이다.

하지만 환상이 깨지면서 비로소 우리는 현실을 냉철하고 객관적으로 바라보고 타인을 제대로 관찰하기 시작한다. 그리고 바로 이러한 과정을 통해 우리는 자기의 욕망을 주관적으로 잘못 해석된 세계 인식에서 떼어내 올바른 객관적 인식과 결합시킴으로써 서서히 환멸의 늪에서 벗어나게 된다. 그 결과 우리의 허황된, 터무니없는 환상은 이제 비로소 한층 실현가능한 소망으로 탈바꿈한다. 마치 번데기가 허물을 벗고 날아오르듯 우리의 소망은 진정한 행복의 성취를 향해 나간다.

이렇듯 마음의 상처를 견뎌내며 자기중심적인, 안일한 사고를 벗어나는 과정이 바로 인간의 성숙 과정이다. 그리고 이런 고통의 과정을 통해 인간은 비로소 다른 사람들의 마음을 더 한층 잘 이해하고 공감하게 된다. 이기적이고 편협한 자기 욕구에서 벗어나 세상에 대한 새로운 안목을 구비한 성숙한 인간은 이제 나와 다른 이웃의 고통을 이해하고, 그들의 희노애락에 적극적으로 참여하며 필요한 도움을 제공하기도 한다.

이것이 바로 인간의 진정한 성숙이다.

세상의 모든 고전은 바로 이러한 과정, 즉 주인공의 환상과 환상의 깨어짐, 그리고 뼈아픈 깨달음으로 이어지는 성숙의 과정을 기록한 것이다. 물론 때로 고전 작품은 주인공의 환상이 산산이 깨져나가는 것으로 끝을 맺기도 한다. 하지만 이것은 작가가 주인공이 가진 욕망의 강렬함을 더 부각시키고 주인공의 심적 고통을 독자에게 더 잘 전달하기 위한 것이다. 다시 말해 독자로 하여금 무엇이 문제인가, 하는 문제의 문제성에 더 주목하게끔 만드는 장치라 할 수 있다.

이처럼 고전문학은 궁극적으로 진정한 인간의 성숙을 지향한다. 우리가 고전을 읽는 이유이다.

MIDDLEMARCH

평범하고 자기 만족적인 귀부인의 생활보다는 의미 있는 삶을 동경하는 도로시아는 남편의 학문적 업적에 기여하고 동참하고자 열망한다. 하지만 남편의 연구에 대해 좀 더 알고 적극적으로 도움을 주고 싶어하는 그녀의 열망은 남편으로부터 차가운 냉대를 받을 뿐이다. 게다가 남편이 평생을 건 노작이 허사로 끝날지도 모른다는 생각에 지금까지 살아온 자기의 삶이 송두리째 무너져 내리는 심적 고통을 경험한다. 하지만 도로시아는 힘겹게 마음을 다잡아 자기의 실패를 깨닫고 있을 남편을 다정하게 위로하는 것이 자기 삶의 의미라고 고쳐 생각한다.

이렇듯 자기의 고통을 통해 남편의 절망을 이해함으로써 그를 도우려 한 것처럼, 도로시아는 나중에 리드게이트와 로스몬드의 불행한 결혼 생활을 알게 되자 이들을 적극 도우려고 발 벗고 나선다. 도로시아는 로스몬드에겐 남편 리드게이트의 애정을 다시 확인시켜주고, 빚을 진 리드게이트에겐 자기의 재산 일부를 기꺼이 빌려준다. 이처럼 도로시아의 불행했던 결혼 생활에 대한 경험은 불행에 빠진 그들 부부에 대한 연민으로 확대된다.

그런데 자기의 죽음을 예견한 커소번은 유언으로 아내에게 아직 정리가 안 된 채 산처럼 쌓여 있는 자료를 선택, 분류하는 일에 헌신해 줄 것을 부탁한다. 하지만 도로시아는 그 자료들이 애매한 원리를 증명하는 애매모호한 예증에 지나지 않을 것 같아 대답을 해야 하나 말아야 하나, 고민하는데. 그러던 중 남편은 급작스럽게 사망하고 만다.

도로시아는 로마에서 돌아온 후 남편이 윌 레디스로우를 집에 발도 들여놓지 못하게 하는 이유를 잘 이해하지 못하다가, 남편이 유언장에 자기가 죽은 뒤 만약 그녀가 윌 레디스로우와 재혼할 경우 자기의 유산을 한 푼도 아내에게 주지 말라고 못 박아 놓은 걸 알게 된다. 이로써 그녀가 가졌던 남편에 대한 환상은 결정적으로 깨져나간다. 도로시아는 남편이 자기가 믿었던 만큼 고결한 사람이 아니었음을 알고 극심한 혐오감을 느낀다.

한편 그동안 도로시아를 열렬히 사모하던 윌 레디스로우는 커소번이 급작스럽게 사망하자 자기가 도로시아에게 청혼할 경우 엄청난 유산 때문에 그랬다는 비난을 뭇사람들로부터 들을 걸 예상하고 미들마치를 떠난다.

이후 다시 미들마치로 돌아온 윌 레디스로우와 재회하는 도로시아. 남편에 대한 환상에서 완전히 벗어나 새로운 희망을 꿈꾸는 그녀는 본래 자기 것이었던 재산 외에는 아무것도 가지지 않은 채 그와 결혼을 한다. 이제 런던에서 사회 진보를 위한 활동을 시작한 윌 레디스로우는 열렬한 사회운동가가 되어 한 선거구의 비용 부담으로 의회에 진출까지 하고, 도로시아는 그를 헌신적으로 도우며 열정적으로 살아간다.

또 자기의 선한 의지와 지적인 능력을 믿고 과감하게 의사직에 뛰어든 리드게이트는 동료 의사들의 시기와 반감, 보수적인 주민들의 오해에 봉착하게 된다. 예컨대 그가 뚜렷한 증세 없이 심장병으로 죽은 시체의 몸을 해부하려 하자 해부를 목적으로 환자를 죽인다는 루머가 나돌고, 환자들에게 약을 투여하는 행위를 삼가자 사람들은 그를 사기꾼이라고 비방한다. 결국 리드게이크는 '옳은 일의 수행이란 게 놀라울 정도로 어렵다'는 사실을 뒤늦게나마 깨닫는다.[62]

또한 아름다운 로스몬드와의 결혼 생활이 그의 의학적 연구를 위한 최적의 안식처를 마련해 주리라는 기대 역시 무참히 깨어지고 마는데. 환자의 감소와 아내의 사치스런 생활로 인해 재정적 위기에 봉착한 리드게이트는 빚을 해결하기 위해 백방으로 손을 써 보지만 번번이 좌절하고 만다. 게다가 그는 주민들로부터 간악한 미스터 벌스트로드의 범행에 연루돼 있지 않나, 하는 의혹까지 받게 되는데. 나중에 도로시아의 경제적 도움과 정신적 위안으로 곤

---

62 『미들 마치』, 조지 엘리엇, 이가형 옮김, 주영사, 2019, 769쪽

경에서 간신히 벗어나게 된다. 결국 아내의 실수를 용납한 그는 다시 그녀와 화해하고 그녀의 요구대로 미들마치를 떠난다.

리드게이트는 새로운 곳에서도 여전히 변하지 않는 아내로 인해 자기 관심을 의료 개혁보다는 가정생활에 더 기울인다. 즉 아내를 선택한 자기의 실수를 인정하고 자기의 운명을 감수하고 책임을 떠안음으로써 더 한층 성숙한 사람으로 나아간다.

MIDDLEMARCH

급작스러운 사망으로 아예 성숙할 기회를 상실해 버린 커소번과 사치스러운 생활을 포기하지 못하는 로스몬드와 달리 도로시아와 리드게이트는 그들 자아가 탐닉해온 기분 좋은 환상이 깨져나가는 환멸을 이겨내고 그들이 처한 고통스러운 현실에 직면해 진로 수정을 감행함으로써 각자 자기 나름의 성장을 이루어낸다. 도로시아는 막대한 유산과 남편에 대한 미련을 버리고 다감하고 열정적이며, 자유로운 대화 상대자인 윌 레디스로우의 사랑을 받아들임으로써 자기의 간절한 소망을 이루어내고, 리드게이트는 부족하고 연약한 아내를 선택한 자기 운명을 받아들임으로써 자기가 처한 현실적 조건에 순응한다.

이처럼 개인이 가진 열망이 아무리 선한 것이라 할지라도 그 열망은 그 개인이 처한 당시 현실의 제반 여건이나 주위 인물의 성향 및 요구와 조화되어야 비로소 실현 가능하다. 우리의 삶은 이처럼 기존의 자아가 깨져나가는 아픔을 견뎌내며 끊임없이 자기 변신을 해나가는 과정의 연속이라 할 수 있다.

하지만 이렇듯 인식의 힘겨운 과정을 통한 성숙의 과정은 단 한 번의 깨달음으로 이루어지지 않는다. 마치 끝없이 펼쳐져 있는 하얀 모랫벌 위로 쉼 없이 밀려왔다 밀려가면서 아주 조금씩 다가오는 파도처럼, 우리는 무수한 깨달음의 반복 과정을 통해 조금씩 성장해 나가는 것이다.

PHILOSOPHICAL ESSAYS
ON CLASSIC LITERATURE

PHILOSOPHICAL ESSAYS
ON CLASSIC LITERATURE

14-15

Virginia Woolf

TO THE LIGHTHOUSE ·
ORLANDO : A BIOGRAPHY

버지니아 울프의
『등대로』·
『올랜도』에 대하여

여성적 지혜, 그 완벽한 선

사십 대 초반쯤이었나, 원광대에서 강의를 하던 때였다. 하루는 수업을 시작한 지 얼마 안 됐는데, 한 남학생이 손을 번쩍 들어 질문을 했다. 왜 인류 역사상 남자들은 위대한 업적을 많이 남겼는데, 여자들은 그러지 못했는지를 물어보았다. 그 남학생은 심지어 요리나 미용 분야에 있어서도 세계 최고 톱은 거의 대부분 남자라고 말하곤 자리에 앉았다. 철학을 강의하는 여자 강사인 나에게 도전하는 마음이 읽혀져 긴장했던 기억이 난다.

지체 없이 논리정연하게 대답해야 하는데 할 말은 많고 머릿속이 뒤엉켜 뭐부터 말해야 할지 몰랐다. 기침으로 시간을 번 후, 나는 먼저 무언가 업적을 남기려면 대체로 20대 중후반의 성인이 되어야 가능할 텐데, 과거 오랜 기간 대부분의 여성들의 경우 그 나이에 결혼을 하게 되고 그러면 평생 가사와 육아에서 벗어나기 어려웠던 점을 지적했다. 피임약이 대량 생산되고 가전제품의 사용이 일반화된 20세기 중후반 이전의 여자들은 결혼해서 임신하면 애 낳고 기르다가 또 임신하고 애 낳고 기르다가를 반복하다 노년을 맞이하는 경우가 대부분이었다. 위대한 업적을 이룬 퀴리 부인이 과학 연구에 몰두할 수 있었던 건 시부모가 그녀가 해야 할 가정일을 전담해 주어서 가능했던 일이었다. 지금의 우리에게는 영 낯설겠지만, 교육의 기회 역시 여성들에게는 허용되지 않아 1882년에 태어난 버지니아 울프는 남자 형제들이 다니던 케임브리지 대학의 문지방을 명성을 떨친 중년에 특강을 맡아서야 겨우 넘어설 수 있었으며, 초기 이과대학 여학생들은 강의실 의자가 아니라 가운데 계단에 앉아 겨우 수업을 들었다고 한다. 로댕의 애인이었던 까미유 끌로델의 경우, 유명 미술교육기관인 에콜 데 보자르 입학은 물론 정규적인 예술 교육을 받을 수 없었기에 평생 사회와 고립된 채 예술 활동을 이어갈 수밖에 없었다. 로댕의 조수 역할을 하다 그의 연인이 되었던 까미유 끌로델은 로댕의 이중적 생활 때문에 자진해서 로댕을 떠난 뒤, 극심한 가난에 시달리다 정신병이 악화돼 정신병원에 입원, 그곳에서 삶을 마감하고 말았다.

가부장제 사회에서 여성에 대한 무시는 사실상 문화 전반에 걸쳐 광범위하게 녹아 있다. 철학의 영역도 예외가 아니었다. 아니, 여기서 한 걸음 더 나아가 이전 시대의 철학자들은 철학자답게 여성의 열등성이 어디에 근거하는가를 이론적으로 밝혀놓았다. 플라톤, 아리스토텔레스와 같은 그리스 철학자들은 말할 것도 없고, 토마스 아퀴나스와 같은 중세 철학자, 그리고 수많은 근대 철학자들은 모두 한결같이 여성을 비이성적인 존재로 보았다. 철학자들은 인간존재의 존재론적 근거, 그 철학적 기반을 이성에서 찾았는데, 안타깝게도 여성은 근본적으로 이성이 결핍된 존재이기에 아직 되다 만 인간, 즉 열등한 인간인 것이다. 따라서 철학사 속, 철학자들의 인간에 대한 논의는 엄밀히 말해 여성이 아니라 이성을 갖춘 남성에게만 적용되는 것이었다.

근대 시민사회는 정신적으로는 기독교적 신으로부터, 현실적으로는 신분제로부터 독립된, 자유롭고 평등한 시민들의 사회이다. 대표적인 근대 철학자, 칸트는 근대 시민사회의 기초를 바로 시민이 독립된 인격체라는 점, 즉 자율적인 주체성을 갖는다는 점에서 찾았다. 그리고 이때 시민 개개인의 자율적인 주체성은 바로 스스로 독자적으로 판단할 수 있는 능력인 이성 능력에 근거한 것이다. 따라서 이성을 갖지 못한 여성은 자율적인 주체가 되지 못한다. 그러므로 여성의 최고 미덕은 이성 능력을 가진 남성의 명령에 복종하고 남성에 헌신하는 것이다.

버지니아 울프는 당대 학자이자 비평가였던 레슬리 스티븐과 아름답고 활동적인 어머니 줄리아 덕워스 사이에서 태어났다. 두 사람 모두 재혼이었기에, 그녀는 배다른 형제들과 자기 형제들, 그리고 하인들로 북적이는 집안에서 자라났다. 하지만 런던 상류층의 부유한 명문가 집안에서도 딸들은 아들과 대등한 지위를 누리지 못했다. 남자 형제들은 모두 출세가 보장된 퍼블릭 스쿨에 들어갔지만, 여자아이들은 가정교사의 교육으로 만족해야 했다. 하지만 다행히도 버지니아 울프는 아버지의 방대한 서재에 마음대로 드나들 수 있었고, 아버지의 손님인 당대 일류 문사들의 대화에 자극을 받아 일찍부터 작가가 되겠다는 포부를 갖게 됐다. 그렇지만 빅토리아 시대 말기였던 당시, 여성들의 교육은 어디까지나 '집안의 천사'를 길러내는 것에 한정된 목표를 두었다.

헌신적이었던 엄마를 열세 살에 갑자기 잃고, 엄마를 대신해 집안의 천사 역할을 했던 언니 스텔라마저 2년 후에 잃게 되자, 집안의 분위기는 급격히 어두워진다. 점점 더 완고하고 자기 중심적이 되어 가는 아버지를 돌보고 살림을 꾸리고 손님을 접대하는 일이 사춘기 소녀인 언니 바네사와 버지니아의 몫이 되고 만다. 게다가 혼기가 다가오는 누이동생들을 번듯하게 꾸며 사교계에 데리고 나가는 오빠들 때문에 그녀들의 고통은 배가 되고.

하지만 화가를 꿈꾸던 바네사와 작가를 꿈꾸던 버지니아에게 '마치 야수와 함께 우리 안에 갇혀 있는 것' 같았던 불행한 7년은 마침내 아버지의 죽음으로 끝이 나고, 버지니아는 언니 바네사와 함께 가난한 지식인들과 예술가들이 주로 사는 블룸즈버리 지역으로 이사해 커다란 해방을 맞본다. 하지만 이후 4남매가 함께 한 그리스 여행에서 돌아온 토비(정신적으로 가까웠던 오빠)가 티푸스로 세상을 떠나고 바네사마저 결혼해 가버리자, 버지니아는 정신적 위기를 맞이하게 되는데. 가까운 사람들의 죽음을 옆에서 많이 보아온 버지니아는 기어이 발작을 일으킨다. 그녀는 '스물아홉 살에 아직 결혼도 안 하고, 아이도 없고, 정신병도 있고, 작가도 아닌' 자신의 신세를 한탄한다.

하지만 1912년, 버지니아 울프는 블룸즈버리 그룹의 한 멤버였던 레너드 울프와 결혼함으로써 인생의 커다란 전기를 맞이한다. 그녀에게 결코 집안의 천사가 되기를 요구하지 않는 레너드는 가정의 따스함과 안정감을 원하면서도 결혼의 구속을 꺼리는 그녀에게 평생 좋은 남편이 되어 주었다. 레너드는 작가, 잡지 편집인, 노동당 비서로 일하면서도 병약한 아내를 대신해 세심하게 살림을 꾸려 나갔고, 몇 차례 입원 치료에도 불구하고 병이 악화되어 가는 아내를 위해 영양 상태를 돌봐주고 창작활동을 지속적으로 격려해 주었다.

아버지 레슬리 스티븐은 『국가인명사전』의 편집인으로 유명한 문필가였고 그녀의 작가로서의 포부를 지지했지만 그녀에게서 고작 유고 발간이나 전기를 쓰는 정도의 작가 역할을 기대했을 뿐이었고, 아내가 죽은 뒤로는 집안의 천사 역할을 요구했다. 또한 다른 오빠들은 케임브리지 대학에서 공부하는 오빠 토비와 보조를 맞추려고 그리스어 공부에 매진하고 있는 그녀에게 사교계의 주목을 받는, 우아한 숙녀의 자태를 원했다. 이처럼 남성 작가 못지않게 당당한 작가로 성공하고 싶은 그녀의 열망은 이를 막는 현실적 제약으로 고통받을 수밖에 없었는데. 결국 이러한 경험은 그녀로 하여금 당대 여성들이 처한 현실에 주목하고 여성들이 자유로운 삶을 영위하기 위한 최소 조건으로서 '자기만의 방과 연 수입 500파운드'라는 현실적이고 구체적인 제안을 내놓게 만들었다.

그런데 버지니아 울프는 단순히 이에 머무르지 않았다. 놀랍게도 그녀는 여성이 남성에 비해 갖는 우월한 정신적 측면을 포착했는데, 이는 남성의 정신적 우월성을 당연시하는 가부장제 사회 문화 속에서는 매우 이례적인 것이라 하지 않을 수 없다.

우리는 『등대로』에서 바로 이 점을 구체적으로 확인할 수 있다.

TO THE LIGHTHOUSE

『등대로』는 3부로 이루어져 있다.

1부는 런던에 사는 램지 가 사람들이 스코틀랜드 서쪽, 헤브리디스 제도의 한 섬에 있는 그들의 별장에서 그들이 초대한 손님들과 함께 휴가를 보내고 있다. 아이들은, 특히 제임스는 내일 가볼 등대로의 여행에 몹시 들떠 있다. 가장인 램지 씨는 명석한 두뇌와 독보적인 사상으로 이십 대 후반에 책을 출간해 이미 명성을 얻은 육십 대 철학 교수이고, 그의 아내 램지 부인은 뛰어난 미모의 현모양처인 오십 대 주부다. 그들 사이에는 여덟 아이가 있다. 겉으로 보면 이들 가정은 매우 안정되고 행복한, 이상적인 가정이라 할 만하다.

초대된 손님으로 우선 램지 씨를 추앙하는 가난한 젊은이, 찰스 탠슬리가 있는데 그는 능력은 뛰어나지만 상류층이 아닌 가난한 환경에서 자라나 강한 자의식을 갖고 신분 상승을 꿈꾸고 있다.

다음으로 결혼도 하지 않고 식물학에만 일생을 바친 윌리엄 뱅크스가 있는데, 그는 램지 부인에 대해 숭배의 염을 갖고 있으며 노처녀 화가 릴리와 스스럼없이 대화를 나누는 사이다. 또 못생긴 노처녀 화가 릴리는 그림을 통해 삶을 풍요롭게 하고 자기 실현을 하고 싶어하지만, 생각만큼 그림이 잘 진척되지 않는다. 강하고 독립적이지만 자기의 빈궁한 현실과 재능이 없다는 자각으로 마음이 억눌려 있는 상태다.

2부는 일차세계대전이 발발하고 이후 10년간의 세월을 다룬다. 이 기간 동안에 아름다운 딸 프루는 결혼을 하고 아이를 낳다 죽고, 위대한 수학자가 될 거라고 촉망받던 아들 앤드루도 전쟁 중 프랑스에서 사망하고, 램지 부인은 한밤중에 잠을 자다가 갑자기 숨을 거둔다.

3부는 십 년간의 공백을 깨고 살아 있는 사람들이 다시 별장을 찾는다. 탠슬러는 대학교수가 되어 신분 상승에 성공하고, 릴리는 다시 붓을 잡고 그림을 그리는데 머릿속에서 이미 고인이 된 램지 부인을 끊임없이 소환한다. 그리고 아버지 램지는 캠과 제임스와 함께 이른 아침 등대로 향한다. 아버지의 명령으로 마지못해 잠에서 깬 이들은 배를 타고 등대로 향하지만, 속에서는 아버지에 대한 격한 반항심이 들끓는다.

일반 소설과 달리 『등대로』(1927)에는 촘촘히 짜인, 특별한 사건들의 전개가 없다. 『등대로』 1부에서 등장인물들은 다음날 배를 타고 등대로 향할 계획을 갖고 있을 뿐 이야기는 그날의 저녁 식사 이야기로 끝이 난다. 2부에서는 아예 등장인물들의 구체적 행위는 등장하지도 않으며, 3부에서는 그림을 그리는 릴리와 배를 타고 가는 세 사람의 모습만 묘사될 뿐, 등대에 도착하기도 전에 소설이 끝난다. 이 소설이 이렇듯 매우 이례적인 이유는 버지니아 울프가 특별한 사건들의 전개보다는 등장인물들 각자의 내면에서 일어나는 끊임없는 의식의 부침 과정에 주목하고 이를 천착하려 하기 때문이다.

이 세상은 크게 보아 객관적으로 실재하는 세계와 우리의 마음속에 실재하는 의식의 세계로 이루어져 있다. 초기에 객관적인 세계 묘사에 치중하는 전통적인 소설 기법의 소설들을 발표했던 버지니아 울프는 차츰 내면에서 일어나는 심리적 사실들에 더 흥미를 느낀다. 그녀의 대표작인 『댈러웨이 부인』(1925)과 『등대로』(1927), 『올랜도』(1928)가 모두 이에 해당한다.

주인공 램지 부인은 백화점 카탈로그 사진을 오리고 있는 아들 제임스 옆에서 양말을 짜고 있다. 잔뜩 기대에 부풀어 있는 아들에게 내일 아침 날씨만 좋다면 배를 타고 등대에 갈 수 있을 거라고 말해 주자 제임스는 좋아 어쩔 줄 모른다. 하지만 바로 이때 창을 내다보며 서 있는 램지 교수는 날씨가 좋지 않을 거라고 단호하게 말한다. 순간 아버지에 대한 분노로 들끓는 제임스는 속으로 아버지가 엄마를 비웃듯 쳐다보며 자기 확신에 차 우쭐해 있다며 혐오감을 느낀다. 사실 제임스는 속으로 엄마가 아버지보다 만 배는 더 뛰어나다고 생각하고 있다. 옆에 있던 램지 교수의 제자 탠슬리도 바람의 방향이 정서(등대로 가긴 최악의 방향)로 분다며 남편의 말에 동조하자, 램지 부인은 아들의 마음을 무참히 짓밟는 두 사람에게 아쉬움을 느끼며 '어떻게 알아요? 바람은 자주 바뀌잖아요.' 하고 말한다. 아이들에게 희망을 주기 위해 일부러 거짓말을 하는, 어리석은 아내의 행동에 화가 치민 램지는 계단에서 발을 쿵쿵거리며, '제기랄' 하고 내뱉는다. 하지만 잠시 후 뭔가에 불만을 느끼고 아내 곁으로 돌아온 그는 그녀에게서 애정과 위로를 받고 싶어하는데, 그걸 눈치챈 램지 부인은 남편에게 신뢰와 믿음을 보이고. 이내 밝은 표정으로 바뀐 남편이 한 바퀴 돌아봐야겠다고 하고 밖으로 나가자, 램지 부인은 '성공했다는 일종의 창조의 기쁨'을 느낀다.

여전히 최고의 지적 수준을 추구하나 나이가 들어갈수록 자기 연구에 한계를 느끼고 있는 가장 램지는 타인의 평가에 예민하고 자기만의 세계에 갇혀 있는 사람이다. 늘 먼 곳을 쳐다보며 차원 높은 사유와 공상에 빠지는 그는 타인에 대한 배려 없이 괴팍한 성격만 조금씩 키워가고 있는데. 그는 힘들고 지칠 때마다 아내에게서 동정을 원하고 자기가 천재라는 사실을 확인받고 싶어한다. 하지만 아내의 가치를 제대로 알아보지 못하는 그에게 있어서 아내는 남자와 대등한 존재가 아니며 똑똑하지도 교육을 제대로 받지도 못한 여자일 뿐이다.

그와는 반대로 주위 사람들이 자기도 모르게 자기의 힘든 삶과 어려움을 하소연하고 위안과 힘을 얻어 가는, 램지 부인은 자기 자신을 아무것도 아니라고 생각한다. 그녀는 자기가 남편보다 낫다는 걸 느끼기 싫어하고 남편에게 자기의 생각을 명확하게 말하기를 꺼린다. 그 이유는 그녀가 온실의 지붕을 수리하려면 오십 파운드가 든다는 걸, 그리고 최근에 출판한 남편의 책이 별로라는 평판을 남편이 눈치챌까 봐 두려워하기 때문이다. 사실 그녀는 이 세상에 이성과 질서와 정의는 없고, 오로지 고통과 죽음과 불쌍한 사람들만 존재한다는 생각을 하곤 하는데. 그러기에 하루 종일 심심해할 가엾은 등대지기의 아들을 위해 양말을 짜고 장난감을 준비하는 한편, 평소엔 생활고에 시달리는 주부들을 남몰래 방문해 그녀들의 적정 임금과 지출, 고용과 실직에 관한 규칙들을 공책에 적으면서 자기도 사회 문제를 밝히는 연구자가 될 수 있다는 희망을 품고 있다. 하지만 주위 사람들이 그녀에게 쏟아붓는 온갖 감정을 다받아 주고, 남편을 보호하려 애쓰다 보니 정작 그녀에게는 자기 자신을 보살필 기력은 하나도 남아있지 않다.

남편의 제자 탠슬러가 아무도 없는 거실에서 뭘 할지 몰라 혼자 안절부절못하고 있자 그에게 괜찮다면 자리랑 함께 나가자고 제안하는 램지 부인. 그녀가 함께 동행하며 말동무가 되어주자 탠슬러는 기운이 솟구치는데, 이다음에 자기가 대학 교수가 되어 행사의 행렬 속에 걸어가는 모습을 부인이 본다면 얼마나 좋을까, 상상한다. 그런데 가는 도중 우연히 서커스를 홍보하는 광고지를 보고 우리도 서커스에 함께 가자고 하자 그의 태도가 바뀌는 걸 눈치채는 램지 부인. 그에게 조심스럽게 어릴 때 아무도 서커스에 데려간 적이 없냐고 묻자 탠슬러는 자기 아버진 자식이 아홉이나 되는 대가족을 거느린 노동자 계급이라고 말한다. 곧바로 부인은 그가 잠시 잃어버린 자존심을 회복하도록 대학 강의나 교수법 등 그가 관심을 갖고 있는 문제들에 대해 말을 걸어 그의 관심을 돌리는 데 성공한다. 이제 탠슬러는 속으로 그녀의 가방을 들어주고 싶은 욕망을 느끼며 그녀가 여자들 중에서 가장 아름답다고까지 생각한다.

한편 정원에서 그림을 그리던 릴리는 한순간, 자기가 재능이 없는 데다가 아버지를 위해 가난한 살림을 꾸려나가야 하는 현실을 떠올리며 좌절감을 느끼는데. 문득 램지 부인의 무릎에 얼굴을 묻고 아무 말이나 마구 떠들고 싶다는 충동을 느낀다. 이때 성격이 깔끔하고 예의 바른 뱅크스가 다가오자 두 사람은 스스럼없이 대화를 나눈다. 램지 부부 이야기가 나오자 릴리는 속으로 램지 씨는 마음이 좁고 이기적이고 오만하고 성격도 더러운 독재자라고 생각하면서 죽을 때까지 램지 부인을 고생시킬 거라고 생각한다. 비록 그가 진지하고 진실한 사람이긴 하지만 일상생활의 소소한 것에는 관심도 없고 알지도 못한다고 비판하는 릴리. 램지 부인에 대해 감탄하고 그녀의 숭고한 힘을 인정하는 뱅크스에게 공감하면서 릴리는 모든 여자를 대신해 그녀에게 진정한 감사와 존경을 느낀다.
    그 순간 릴리는 '사랑은 지식이 아니라 하나가 되는 것이고, 비석에 새겨진 비문도, 인류가 알던 언어로 적힌 그 무엇도 아니고, 친밀함 그 자체이고, 친밀감이 바로 지식'임을 깨닫는다. [63]

이제 저녁 먹을 시간이 다가오고 뿔뿔이 흩어졌던 사람들이 하

---

63 『등대로』, 버지니아 울프, 이숙자 옮김, 문예출판사, 2004, 77쪽

나둘 식탁에 자리를 잡고 앉았는데, 해변가로 산책을 나간 민타와 폴이 아직 돌아오지 않았다. 램지 부인은 두 사람이 이렇게 늦게까지 돌아오지 않아 속으로 화가 났다. 음식은 무엇보다 요리가 나오는 순서와 시간이 정확해야 제대로 맛이 나는 법인데, 할머니에게서 배운 프랑스 요리인 비프스튜를 계속 데워야 할 것 같아 예민한 상태다. 게다가 그곳에 앉아 있는 사람 모두 고립된 채 앉아 있었다. 실제로 탠슬러는 속으로 사람들이 정말 시시한 얘기만 주고받는다고 생각하고 있었고, 뱅크스는 혼자 저녁 식사를 했더라면 지금쯤 자유롭게 다른 일을 하고 있을 거라고 생각했다. 또 식탁 다른 쪽 끝에 앉은 남편은 수프를 걸신들린 듯 먹고 수프 한 접시를 더 청하고 있는 오거스터스 노인의 모습에 인상을 찌푸리고 있었다. 램지 부인은 모든 것이 잘 융합되고, 사람들 사이에 감정이 흐르고, 창조적인 뭔가가 생겨나도록 신경을 쓰지 않을 수 없었다.

릴리는 이 모든 상황을 간파했다. 자기 맞은편에 앉은 탠슬러가 대화에 끼어들어 자신의 존재를 드러내고 싶어한다는 것을 알아챘지만, 예전에 여자는 그림도 그릴 수 없고 글도 쓸 수 없다고 비웃었던 그를 떠올리곤 나 몰라라 했다. 하지만 램지 부인의 표정을 보고 릴리는 마음을 바꿔 그에게 호의적인 질문을 해 대화가 좋은 방향으로 나가게끔 이끌었다. 차츰 분위기가 호전되자 릴리는 램지 부인이 자기에게 고맙다고 인사하는 듯 느껴졌다. 이제 여덟 개 초가 식탁 위에 세워지고 식탁 중앙에 과일을 담은 노란색과 보라색 접시들이 놓이자 아늑한 분위기가 모두를 감쌌다. 또 때마침 이때 폴과 민타가 안으로 들어오고, 램지 부인은 자신이 없어 하던 폴을 아름다운 민타에게 이끌었던 자기의 의도(두 사람의 약혼)가 성공했다는 걸 직감한다.

이제 부인은 식사를 하는 모든 이들에게서 서서히 기쁨이 솟아나는 걸 보았다. 더불어 일종의 심오한 고요함이라 부를 수 있는 것, 즉 삶의 안정적인 일관성을 느낄 수 있었는데, 그녀는 이렇듯 변화에도 불구하고 불변하는 무언가가 존재하며, 이런 순간순간들이 모여 영원을 이룬다고 생각했다. 시간이 흐름에 따라 남자들의 대화는 점점 종횡무진 뻗어나가고, 램지 부인은 이런 남성들의 지성이 바로 이 세상을 지탱하는 힘이 된다고 굳게 믿었다.

이처럼 아무 노력도 들이지 않고 자신의 눈으로 식탁을 둘러싼 모든 사람들의 속내와 감정을 꿰뚫어 보는 그녀는 남편이 뭔가를 반복하고 있다는 것, 즉 시를 읊고 있다는 걸, 그리고 모두들 그의 목소리에 귀 기울이고 있다는 걸 알았다.

잠시 뒤, 이제 그녀는 문지방을 밟고 서서 식사가 끝났음을 조용히 알렸다.

이제 십 년이 흐르고 아리따운 프루, 명석한 앤드루, 램지 부인 모두 사라져 버린 별장에 사람들이 하나둘 모여든다. 다음 날, 아침에 일어난 릴리는 이미 램지 가족이 등대를 향해 떠나고 없어야 할 시각임을 알아챈다. 역시나 램지 씨는 늦게 일어난 캠과 제임스에게 화를 내며 문을 쾅 닫고 나가버리고, 하녀는 등대에 뭘 보내야 할지 몰라 동동거리고 있다. 릴리는 십 년 전 자기가 그리다 만 그림을 기억해 내곤 의자를 들고 밖으로 나와 이젤을 단단히 고정시킨다. 이때 화가 나 테라스 아래위를 성큼성큼 걷고 있는 램지 씨가 땅이 꺼지도록 한숨을 내쉬는 걸 보며 그가 자기에게 뭔가를 원하고 있음을 감지한다. 릴리는 절대로 주는 법 없이 받기만 하는 램지 씨를 의식하며 자기가 여자이기 때문에 이런 상황이 발생했다고 생각하는데, 릴리는 그녀에게 다가온 램지 씨에게 그가 원하는 욕구인 동정을 줄 수 없었다. 냉랭한 기운이 두 사람을 감싸고.

하지만 다행히 때마침 아이들이 밖으로 나온다. 램지 씨는 그 순간 자기 장화의 끈이 풀린 걸 본다. 따뜻한 동정과 위로의 말을 건네지 못한 릴리는 자기도 모르게 장화가 참 멋지다고 탄성을 지르고. 램지 씨가 화를 내며 고약한 성미를 드러낼 줄 알았는데, 미소를 지으며 장화에 대해 자세히 이야기해주는 그를 보고 릴리는 비로소 안도의 숨을 내쉰다.

이렇듯 릴리가 그의 장화에 감탄을 하자, 어느 여자가 감히 자기에게 저항하느냐는 듯 화가 났던 램지 씨가 갑자기 생기를 되찾고, 장화에 대해 자세히 설명하는 등 평범한 사람들의 일상사에 관심을 보이자 그녀는 비로소 그와 내적으로 화해한다.

이제 다시 캔버스에 몰두하는 릴리. 자기 자신을 잊은 채 선에 선을 이어 긋다가 한순간 자기가 왜 그림을 그리는 것일까, 하는 원초적 질문을 하게 된다. 불현듯 그녀의 머릿속에 여자는 그림도 못 그리고 글도 쓰지 못한다고 말한 탠슬러가, 이어 바위에 앉아 편지를 쓰며 두 사람을 주목하던 램지 부인이 떠오른다. 몇 마디 말로 탠슬러와 그녀를 화해시킨 램지 부인은 마치 그 순간을 영원한 뭔가로 바꾸고 싶은 듯 "삶이 여기에 조용히 자릴 잡고 있어요", 하고 말했었다. [64]

---

[64] 같은 책, 234쪽

이제 릴리는 그러니까 자기가 그림을 그리는 건, 램지 부인이 삶에는 '위대한 계시가 있는 것이 아니라, 매일 일어나는 사소한 기적과 깨달음, 뜻밖에 어둠을 밝히는 성냥 같은 그런 순간들'이 있다는 것을 몸소 보여주었듯이, 바로 그런 순간을 포착하는 것임을 깨닫는다. 감정이 격앙된 릴리는 "램지 부인! 램지 부인!"을 반복해서 불렀다. 그녀는 이런 진리를 부인 덕에 깨닫게 됐던 것이다.

다시 캔버스를 바라보며 고민하던 릴리가 붓을 집어 들자, 마치 자기가 해변의 램지 부인 옆에 앉아 있는 것 같은 기분이 든다. 램지 부인이 말없이 앉아 혼자 휴식을 취하고 있고, 이렇게 휴식을 취하게 된 것을 기뻐한다고 (사람들로부터 놓여났기에) 상상하면서 릴리는 부인과 대화를 이어간다. 녹색 물감 튜브를 짜고, 점점 그림 속으로, 동시에 과거의 기억 속으로 동굴을 파고들어 가는 릴리. 이번엔 다시 또 응접실 계단에 말없이 평화롭게 앉아 있는 램지 부인의 형상이 떠오르고. 릴리는 부인에게 모든 것을 물어보고 싶은 강한 충동을 느낀다. 부인을 생각하자 마음이 아주 편해지는데. 그 와중에 릴리는 부인도 결국 사라져버리고, 아무것도 영원히 머물 수는 없지만, 글과 예술은 변하지 않음을 확신한다. 그러니까 자기가 그리고 있는, 하찮은 그림에도 예술이 영원하다는 진실은 숨어 있는 것이다. 불현듯 릴리는 부인에게 삶이 왜 이렇게도 짧고, 또 왜 이렇게도 알기 힘든 것인지 설명을 요구하고 싶은 마음에 크게 고함을 지르면 금방이라도 램지 부인이 되돌아올 것만 같아 "램지 부인!" 하고 크게 소리 지른다. 그녀의 얼굴에 눈물이 흘러내리고.

이제 릴리는 삶의 의미에 대한 고뇌에서 오는 고통이 완화되는 듯한 느낌을 받는다. 정말 신기하게도 거기에 누군가가 있다는 느낌, 램지 부인이 있다는 느낌이 들었다. 그녀가 어디에서 그림을 그리든 상관없이, 부인의 모습에는 위안의 힘이 있었다. 늘 사람들에게로 관심을 돌려 그들의 마음속에 둥지를 틀고 싶어하는 본능을 가진 램지 부인. 릴리는 그녀를 제대로 이해하려면 눈 오십 쌍은 필요하겠다고, 아니 오십 쌍의 눈으로도 그녀를 이해하기에는 부족하겠다고 생각했다.

그림을 그리면서 자기 우유에서 집게벌레가 나왔다고 접시를 통째로 휙 던져버리던 램지 씨와 이에 침묵하던 부인, 다시 아내의 환심을 사려고 노력하는 남편과 그를 받아 주지 않다가 나중엔 결국 남편에게 다가가던 부인을 회상하는 릴리. 이때 갑자기 릴리가 바라보던 창이 그 뒤에 있는 가벼운 물체들 때문에 하얘졌다. 운이 좋은 건지 그들은 계단 위로 야릇한 삼각형 모양의 그림자까지 드리웠다. 그것이 릴리의 그림의 구도를 약간 바꾸어놓았다. 릴리는 아주 흥미로웠다. 이 변화가 어쩌면 그녀의 작업에 유용할 지도 몰랐다. 그러자 그녀의 감정이 다시 살아났다. 그녀는 붓에 물감을 천천히 찍어 바르면서 이건 기적이라고 마구 소리 지르고 싶은 지경이었다. 마침내 그동안 막혔던 문제가 해결될 찰나에 있었다. 거기에 부인이 앉아 있었다. 릴리에게 램지 부인은 완벽한 선의 일부였다.

TO THE LIGHTHOUSE

하버드대 심리학 교수인 콜버그는 사람들의 도덕적 판단의 단계를 크게 3단계로 나누어 설명했다. 제일 먼저 전인습적 단계는 사회의 규범이나 관습을 이해하지 못한 채 처벌이나 보상에 따라 행위를 하는 단계이며, 그다음으로 인습적 단계는 사회적 관습을 이해하고 이를 지키는 단계이며, 마지막 최고의 도덕적 단계는 보편적 원리에 따르는 단계이다. 그런데 그의 제자인 길리건은 이러한 콜버그의 이론에 반론을 제기해 페미니즘 윤리학에 새로운 이정표를 만들었다. 길리건에 따르면 콜버그의 이론은 보편적 원리를 지향하는, 정의나 평등과 같은 남성적 덕목에만 주목할 뿐 관심과 배려, 이해와 포용 등과 같은 여성적 덕목들을 간과하고 있다. 길리건은 『다른 목소리로』에서 윤리적 관점에는 과거 남성적 윤리를 지칭하는 '정의의 관점' 이외에 그와 동등한 가치를 갖는, 여성적 윤리를 대변하는 '배려의 관점'이 존재한다는 것을 보여주고 있다.

그런데 흥미롭게도 버지니아 울프는 여기에서 한 걸음 더 나아간다. 『등대로』에서 작가의 생각을 대변한다고 할 수 있는 릴리는 램지 부인을 완벽한 선의 일부라고 규정하고 있을 뿐 아니라 그녀가 갖고 있는 지(知)를 남성적 지식을 능가하는, 최고의 지혜로 파악한다. 릴리에 따르면 사랑은 친밀함이며, 친밀함이 바로 지식이다. 그 지식은 바로 램지 부인이 가진, 그들의 감정과 속내에 대한 통찰을 의미하며, 이는 주위 사람에 대한 사랑에서 오는 것이다. 사랑이 타인에 대한 통찰로 이어지게 되는 것은 바로 사랑이 가진 친밀함에서 비롯된, 감정이입 덕분이다. 사랑은 타인의 행복을 지향하기에, 타인의 입장에서 그들의 속내와 감정을 들여다보게 만든다. 즉 친밀함이 바로 지식이 된다. 이리하여 여성은 지금 그 사람에게 필요한 행동을, 즉 배려를 베풀 수 있게 되는 것이다.
이처럼 버지니아 울프에게 있어서 여성적 지혜란 결정적인 위대한 계시를 한 순간 발견해서 얻는 것이 아니라, 사소한 기적과 깨달음으로 그때그때마다 창조하는 것이 된다. 이와 달리 남성적 지식은 끊임없이 인식의 주체와 객체(대상)을 분리시켜 인식 주체가 객관적으로 대상을 파악하려는 것으로 여성적 지식과는 기본적인 접근방식이 다르다.

물론 램지 부인은 자기 자신을 아무것도 아니라고 생각하고, 자기 자신을 전혀 돌보지 못하고 희생만 한다는 점에서 시대적 한계를 가진 여인이다. 그녀는 주위 사람들의 속내와 감정을 꿰뚫어 보고 그들에게 필요한 위로와 용기를 주고, 사람들 사이에 막혀 있던 감정이 잘 흐르도록 애를 쓰지만, 정작 자기 자신을 위할 에너지는 남겨두지 않는다. 그러기에 릴리는 자기밖에 모르는 램지 씨가 죽을 때까지 그녀를 고생시킬 거라고 예견한다. 실제로 작품 속에서 그녀는 이른 나이에 세상을 떠나고 만다.

흥미롭게도 램지 부인은 뜨개질을 하면서 속으로 '신이 어떻게 이런 식의 세상을 만들 수 있다는 거지?' 라고 생각한다. 그녀의 머릿속에는 이 세상에 이성과 질서와 정의는 없고, 고통과 죽음과 불쌍한 사람들만 존재한다는 생각이 박혀 있기 때문이었다.

역사적으로 아주 오랜 기간 동안 남성들은 밖으로 나가 사회적 노동을 통해 이 세상에 이성과 질서와 정의를 세우려 애써왔고, 이에 반해 여성들은 집안에서 사적 노동을 통해 가족 구성원들의 욕구를 충족시켜 왔다. 그런 과정 속에서 자연스럽게 남성들은 보편적 진리를 추구하는 이성을 발달시켜왔고, 여성들은 주위 사람들의 속내와 감정을 파악하는 통찰력을 발달시켜왔다. 두말할 필요도 없이 우리 인간에게는 세상의 질서와 정의를 바로 세울 보편적 원리에 대한 지식도 필요하고, 가까운 이들의 욕망과 필요를 통찰하고 배려하는 특수한 지혜도 필요하다.

이렇게 볼 때 가부장제 사회에서 남성들은 자신들에게 중요했던 이성에 커다란 의미를 부여했던 반면에 자기들이 잘 알지 못하는, 여성들의 지혜에 대해서는 과소평가해 왔다고 할 수 있다. 하지만 『등대로』에서도 볼 수 있듯이 아이들과 남성들은 물론 여성들에게도 삶의 위안과 힘을 주는 여성적 지혜의 중요성은 아무리 강조해도 지나치지 않다. 이처럼 가부장제하에서의 여성들의 질곡을 날카롭게 비판한 버지니아 울프가 동시에 여성적 지혜가 가진 힘과 위력을 밝혀낸 것은 그 자체로 통쾌하다 하지 않을 수가 없다.

TO THE LIGHTHOUSE

죽은 이들을 기리기 위해 위안 삼아 등대로 떠나는 아버지를 따라 자기들의 의지와는 반대로 어쩔 수 없이 배에 오른 캠과 제임스는 미풍이 불지 않기를, 모든 것이 아버지의 기대를 방해하기를 바란다. 하지만 암묵적으로 아버지의 폭정에 저항하기로 맹세한 두 사람은 배가 속력을 내달리기 시작하자 짜릿한 흥분을 느끼기 시작한다. 멀리 있는 작은 집을 보며 방향을 물어보는 아버지에게 아무 말도 할 수 없었던 캠은 잔뜩 겁을 집어먹는데. 램지 씨는 딸이 아내처럼 나침반도 잘 볼 줄 모른다고 생각하다가 곧이어 태도를 바꾼다. 램지 씨는 딸아이가 자기를 보고 웃도록 만들고 싶지만, 늘 일에만 빠져 있어서 막상 무슨 말을 해야 할지 몰랐다. 마침내 램지 씨가 "그래서 오늘은 누가 강아지를 돌보기로 했니?" 하고 물었다. 뜻밖의 질문에 놀란 캠은 망설이다가 "재스퍼예요." 하고 퉁명스럽게 대꾸했다. 하지만 강아지를 뭐라고 부를 거냐며 계속 말을 시키는 아버지를 보고 당황하는데. 캠은 나를 용서해다오, 나를 좋아해다오, 라고 애원하는 듯한 아버지의 잇단 질문에 어떻게 저항해야 할지 몰랐다.

한편 누나가 아버지에게 항복하는가를 세심히 살피며 키를 잡고 앞으로 나아가는 제임스는 뭍에 도착하면 자유를 찾아 도망칠 생각을 막연하게 하고 있다. 예전에 아버지가 나타나자 갑자기 몸이 완전히 경직된 엄마가 자기를 내버려두고 어디론가 가버렸던 추억을 떠올리며 엄마만이 진실을 말하는 사람이었고 자기도 역시 엄마에게만 진실을 이야기했다고 생각한다. 하지만 엄마를 생각할 때마다 그는 아버지를 의식했고, 그러면 다시 어둠이 그를 덮쳐 두려움에 떨다가 결국 말까지 더듬었다.

이제 그들은 정말로 등대에서 아주 가까운 곳에 있었다. 램지 씨는 꾸러미를 풀어 모두에게 샌드위치를 돌렸다. 어부들과 함께 빵과 치즈를 나눠 먹으면서 이제야 행복한 표정을 짓는 램지 씨. 캠은 달걀 껍질을 벗기면서 서재에서 아버지에 대해 느꼈던 감정이 되살아났다. 서재에서 노신사들과 대화하고 글을 쓰는 아버지를 지켜보면서 아버지가 가장 사랑스럽고 지혜롭다고 생각했었던 그때의 감정이. 그 순간 캠은 자기를 계속 보살피는 아버지가 있기 때문에 자기가 좋아하는 것은 뭐든 생각할 수 있다는 걸 깨달았다.

지난 폭풍으로 사람이 익사했다고 말하는 늙은 어부의 이야기를 듣고 있던 아버지가 시계를 유심히 들여다보고 나서 "수고했다!"고 제임스에게 말했다. 제임스가 타고난 뱃사공처럼 키를 잘 잡았던 것이다. 그거 봐! 캠이 혼잣말로 제임스에게 조용히 말했다. "결국 해냈구나." 이것이 바로 제임스가 그렇게도 아버지에게서 듣고 싶은 말이었다는 사실을 잘 아는 그녀는 아버지의 칭찬을 받은 제임스가 너무 기쁜 나머지 아무도 똑바로 쳐다보지 못한다는 것을 눈치챘다. 제임스는 오히려 키를 잡고 똑바로 앉아 약간 뚱한 표정으로 얼굴을 찡그렸다. 기분이 너무 좋아 조금이라도 자기 기분을 남과 나누기 싫었던 것이다.

이미 램지 부인은 떠나고 없지만, 램지 씨는 십 년 전 가족 모두 함께 가려고 했던 등대로 향하면서 아내처럼 꾸러미를 풀어 뱃사공과 아이들에게 빵과 치즈를 나눠주고 함께 먹는다. 또 마치 그녀처럼 캠에게 그녀의 관심사인 강아지에 대해 묻고, 제임스에겐 잘했다고 칭찬도 해준다. 그러자 놀랍게도 순식간에 캠과 제임스에게 있었던 아버지에 대한 분노가 눈 녹듯 사라지고 새로운 관계의 물꼬가 트인다.

이 글을 쓰고 있던 중 친구에게 이 책 마지막 부분에 대해 얘기를 해주었더니 무척 놀라워하면서 며칠 전에 있었던 일을 나에게 말해 주었다. 시집간 딸이 엄마가 없어 아빠랑 전화를 하는 도중, "그랬니? 참 힘들겠구나. 하지만 잘 이겨내 봐."라고 아빠가 말해

주자 눈물이 핑 나오면서 큰 위로를 받았다는 얘기였다. 명령만 하고, 훈계만 하는 아버지가 아닌, 친밀하고 따뜻한 아버지라는 존재의 필요성은 먼 과거, 먼 나라의 얘기만이 아니었다.

양성적 존재로서의 인간

이따금 주위에서 정년퇴직한 남편이 밖에 나가질 않고 집에만 틀어박혀 있으려 한다는 말을 들을 때가 있다. 그동안 직장에서 얼마나 사람들에게 시달렸으면 그럴까, 하고 안쓰러운 마음이 들곤 했다. 그런가 하면 거꾸로 나이 든 여성의 경우, 남편으로부터 왜 이렇게 드세졌냐, 제발 집에 좀 붙어 있으라는 말을 곧잘 듣는다고 한다. 남성의 경우엔 그동안 눌려있던 여성성이, 여성의 경우엔 그동안 숨어 있던 남성성이 드러난 거라는 설명이 그럴듯하게 들리는 대목이다. 이러한 견해는 인간을 원래 자웅동체의 존재로 보았던 고대 철학자 플라톤이나, 인간이 태어날 때 갖고 있었던 양성성이 성장을 하면서 주로 한쪽 성만 발휘되다가 나이가 들어 그동안 억눌렸던 반대 성이 드러난다고 본, 프로이드의 생각과 궤를 같이 하고 있다.

버지니아 울프는 『자기만의 방』(1929)에서 훌륭한 예술작품을 창조하기 위해서는 여성적인 측면과 남성적인 측면 모두 필요하다고 보고, 코올리지(1772~1834, 당대 최고의 평론가)와 셰익스피어의 우수성을 그들의 양성적인 정신세계에서 찾고 있다. 실제로 아주 뛰어난 작품에는 남성적 힘과 여성적 우아함이, 그리고 남성적 미덕인 솔직 담대함과 동시에 여성적 미덕인 신비로움과 섬세함이 필요하리라는 것은 두말할 나위도 없다.

그렇다면 개별적 자아의 경우는 어떨까? 자아 형성과정의 측면에서 볼 때 양성적 인간, 즉 총체적 인간상이 당연히 더 바람직하지 않을까? 그렇다면 남성에게는 남성다운 남성상(마초적 남성상)을, 여성에게는 여성다운 여성상(자기희생적 여성상)을 일방적으로 강요하는 가부장제적 인간상은 이미 시효가 끝났을 뿐 아니라, 그 내용적 한계 역시 분명하다.

ORLANDO : A BIOGRAPHY

아버지 스티브가 『국가인명사전』 편찬을 통해 객관적 사건을 중심으로 한 인물들의 전기물을 완성했다면, 버지니아 울프는 『올랜도』에서 한 인간의 내면에서 일어나는 정신적 성숙 과정을 중심으로 한, 매우 특이한 전기소설을 시도한다. 연대기적 사실들만을 나열하는 『국가인명사전』과는 완전 다르게 울프는 이 책에서 17세의 미소년인 주인공 올랜도가 340년간에 걸친 다양한 경험을 통해 36세의 완숙한 여인에 이르는 정신적 도정을 펼쳐 보인다. 판타지 소설이라 할, 이 작품 안에는 주인공 올랜도의 다양한 변신 과정뿐 아니라 남성에서 여성으로의 성전환 과정이 엘리자베스 1세 (1633~1608) 시대에서 시작, 19세기 빅토리아 여왕(1819~1901) 시대를 걸쳐, 에드워드 왕 시대인 1928년을 종점으로 종횡무진 전개된다.

그렇다면 버지니아 울프는 왜 주인공으로 하여금 몇백 년을 살아가게 만들고, 또 심지어 성전환까지 시켰을까? 사실 인간의 정신적 성숙이라는 측면에서 볼 때 일백 년도 채 안 되는 한평생이라는 기간이나, 또 남성 혹은 여성이라는 하나의 제한된 성만으로는 그 성취가 너무 제한적이지 않겠는가?

그러면 이제 울프가 기상천외한 상상력을 발휘해 17세의 귀족 미소년인 올랜도가 경험하게 되는, 파란만장하고 흥미진진한 정신적 도정의 길 위에 함께 올라타 보도록 하자.

ORLANDO : A BIOGRAPHY

주인공 17세의 올랜도는 늙은 여왕의 사랑을 한 몸에 받아 빛나는 출세가 보장돼 있고, 또 뭇 귀족 여성들의 관심을 한 몸에 받고 있는, 젊고 잘생긴 부자 귀족이다. 무시무시한 대한파가 영국을 엄습한 어느 날, 올랜도는 우연히 대관식에 참석하기 위해 모스크바

대사 일행과 함께 온 로마노비치 공주, 사샤를 알게 돼 사랑에 빠진다. 단 하룻밤 사이에 소년티를 벗어난 올랜도는 용기를 내 사샤와 함께 배를 타고 러시아로 도망가리라 마음먹고 있는데. 하필이면 사샤가 뱃사람 무릎 위에 앉아 있는 모습을 목격하게 된다. 실망한 올랜도의 마음을 다독거리는 사샤. 두 사람은 밤 12시에 만나 도주하기로 약속을 한다. 하지만 기다리다 지쳐버린 올랜도는 열두 번째 종소리가 울리자 이제 자기의 운명은 끝났다는 사실을 깨닫게 된다. 다음 날, 새벽이 밝아오자 밤 사이에 석 달 동안이나 얼어붙었던 강이 풀려 대홍수가 일어난다. 거센 물살에 가구와 귀중품 등 온갖 종류의 재산이 떠내려가고, 수천 명의 사람들이 목숨을 잃고 만다.

이러한 혼란 속에서 최고 권력을 가진 귀족들과의 불화로 인해 궁정에서 추방된 올랜도. 시골에 있는 거대한 자기 저택에서 7일 동안 내내 일어나지 않고 깊은 잠에 빠져든다. 사랑 때문에 지옥을 맛본 올랜도는 극도로 고독한 생활을 시작하는데. 모든 영화는 부패 위에서 만들어지고, 육체 밑에는 해골이 있다는 걸 절실히 깨닫는다. 고독 속에서 죽음과 쇠락을 생각하며 차츰 문학에 탐닉하는 올랜도. 이제 그는 자기 이름에 불멸의 빛을 가져오리라 맹세하며 여러 달 동안 필사적으로 글을 쓴다. 그리고는 자기의 재능을 확인해 보고, 또 바깥세상과 섞이기 위해 당대 유명한 작가인 닉 그린을 자기 집에 초대한다.

그런데 놀랍게도 닉의 얼굴엔 귀족이 갖는 침착성은 물론 하인이 갖는 위엄 있는 순종의 미도 없는데. 그는 마치 누군가를 사랑하기보다는 누군가와 다투고 미워하는 것에 더 익숙한 듯한 모습으로 의심에 찬 눈빛으로 주위를 두리번거릴 뿐이었다. 실망하는 올랜도. 알고 보니 올랜도가 신으로 여겼던 작가들이란 반은 술주정뱅이이고, 모두가 호색가들이었다. 또 그들은 하나같이 거짓말쟁이이거나 비열한 음모가임을 알게 된다. 시간이 지남에 따라 점점 서로가 서로에게 불편함을 느끼게 되자 닉 그린은 그곳을 떠나버리고. 올랜도는 사랑과 야망, 여인과 시인 모두 똑같이 허망한 것임을, 믿을 수 있는 건 개와 자연뿐임을 절감한다. 그리하여 올랜도는 앞으로는 '닉 그린이나 시의 여신을 위해 글을 쓰지 않고, 잘 쓰건 못 쓰건 간에 나 자신을 즐겁게 하기 위해 글을 쓰리라' 결심한다.

이처럼 명성은 우리를 구속하는 데 반해 무명은 어둡고 넉넉하며 자유로워 우리로 하여금 갈 길을 거침없이 가게 해준다는 걸 깨닫는 올랜도. 결국 '무명인이야말로 진리를 탐구하고 그것에 대해 말할 수 있다. 그만이 자유롭고, 진실되고, 평화롭다.'고 생각한다.

평온한 생활을 이어가는 올랜도. 문득 무명의 건축가들이 지어놓은 훌륭한 자기 저택에 깊은 감사함을 느끼게 되자, 한동안 낡고 허술한 구석들을 고치고 가구를 재정비하는데 전념한다. 하지만 저택이란 사람들이 있어야 제대로 빛이 나는 법. 올랜도는 이웃의 귀족들을 불러 연회를 베푸는데. 왕비와 친척뻘인 대공부인 해리엇 그리젤다가 그와 사귀고 싶다고 말하더니 점점 그에게로 집요하게 다가온다. 하지만 그녀에게서 사랑의 극락조가 아니라 탐욕의 독수리를 본 올랜도는 찰스 왕에게 부탁해 콘스탄티노플에 특사로 보내달라고 청한다.

콘스탄티노플에서 매일 꽉 찬 일정을 기계적으로 소화하는 올랜도. 예의범절만 있을 뿐 아무 내용 없이 형식적인 것들로 가득 찬 대사의 삶에 서서히 불만을 느낀다. 하지만 자기가 맡은 임무를 지칠 줄 모르게 잘 수행한 올랜도는 2년 반도 되기 전에 찰스 왕으로부터 최고 지위인 공작 작위를 수여받는데. 이를 축하하는 전대미문의 화려한 연회가 베풀어지자 원주민들과 올랜도를 연모하던 여인네들이 들이닥쳐 대혼란이 일어난다.

이튿날 아침 비서들은 깊은 잠에 빠진 올랜도를 발견한다. 그날로부터 이레째 되는 날, 터키인들은 군주에 대항해 반란을 일으키고, 몇몇 영국인들은 간신히 피신하거나 죽임을 당한다. 이런 혼란 속에서도 여전히 혼수상태에 빠져 있는 올랜도. 그의 곁에 정절의 여사, 순결의 여사, 겸손의 여사가 왔다 가고, 나팔수들이 요란한 소리로 나팔을 불어대며 '진실을!' 하고 외치자, 그 소리에 올랜도가 잠에서 깨어난다.

나팔 소리가 잠잠해지고. 어느새 올랜도는 남자의 힘과 여자의 우아함을 동시에 지니고 있는 여자가 되어 있다. 이제 몸을 씻고 남녀 겸용의 터키 풍의 옷을 입은 올랜도는 집시와 함께 나귀를 타고 콘스탄티노플을 떠나는데. 올랜도는 집시들과 함께 밤낮으로 여행을 하며 자연 속에서 행복하게 생활하다가 문득 글을 쓰고 싶다는 강렬한 욕망을 느낀다. 차츰 그들과의 문화적, 관념적 차이로 마찰이 생기기 시작하자 올랜도는 다시 영국으로 돌아온다.

목걸이에서 열 번째 진주를 떼어내어 팔고 남은 돈으로 당시 여인들이 입는 복장을 사 입은 올랜도는 배 갑판 위에 앉아 선장의 정중한 대접을 받으며 여러 가지 생각에 잠긴다. 올랜도는 여인의 신분과 생명은 순결이라는 초석 위에 세워져 있음에 반해, 자기가 경험했듯이 남성들은 순결과는 완전히 다른 생활을 누린다는 사실을 깨닫는다. 또 올랜도는 자기가 여자이기 때문에 유쾌하고 나태하게 살 수 있음을 알게 되지만, 동시에 여자들이 남자들의 의견에 굴복해야 하고 하루 종일 지겹게 자기 몸을 치장해야 함도 깨닫는다. 그래도 어쨌든 여자들은 군마를 타고 화이트홀을 행진하거나, 또 때로 어떤 이에게 사형선고를 내리지 않을 수 있어 감사하다고 생각한다.

이처럼 올랜도는 자기가 '차라리 여성의 검은 의상인 가난과 무식의 옷을 입고 있는 편이 더 낫다'고 생각한다. 왜냐하면 여성은 군사적 야심이나 권력욕에서 벗어나 정신이 누릴 수 있는 가장 고양된 환희인 '명상, 고독, 사랑'을 만끽할 수 있기 때문이다. 이제 오로지 시의 영광만을 생각하는 올랜도. 셰익스피어의 노래 한 수가 이 세상의 모든 전도사나 자선가들이 해낸 것보다 가난한 사람들과 사악한 사람들에게 더 많은 도움을 주었다고 생각하기에 자기의 말이 생각과 더없이 밀착할 때까지 표현을 가꾸려고 노력한다.

하지만 드디어 고국 해안에 발을 내딛고 런던에 돌아온 올랜도는 자기가 여자이기 때문에 재산을 지닐 수 없고, 그녀와 결혼했던 공작이 사망하고 아들들이 유산을 상속받으려고 한다는 걸 알게 된다. 하지만 법적 판결을 기다리는 동안은 집에 거주해도 된다는 허가를 받고 고향집으로 서둘러 간다.

영국의 사교계에 들어가게 된 올랜도. 그렇지만 사교계가 진정한 대화가 부재하고, 진실이 존재하지 않는 곳임을 깨닫고 사교계와 작별한다. 하지만 천재에 대한 환상을 갖고 있던 올랜도는 뛰어난 지성의 소유자들만이 입장이 허용된 모임에는 들어가는데. 올랜도는 그곳에서도 크게 실망한다. 즉 '지성이 가장 크게 자란 곳에서는 마음도, 감각도, 아량도, 자비도, 친절도 질식 직전에 몰려 있고, 시인들은 항시 반목하고 상처를 입히고 시기하고 재치 있는 말대꾸하기에 바쁘다.' [65]

시간이 흘러 거대한 구름이 런던과 영국제도 전체를 뒤덮자 영국인은 습기와 냉기로 고통을 받게 된다. 어느덧 18세기가 끝이 나고 19세기가 시작됐다. 결혼이 당연한 시대이기에 시대정신을 거스르지 않는 올랜도는 한 남자를 만나 결혼하게 된다. 그는 군인이자 동양 탐험가이자 선원인 쉘머딘으로, 낭만적이고 기사도적이며 정열적이고 우울하면서 결연한 데가 있는 남자였다. 한눈에 즉각적으로 서로를 알아본 두 사람. "쉘, 당신은 여자예요!" 하고 올랜도가 외치자 "당신은 남자예요!" 하고 그가 외친다. 그들은 서로를 너무나 잘 알고 있기에 무슨 이야기든지 할 수 있었다. 두 사람은 여자가 남자처럼 관대하고 솔직할 수 있으며, 또한 남자가 여자처럼 신비스럽고 섬세할 수 있다는 사실에 똑같이 공감한다.

하지만 꿈같은 시간이 지나고 쉘은 케이프 혼으로 떠나고, 올랜도는 무엇보다 시 쓰기를 소망한다. 이제 올랜도는 홀로 남성성과 여성성을 두루 갖춘, 온전한 존재가 되어 자기의 작업을 완수해야

---

65 『올랜도』, 버지니아 울프, 박희진 옮김, 솔, 2010, 255쪽

했다. 그녀는 글을 쓰고, 쓰고, 또 썼다. 그녀에게 있어 시를 쓴다는 작업은 하나의 목소리에 다른 목소리가 화답하는 일이었다. 마치 올랜도의 마음이 여기저기 뻗어 있는 숲이 되어버린 양, 모든 것의 일부가 다른 것이 되고, 사물들은 가까워지고, 멀어지고, 뒤섞이고, 흩어져서, 빛과 그림자가 끊임없이 체크무늬를 이루면서 더없이 기묘한 결합과 조합을 이루고 있는 것과도 같았다.

다음 해 올랜도는 아주 잘생긴 아들을 낳는다. 그리고 드디어 그동안 갈고 닦아 온 시들을 묶어 『참나무』 시집을 출간한다.

ORLANDO : A BIOGRAPHY

콘스탄티노플 대사로서의 삶을 끝내고 여성으로 다시 태어난 올랜도는 영국으로 돌아와 다음과 같이 독백하고 있다.

"내가 성숙해지고 있는 거야. … 나는 새 환상들을 얻기 위해 이전의 환상들을 버리고 있는 중인지도 몰라." [66]

다시 말해 '그 많은 여행과 모험과 깊은 명상과 이런저런 모색에도 불구하고 올랜도는 여전히 자기 형성의 도상에 있을 따름이었다.'

결국 올랜도는 매 단계의 삶을 마무리할 때마다 분명하게 정리하고 매듭을 지어나간다. 그래서 독자인 우리는 올랜도를 따라 사

---

66 같은 책, 208쪽

랑과 명성, 높은 직책과 지위, 사교계와 천재, 남성과 여성에 대한 환상에 빠져듦과 동시에 그 각각의 환상에 대한 환멸을 함께 맛본다.

그중에서도 울프는 특히 성에 대해 일관된 견해를 보여주고 있다. '두 성은 서로 다르지만, 서로 섞여 있다. 모든 사람에게 있어 양성은 유동적이며, 남자답거나 여자답게 보이게 하는 것은 옷뿐이고, 그 속의 성은 겉과는 정반대인 경우가 흔히 있다.'[67]

그리고 이렇듯 격렬한 삶의 소용돌이를 거치면서 얻게 되는 결론은 남성성과 여성성을 모두 갖춘 양성적 인간, 즉 온전한 인간이 생산해내는 아들과 시집, 그러니까 자식과 문학작품이야말로 우리 인간의 삶에서 가장 귀한 것이라는 것이다. 올랜도가 경험하는 인생 최고의 환희는 고독과 명상과 사랑이다. 그리고 이 기쁨은 밖의 활동에 주로 전념하는 남성보다는 여성에게 더 가까운 것이기에, 올랜도는 17세의 소년에서 (정신적) 삶을 시작해 36세의 여성으로 (정신적) 삶을 마감한다.

결국 버지니아 울프가 주인공 올랜도로 하여금 삼백 년이 넘는 삶을 살게 만들고 성전환까지 감행하게끔 만든 건, 아마도 자아 완성이라는 한 인간의 정신적 성숙 과정을 끝까지 추구하고 싶은 작가적 열망 때문이지 않나 싶다. 한 종류의 직업이나 한 형태의 삶에 국한되지 않고, 또 하나의 성에 제한된 경험이 아닌, 한 개인에게 부여할 수 있는 최대치의 인간 내면의 성숙, 바로 이것을 형상화시

---

[67] 같은 책, 225쪽

켜 보고 싶은 작가 의도에서 연유한 것이라 볼 수 있겠다.

이차세계대전 발발 이후, 버지니아 울프 부부의 삶은 극도로 위축되기 시작했다. 독일군의 침공은 유대인인 남편 레너드에게 잠재적인 위협이었고, 시골집으로 피신했지만 전시의 불편과 고통, 그리고 미래에 대한 부정적 전망에 사로잡힌 버지니아 울프는 다시 신경증이 재발해 스스로 삶을 마감하고 말았다. 너무 안타까운 일이 아닐 수 없다.

이렇듯 제국주의의 암운을 몸소 경험한 울프는 『3기니』(1938)에서 파시즘과 가부장제의 연관성을 다음과 같이 논의하고 있다.

'남자들은 돈과 권력을 가졌지만, 그 대가로 영원히 자신의 간을 파먹는 독수리가 사는 둥지를 가슴속에 품고 있습니다. 소유에 대한 본능과 무엇인가를 차지하려는 열망은 그들로 하여금 다른 사람의 땅과 재산을 탐내도록 부추깁니다. 그것은 국경과 깃발, 전함과 독가스를 만들어내며, 그들의 생명과 자식들의 생명을 희생시킵니다.'

가부장제란 본래 가정 내에서 가장을 정점으로 한 권력 구조를 의미하지만, 이것이 사회 속에서는 최고 권력을 쥔 소수의 남성을 정점으로 한 위계질서(hierarchy)를 만들어 내며, 여기에서 한 걸음 더 나아가 세계질서 속에서는 식민지 지배를 지향하는 제국주의 세력을 정점으로 한 위계질서를 구축한다.

근대 모더니즘은 세계에 대한 인식을 더 이상 주관적인 신앙에 의하지 않고 객관적인 이성 능력에 따라 행하려는 정신이다. 그런데 대표적인 근대 철학자인 베이컨은 근대의 모더니즘 정신을 '아는 것이 힘'이라는 명제로 요약하고 있다. 다시 말해 아는 것, 즉 이성이 자연의 법칙을 파악하는 것은 바로 자연을 다스리는 힘을 갖는 것이라는 것이다. 이런 측면에서 베이컨은 '자연을 아는 것은 바로 이성인 신랑이 신부인 자연을 다스리는 것'이라고 비유적으로 말하고 있다.

　이처럼 근대 모더니즘의 이성은 본질적으로 소유와 지배를 지향한다. 필자는 「지배하는 이성과 배려하는 이성」이라는 논문을 통해 근대 모더니즘의 기본 정신인 이성을 '지배하는 이성'으로 규정하고 이를 비판했다. '지배하는 이성'이란 근대 모더니즘의 이성이 궁극적으로는 자연 또는 타자를 지배하기 위한 것이라는 것이다. 다시 말해 이성을 통한 자연과학적 인식은 궁극적으로 자연을 객관적으로 인식함으로써 자연을 지배하고 통제하기 위한 것, 즉 자연을 앎으로써 자연을 인간의 욕구 충족의 대상으로 삼겠다는 것이다. 이처럼 근대 이성은 물론 보편성을 추구하지만, 그 내적 지향의 측면에서는 주체(또는 남성)가 대상(즉 자연이나 여성)을 자기 욕구를 충족하기 위해, 즉 지배하기 위해 수단으로 삼는 이성일 뿐이다.

　앞으로의 시대정신은 더 이상 이처럼 이기적인 남성 중심의 '지배하는 이성'이 아니라 여성적 배려의 정신이 깃든 '배려하는 이성'이어야 한다. 배려란 행위의 목적이 나의 욕구 충족에 있는 것이 아니라 타인의 가치 증진과 행복에 있는 것이다. 길리건이 『다른 목소리로』에서 밝혔듯이, 그리고 버지니아 울프가 『등대로』에서 보여주었듯이 여성들은 타인들에 대한 배려의 감수성을 발전시켜 왔다. 물론 이전 시대 여성들의 배려가 가정이라는 사적 영역에 머물고 말아 보편적 정신이 부족한 경우가 많았던 게 사실이다. 하지만 여성적 배려가 보편적 정신과 함께 하고, 여성적 감수성이 남성적 정의감과 결합되는 날, 우리 인류 사회가 한 걸음 더 나은 사회가 될 것임은 자명하지 않겠는가.

PHILOSOPHICAL ESSAYS
ON CLASSIC LITERATURE

PHILOSOPHICAL ESSAYS
ON CLASSIC LITERATURE

16

James Joyce

A PORTRAIT OF THE ARTIST
AS A YOUNG MAN

제임스 조이스의
『젊은 예술가의 초상』에 대하여

자기 정체성을 찾아서

또다시 봄이 돌아왔다. 매일 저녁 아파트 단지 내 정원을 지나 산책로를 따라가다 보면 약간의 시차를 두고 산수유가, 매화가, 개나리가, 조팝나무꽃이, 목련이, 벚꽃이 어김없이 차례로 피어난다. 앞으로 만날 철쭉, 명자나무꽃, 장미, 백일홍, 수국까지 저절로 떠올라 기대 만발이다. 그중 어떤 꽃이 더 예쁘냐는 물음은 물론 우문이다. 그런데 꽃을 감상할 때 우리는 예컨대 장미꽃의 경우처럼 장미라는 종의 꽃 그 자체의 아름다움에 주목하지, 하나하나 다르게 피어난 장미꽃의 차이를 그닥 염두에 두는 것 같지는 않다.

그런데 이와 달리 인간의 경우, 우리는 인간이라는 종 못지않게 한 사람 한 사람의 서로 다른 개성에 더 관심을 기울이거나 이를 더 중요시하곤 한다. 그러기에 우리는 동물이나 식물의 경우와 달리 인간의 경우엔 자기완성이라는 개념을 사용하거나 적용한다. 다른 생명체의 경우, 개체들은 그저 유전자에 탑재된 본능에 따라 성장하기 때문에 진정한 의미의 성숙이나 변화가 무의미함에 반해 인간의 경우엔 본능 이외의 것, 예컨대 그 개인의 감정이나 의

- 제임스 조이스의 『젊은 예술가의 초상』에 대하여

지나 이성 등이 작용하기 때문에 인간 개개인들에겐 서로 각자 다른, 무한한 변용과 변화, 말하자면 그 자신만의 역사가 만들어진다.

요약하자면 인간에겐 저마다 다르고 독특한, 개성의 꽃피움이라는 게 존재한다.

우리 인간은 다른 동식물과 달리 평생 자기의 정체성 문제로 심각한 고민에 빠지곤 한다.

지금까지 쭉 고전 문학을 읽어오면서 문학 작품이란 결국 해당 작가가 자기 삶을 살아오면서 그가 갖게 된 내면 세계, 또는 그 작가만의 독특한 자아상을 보여주는 것이라는 생각이 곧잘 들곤 했다. 그러니까 그 작가가 바라보는 세계상과 인간관, 그가 추구하게 된 어떤 이념이나 가치, 그리고 그가 좋아하고 싫어하는 감정들과 연관된 경험의 총계, 이런 것들이 모여 만들어진 그 작가만의 총체적 내면을 드러내 주는 것, 그리하여 결국 그 작가의 독특한 정체성을 보여주는 것이 바로 문학 작품이라는 얘기다.

마치 카메라의 렌즈가 어떤 장소, 어떤 위치와 각도에 놓여 있느냐에 따라 렌즈에 잡히는 상의 모습이 달라지듯이 작가마다 그가 처해 있는 특수한 역사적 위치와 사회적 지위, 가족 관계 등에 따라 세계를 바라보는 시각이 달라지고, 또 그가 갖고 태어난 기질에 따라 형성된, 서로 다른 욕망과 이상 등을 갖고 무수한 경험들을 쌓아나가면서 그만의 독특한 세계가 구성된다 하겠다. 이러한 요소들의 총체가 결국 그 작가의 정체성을 만들고, 다른 작가와 다른 그만의 독특한, 새로운 작품 세계를 형성해내는 것이리라.

A PORTRAIT OF THE ARTIST AS A YOUNG MAN

제임스 조이스의 『젊은 예술가의 초상』(1904)은 주인공 스티븐 디덜러스의 성장 과정을 그린 자전적 소설이다. 실제의 작가 자신처럼 허약한 체격에 곧잘 눈물이 나오는 약한 시력, 예리한 지성을 갖고 태어난 스티븐은 소설 말미에 이르러 자기 자신에 대한 분명한 비전을 갖고 아일랜드를 떠난다. 실제로 1902년 대학을 졸업한, 스무 살의 제임스 조이스는 자신이 살고 있는 더블린이라는 도시에 대한 혐오감을 안고 고향을 떠나 파리로 향한다. 또한 주인공 스티븐은 조이스처럼 새로운 출발을 위해 자기를 구속하는 아버지와 어머니, 종교와 국가의 속박을 벗어나고 싶어한다. 물론 생애 많은 시간을 외국에서 보낸 조이스는 조국을 결코 잊지 않았다. 더블린 사람들의 하루를 그린 대작 『율리시즈』가 보여주듯이 그의 마음은 언제나 아일랜드를 향해 있었다.

백만 명을 죽음으로 몰았던, 1840년대의 유명한 '감자 기근' 사태가 보여주듯 가난한 농업 국가였던 아일랜드는 19세기 내내 영국으로부터의 독립을 위해 투쟁해 왔다. 이때 가장 핵심적인 역할을 담당해 온 가톨릭교회는 막강한 권력을 쥐게 되고, 이들 교회와 성직자들이 아일랜드를 지나치게 지배한 나머지 조이스와 같은 젊은 아일랜드인들은 그들에게 반감을 갖게 된다. 제임스 조이스는 단편집『더블린 사람들』에서 경직된 가톨릭 신앙에 짓눌린 채 일종의 마비된 의식을 갖고 살아가는 더블린 사람들의 다양한 모습을 사실주의적으로 잘 포착하고 있다.

하지만『젊은 예술가의 초상』에서 조이스는 한 젊은이의 내적 성장 과정을 묘사하기 위해서 의식 흐름의 자유연상이라는 새로운 기법을 도입한다. 자유연상 기법이란 작가가 밖에서 등장인물의 심리를 기록하는 것이 아니라 예컨대 등장인물의 내적 독백을 그대로 사용하는 것처럼 작가가 마치 인물의 마음속에 들어가 있듯이 표현하는 것을 의미한다. 따라서 작품 안엔 등장인물이 자연스럽게 떠올리게 되는 회상이라든가 연상, 또는 상상과 같은 것들이 빈번히 사용된다.

이와 유사한 기법을 사용한, 버지니아 울프의『등대로』가 특별한 사건 전개 없이 이야기를 진행시킨 것처럼 제임스 조이스의『젊은 예술가의 초상』안에는 이렇다 할 만한 큰 사건들은 일어나지 않는다. 대신 그의 의식 속에서는 성장 고비 고비마다 여러 가지 생각들이 격렬하게 충돌한다. 물론 주인공이 한창 젊은 나이에 소설이 끝나기 때문에 그의 생각은 아직 완성되어 있지 않다. 하지만 이 작품은 적어도 그가 어떻게 전통적이고 인습적인 생각들을 거부하게 되는가를 섬세하게 보여주고 있는데, 이때 자유연상 기법이 매우 효과적으로 사용되고 있는 것이다.

1888년 영국 정부는 아일랜드를 문화와 정치 그리고 군대를 통해서 전방위적으로 압박하기 시작했다. 아일랜드 의회당의 리더인 '무관의 제왕' 파넬은 아일랜드의 독립을 위해 투쟁해왔다. 그러나 아일랜드의 자치 통치는 영국 보수당과 국교회의 반대로 결국 실패하고 마는데. 때마침 유부녀인 키티 오셔와의 내연관계가 알려지게 되자, 파넬을 지독히 싫어했던 아일랜드 가톨릭교회는 이를 기회 삼아 그를 완전히 파멸시켰다. 특히 믿었던 팀 힐리의 배신에 충격을 받아 발생한 파넬의 죽음은 진취적인 아일랜드 사람들에게 치유하기 힘든 상처를 만들어냈다.

제임스 조이스의 아버지, 존 조이스는 조부 제임스 조이스 1세로부터 열렬한 애국심을 물려받은 데다가 아일랜드에 대한 낭만적인 환상을 가지고 자유연합당 서기관으로 일해온 터라 파넬의 죽음으로 큰 타격을 받고 점점 술에 빠져 지내게 된다. 원래 다재다능하고 사교적인 호인이었던 그는 직업을 전전하다 물려받은 유산도 다 탕진하고 결국 파산을 하고 만다.

당시 아일랜드 사회에서 정치적, 종교적 갈등이 얼마나 심했는가 하는 것은 『젊은 예술가의 초상』에 잘 그려져 있다. 불이 활활 타고 있는 벽난로와 담쟁이덩굴 가지로 장식된 샹들리에 아래, 잘 차려진 크리스마스 만찬에서 오늘은 조용히 지나가나 했지만 역시나 격렬한 말다툼이 일어난다. 아버지 친구 찰즈 아저씨가 신부들이 성당에서 정치를 설교하는 것에 대해 비판하자 대뜸 '그것이 바로 양 떼들을 올바르게 인도하는 성직자의 태도'라고 댄티 아줌마가 반박한다. 디덜러스 부인의 만류에도 불구하고 논쟁은 점점 격해지고.

"지금까지 아일랜드는 너무 많이 하느님을 섬겨 왔다구, 아일랜드에는 하느님이 필요 없어. 하느님은 꺼져버려." 라고 찰즈 아저씨가 소리 지르자,

"모독자! 악마!" 댄티 아줌마가 자리를 박차고 일어서며 그를 향해 고함을 지른다.

1888년 9월 사립 기숙학교인 클론고우즈 우드 학교에 입학한 스티븐 디덜러스. 넓은 운동장은 소년들로 우글거리지만, 선생님의 시선이나 친구들의 난폭한 발길질을 피해 이따금 뛰는 척하면서 자기 반의 가장자리를 맴돈다. 한번은 심한 근시 때문에 한 자전거 달리기 선수에게 부딪쳐 쓰러지는 바람에 안경이 부러지고 마는데. 의사는 안경 없이는 책을 읽지 말라고 하고, 아버지에게 편지를 써 새 안경을 보내 달라고 한 상태에서 작문 시간에 학감이 그에게 글을 쓰지 않는다고 나무란다. 사정을 얘기해도, 안경이 깨졌다고 하는 건 너무 뻔한 변명 아니냐며 호통을 치고, 회초리로 손바닥을 때리고 무릎을 꿇게 한다. 평소에 얌전하기만 한 스티븐은 점심시간 자리에서 일어나 애들과 줄을 지어 빠져나가다가 문 가까이 오자 극심한 심적 갈등을 느낀다. 이대로 아이들을 따라서 나가면 교장 선생님께 가는 건 틀어져 버릴 것이었다. 힘들게 겨우 용기를 내 교장 선생님을 만나 상황을 이야기하고, 원하는 답을 얻어낸 스티

븐. 환호하는 아이들과 마음이 홀가분해진 스티븐.

최초로 용기를 낸 이 일은 무사히 일단락됐지만, 스티븐은 조금씩 자신이 다른 아이들과 다르다는 것을 느낀다. 그는 아이들과 놀고 싶지 않았다. 그보다 그는 자신의 영혼이 그토록 한결같이 지켜보았던 어떤 이미지를 막연하게 의식하면서 그것의 실체가 무엇인지 확실하게 알고 싶어한다.

파티에서 춤을 추며 떠들썩하게 뛰놀고 있는 애들에게 섞이지 못한 채 한쪽 구석에서 은밀한 즐거움을 맛보기 시작하는 스티븐. 혼란 속에서 에머 클러리라는 여자아이의 시선이 자기를 매혹적으로 탐색하며 다가오고 있음을 알아챈다. 파티가 끝나고 마지막 역마차 윗자리에는 그가, 아랫자리엔 그녀가 올라타 앉는데, 그녀가 서로 이야기하는 사이사이 몇 번이고 그가 있는 윗자리로 올라왔다가 다시 제자리로 내려가곤 했다. 그의 심장은 마치 바다의 조류를 타는 코르크처럼 그녀의 동작에 따라 춤을 추고. 속으로 그녀도 자기가 그녀를 붙들어 주기를 바라고 있다고 생각하는 스티븐. 그녀가 옆에 올라왔을 때 그녀를 붙들고 키스를 할 수 있었는데. 하지만 아무 행위도 하지 않는 스티븐. 스스로 몹시 아쉬워한다.

그 뒤, 연극공연 관람 중 그녀의 진지하고 매혹적인 눈길을 감촉하자 다시 흥분이 되살아난다. 짓밟힌 약초처럼 짙은 향기를 희망과 욕망이 그에게 마구 향기를 뿜어 올리고.

학교에서 수필을 잘 쓴다는 평판을 얻는 스티븐. 하지만 테이트 선생으로부터 "창조주와 영혼에 관한 구절인데, 음, 음, '영원토록

보다 가까이 접근할 가능성도 없이'라니, 이 학생의 수필에는 이단적인 생각이 담겨 있다"는 말을 듣는다. 순간 막연하게나마 주위의 모든 학생들이 악의에 찬 즐거움을 느낀다는 걸 알아채는 스티븐.

이어 집에 오는 길에 어떤 시인이 제일 훌륭한 시인이냐는 한 아이의 질문에 테니슨 경이라고 대답하는 헤런. 순간 스티븐은 입을 다물고 있겠다는 스스로의 맹세를 잊어버리고 테니슨은 엉터리 시인이라고 말하고 만다. 그럼 네 생각에는 누가 가장 위대한 시인이냐고 묻자 바이런이라고 대답하는데. 하지만 그는 이단자이고 부도덕한 자라고 쏘아붙이는 헤런. "이 이단자 녀석을 붙들어라."고 헤런이 고함치자 순식간에 포로가 된 스티븐. 스티븐의 다리를 지팡이로 내리치고 아이들이 한꺼번에 미친 듯 달려들어 바이런이 나쁜 사람이란 걸 시인하라고 강요하지만, 굴복하지 않고 끝까지 자기 입장을 고수하는 스티븐.

하지만 그들의 무례하고 잔인한 태도에도 불구하고 스티븐은 전혀 노여움을 느끼지 않는다. 터벅터벅 집으로 돌아오는 길 위에서 스티븐은 어떤 힘이 마치 부드럽고 익은 과일 껍질을 벗기듯 그가 느꼈던 분노를 벗겨내고 있음을 느낀다. 스티븐은 그들의 목소리로부터 멀리 떨어져 혼자 환상의 천국의 무리 속에 있게 되자 비로소 행복을 느낀다.

한편 아버지의 전 재산이 경매에 의해 매각될 것이란 걸 알게 된 스티븐은 자기도 무일푼이 된다는 생각에 세상이 무참히도 자기의 환상을 짓밟고 있다고 느낀다. 아버지를 따라 시내의 술집을 전전하며 자기 안엔 우정도, 건강한 생기도, 효심도 모두 사라지고, 차

갑고 잔인하며 사랑 없는 육욕만이 약동하고 있음을 자각하는데. 이제 자기의 유년 시절과 함께 소박한 기쁨을 느낄 수 있는 영혼도 사라져 버렸다고 생각한다.

학교에서 장학금과 수필 대회에서 탄 상금으로 날마다 가족을 위해 메뉴를 작성하고 밤마다 극장으로 데리고 가 돈을 다 써버리는 스티븐. 밤이 오면 이 거리 저 거리로 방랑하면서 그녀와의 밀회를 떠올리다가 갑자기 다음 순간, 욕망이 좌절된 야수로 돌변하곤 한다. 결국 홍등가에서 첫 경험을 하고 마는 스티븐.

정욕이 꺼진 뒤에는 혼돈이 찾아오고. 이제 그의 영혼은 차가운 무관심에 의해 점령당한다. 지금 자기의 죄과를 통렬히 깨닫고, 전지자인 하나님에게 엉터리 맹세를 한들 죄의 일부도 속죄받을 수 없을 것이라고 좌절하는 스티븐.

학교의 수호성자의 축일이 있기 전, 피정을 드리기 위해 모인 예배실에서 스티븐은 맨 앞쪽 벤치에 앉아 아널 신부의 이야기에 몰두하는데.

"우리는 이 세상에 한 가지 일, 오직 한 가지 일만을 위해서 보내졌다는 것을 기억하십시오. 바로 하느님의 거룩한 뜻을 행하고 우리들의 영혼을 구하기 위해서입니다."[68]

피정(일상생활에서 벗어나 묵상이나 기도를 통해 자신을 살피는 일)을 권하는 신부의 말에 따라 새롭게 경건한 생활을 이어나가

---

68 『젊은 예술가의 초상』, 제임스 조이스, 김종건 옮김, 범우사, 1992, 155쪽

는 스티븐. 한참을 고민한 끝에 신부님에게 찾아가 자기가 지은 불순한 죄를 고백한다. 고해를 하고 나자, 다시 한번 자기의 영혼이 아름답고 성스러워지는 걸 느끼는 스티븐.

이제 이른 새벽 미사에 참석함으로써 하루를 시작하고, 매일같이 세 차례 짧은 묵주의 기도를 올리는 스티븐. 세상의 모든 것을, 비록 그것이 나무에 매달린 나뭇잎일지라도 하나님이 주신 성스러운 선물로 찬양하고 감사하려고 하자, 생각하고 말하는 모든 순간이 영원한 삶에 한층 더 가까워진 듯 보인다. 또한 그는 자기의 감각 하나하나를 엄격히 훈련시키려고 한다. 시각의 욕망을 억제하기 위해서 옆이나 뒤를 보지 않고 거리를 걸었으며 여인의 눈과 마주치는 것을 피했다. 또 미각의 욕망을 억제하기 위해서는 엄격한 식사 습관을 지키고 단식을 했으며, 촉각의 금욕을 위해서는 가장 불편한 자세 그대로 앉아, 온갖 가려움과 아픔을 참아냈다.

하지만 혼자 하는 단식이나 기도와 달리 다른 사람들과의 공동 생활 속에서 이러한 규율을 실천하는 것은 너무 어려웠고, 매번 실패하고 말았다. 차츰 그의 영혼 속에 회의가 싹트기 시작했다. 몇 번이고 유혹의 고비를 넘기면서 하나님의 은총이 자신에게서 박탈되고 있는 게 아닌가 의심이 들어 마음이 불안했다. 과연 자기가 죄가 없는지, 자기의 영혼이 자기도 모르는 사이에 타락해 버린 건 아니지, 하는 막연한 공포가 일어났다.

서서히 자기처럼 유혹을 받고 또다시 죄 사함을 받는 성인들의 시련을 알게 되고, 그것이 분명한 사실임을 깨닫게 된 스티븐. 만약에 그렇다면? 아무리 성스럽게 살고 어떤 미덕을 성취한다 할지라도 그 죄에서 완전히 해방될 수 없다면? 스티븐은 앞으로도 불안한 죄책감이 항상 그와 함께 있을 것이라 생각했다. 그렇다면 고해하고 회개하고 사죄받고, 다시 고백하고 회개하고 또다시 사죄받는 일들은 모든 허사가 아닌가?

그러던 어느 날, 교장 선생님이 스티븐을 불렀다. 교장 선생님은 이 지상에서 어떤 임금이나 황제도 전능하신 하느님을 섬기는 성직자의 힘을 갖지 못한다며 그에게 성직자의 직업을 권했다. 예전에 신부의 삶을 막연히 동경했던 스티븐은 잠시 마음이 흔들렸지만, 그동안의 학교생활이, 엄숙하고 질서정연하며 정열이 없는 생활이 눈앞을 스쳐 지나갔다. 추운 아침 잠자리에서 일어나 다른 사람들과 더불어 새벽 미사에 줄지어 내려가서, 뱃속에 자리 잡은 허기를 참고 헛되이 기도하려고 애쓰는 자신을 그려 보았다. 만약에 그렇게 된다면, 어느 집단에서나 자신을 그들과 동떨어진 존재로 인식케 했던 그의 정신적 자존심은 어떻게 된단 말인가?

결국 그의 정해진 운명은 틀에 박힌, 사회적 혹은 종교적 질서를 회피하는 데 있었다. 신부의 지혜로운 호소도 그를 골수까지 감동시키지 못했다. 그는 남에게서 떨어져 자기 자신만의 지혜를 깨치거나, 아니면 세상의 함정 사이를 배회하며 스스로 남의 지혜를 배워야 할 운명이었다.

'세상의 함정은 죄의 길이었다. 그렇다면 스스로 빠지리라. 지금까지 빠져 보지 않았지만 빠져 보리라. 함정에 빠지지 않기란 너무나도 어렵고 어려운 일이다.' [69]

스티븐은 집을 빠져나와 바다 쪽으로 걸음을 옮겼다. 그리고 얇은 나무다리를 건너가는데 발 아래 나무판자가 흔들리는 것을 느꼈다. 그는 다리 아래로 소용돌이치고 있는 얕은 물속을 비스듬히 내려다보았다. 수도사들의 얼굴이 하나하나 떠올랐다. 그들의 신앙은 그들의 이름과 같았고, 그들의 얼굴과 같았으며, 그들의 옷과 같았다. 그의 마음이 움츠러들었다. 잠시 뒤, 마음속 간직했던 시의 구절을 꺼내 조용히 되뇌어 보는 스티븐.

– 바다에서 솟아난 얼룩진 구름의 하루.

바로 그 순간, 그 글귀와 주변의 광경이 하나의 조화를 이루었다. 그는 자기 개인의 정서가 내적인 명상을 통해 명쾌하고 유연한 아름다운 산문 속에 반영되는 즐거움을 만끽할 수 있었다.

이때 아이들이 자기를 알아보고 '여기 디덜러스가 온다'고 소리질렀다. 스티븐은 아이들이 부르는 소리를 존중하며 잠자코 서 있었고, 그들의 야유를 가벼운 말로 받아넘겼다. 순간 그에게 신화 속 인물인 다이덜러스, 태양을 향해 바다 위를 나는 매 같은 사나이 다이덜러스가 떠올랐다. 보잘 것 없는 흙덩이를 가지고 새롭게 하늘로 치솟는 날개를 만드는, 불가사의한 불멸의 존재인 다이덜러스. 스티븐은 그에게서 자기 작업장에서 새로이 무언가를 빚어 만드는 예술가의 상징을 보았다.

순간 그의 심장이 마구 떨려왔다. 그의 영혼은 수의를 벗어 던지

---

69 같은 책, 224, 225쪽

고, 소년 시절의 무덤으로부터 일어났다. 그렇다! 그렇다! 저 위대한 명장 다이덜러스처럼 (다이덜러스와 디덜러스는 발음만 달리할 뿐 똑같은 이름이다) 영혼의 자유와 힘을 바탕으로 하나의 살아 있는 존재, 아름답고 불가사의한 불멸의 것을 자만스럽게 창조해 내리라.

그는 홀로 있었다. 이때 저만치서 한 소녀가 혼자 조용히 바다를 응시하고 있었다. 그의 존재와 동경 어린 눈초리를 의식한, 그녀의 눈은 수치심이나 방자함이 없이 그의 시선을 받아들였다. 스티븐의 영혼이 솟구쳐 오르며 세속적 환희에 넘쳐났다. 그녀의 눈이 그를 불렀고, 그의 영혼이 그 부름에 응했다. 살도록, 과오를 범하도록, 타락하도록, 승리하도록, 인생에서 인생을 다시 창조하도록!

조수가 바뀌려 하고, 이미 날은 저물고 있었다. 그는 풀이 우거진 동그란 사구 사이의 아늑한 모래 구석을 발견하고, 해거름의 평화와 정적이 그의 들끓는 피를 진정시킬 수 있도록 그곳에 누웠다. 그는 머리 위에 광활하고도 무심한 천공과 천체들의 조용한 행진을 의식했다. 그리고 그의 몸 아래 깔린 대지, 그를 지금까지 지탱하고 있던 대지가 자신의 품에 그를 받아들임을 느꼈다.

대학 생활에서 교수나 동료들과의 대화 중 곧잘 그들과 생각이 충돌하는 스티븐. 인간에겐 나라가 우선이고, 즉 우리에겐 아일랜드가 우선이고, 그런 다음에 비로소 우리는 시인이나 신비론자가 될 수 있다는 데이빈의 견해를 반박하는 스티븐.

"인간의 영혼이 이 나라에 태어날 때 그것이 날아가지 못하도록 묶어 두는 그물이 쳐져 있어. 넌 내게 국적이니, 언어니, 종교를 말하고 있지만, 나는 그러한 그물을 뚫고 날아가도록 노력할 거야."[70]

또한 스티븐은 자기 나름의 예술관을 확립해 가는데. 그에 따르면 진정한 예술은 우리에게 심미적 감정을 일으키는 데 반해, 부적절한 예술은 무엇인가에 자극을 받는 감정을 야기한다. 자극을 받는 감정이 우리에게 욕망이나 혐오를 일으키는, 일종의 육체적 감정으로 동적인 것이라면, 심미적 감정은 고통받는 인간을 서로 결합시키는 연민 또는 공포와 같은 감정으로, 우리의 감정을 고양시키는 정신적 감정으로 정적인 것이다.

도서관 층계 위에서 맥없이 물푸레나무 지팡이에 몸을 기댄 채 새들을 바라보는 스티븐. 새집 너머로 저물어 가는 하늘을 등지고 새들이 지저귀며 날아 되돌아오고 있었다. 남쪽에서 돌아온 제비들임에 틀림없었다. 새들은 언제나 떠나갔다가 돌아오며, 처마 밑에 일시적인 집을 지었다가 그들이 지은 집을 떠나 날아가 버리는지라, 자기도 또한 멀리 떠나가리라 생각한다.
절친인 크랜리와 나란히 걸어가는데, 그에게 무언가 털어놓고 싶은 마음을 느끼는 스티븐. 지난밤에 엄마하고 말다툼이 있었던 그는 엄마가 부활절 영성체를 받기를 원하지만 자기는 받지 않을 거라 말한다.

---

70 같은 책, 281쪽

"하나님을 사랑하려고 애썼지만, 지금 생각하니 실패한 것 같아. 난 매 순간 나의 의지와 하나님의 의지를 결합시키려고 노력했지만 말이야."[71]

그래도 어머니가 원하시는 대로 해보라고 권하는 크랜리. 하나의 형식에 불과한 것이니까, 너의 어머니의 마음을 편안케 해드릴 수 있지 않냐고 말한다. 하지만 이천 년 동안 권위와 존경이 담긴 상징에 대해 거짓 경의를 표할 경우, 심한 거부감을 느낄 것 같아 두려운 스티븐. 자기는 이미 신앙을 잃어버렸다고 말한다.

이제 스티븐은 자기가 떠날 때가 됐음을, 더불어 그와의 우정도 끝나가고 있음을 직감한다. 그렇다, 떠나가리라. 그는 시시콜콜 남과 다툴 수 없었고, 무엇보다 자신의 역할을 알고 있었다. 스티븐은 그것이 가정이건, 조국이건, 성당이건 간에 자기가 이제 더 이상 믿지 않는 것을 섬길 수 없다고 그에게 실토한다. 그리고 될 수 있는 한 자유롭게 그리고 될 수 있는 한 완전하게, 인생 또는 예술의 어떤 양식 속에서 자신을 표현하도록 노력할 거라고 말한다.

"나는 외로운 것, 다른 사람을 위해 자리에서 쫓겨나는 것, 또 내가 버려야 할 것은 무엇이든지 버리길 두려워하지 않아. 그리고 나는 그것이 아무리 커다란 과오라 할지라도, 일생 동안 저지를 과오, 그리고 어쩌면 영원히 계속될지 모를 과오라 할지라도, 그걸 범하길 두려워하지 않겠어."[72]

---

71 같은 책, 332쪽
72 같은 책, 341쪽

"고독을 두려워하지 않는다고? 그 말이 무슨 뜻인지 알기나 해?" 하고 반문하는 친구에게 스티븐은 그런 위험도 무릅쓰겠다고 말한다.

모런 신부와 사귐으로써 그를 실망시킨 에머 클러리를 그래프턴가에서 정면으로 마주치게 된 스티븐. 걸음을 멈추는 두 사람. 그녀는 그에 관한 이야기를 들었노라며 여전히 시를 쓰고 있는지 묻었다. 스티븐은 마음속으로 그녀와의 현실적 인연을 끊어버리면서 자기의 계획에 대해 급히 말한다. 잠시 후 악수를 하면서 모든 것이 그가 원하는 대로 이루어지기를 희망한다고 말하고 떠나는 에머.
어머니는 새로 장만한 중고품 옷들을 정리하며, 스티븐이 집과 친구들을 떠나 객지에 가 살면 사람의 마음이 무엇이며, 또 뭘 느끼게 되는가를 배우게 되기를 그를 위해 기도하겠다고 말한다. 아멘, 그렇게 되기를 간절히 기도하는 스티븐. 이어 그의 마음속에 아일랜드의 정신과 양심을 일깨우는 자가 되겠다는 새로운 결의가 용솟음쳐 오른다.
'오, 인생이여! 나는 경험을 통해 세상과 백만 번이고 부딪치기 위해, 내 영혼의 대장간에서 민족의 아직 창조되지 않은 양심을 벼리기 위해 떠나가노라.'

애들과 뛰어놀기보다는 혼자 명상에 잠기고 책을 읽고 글을 쓰는 것에 더 관심을 갖고 있는 스티븐. 어렸을 적 성직자라는 직업을 꿈꾸었지만, 교장 신부의 권유로 진지하게 고민하던 그는 학교에서 교사 신부들의 집단적이고 폐쇄적인 생활을 떠올리곤 자기의 천직이 아님을 깨닫는다. 게다가 죄를 짓고 용서를 구하고 참회를 해도 또다시 죄를 범하는 인간의 속성을 분명히 인식한 그는 그러한 인간의 모습을 자유롭게 표현하는 예술가의 삶을 선택한다. 그리하여 그리스 신화에 나오는 인물인, 태양을 향해 날아오르는 날개를 조각한 예술가 다이달로스의 운명을 바로 자기 운명의 상징으로 받아들이는데. 스티븐은 이 길을 가기 위해 기존의 모든 종교나 이념을 부정하고, 심지어 기존의 인간 관계마저 끊어버리고 망명의 길 위에 선다.

우리는 누구나 자기의 소명을 원한다. 나의 소명으로 찬란하게 나의 자아를 꽃피우고 싶어한다. 아니, 소명이 아니더라도 나의 천직, 아니, 나의 직업을 원한다. 그 점에서 제임스 조이스는 럭키 가이다. 물론 그로 인해 그는 험난한 삶을 살았다. 하지만 어디 고단하지 않은 삶이 있는가.

그런데 스티븐이, 아니 조이스가 자기의 천직을 자각하게 되는 과정은 우리에게 몇 가지 생각할 거리를 제공하고 있다. 우선 스티븐은 다른 애들과 다른 자기의 천성을 점점 뚜렷이 자각했다. 그는 격렬한 운동보다는 홀로 명상에 잠기길 좋아하는 자기의 성향을 깨달으며 작가라는 예술가로서의 소명에 조금씩 다가갔다.

이때 차이에 대한 자각이 결정적으로 중요하다. 애초에 인간의 인식 행위는 구별 작용을 통해 이루어진다. 하나의 사물에 대한 인식은 다른 사물과의 구별을 통해, 즉 그 사물이 가진, 다른 사물과는 다른 특성을 파악함으로써 가능한 것이다. 예컨대 신호등의 빨간색은 그것이 초록이나 노란색이 아니기에 빨간색인 것처럼, 나의 정체성 형성은 바로 남과 다른 나만의 특성에 대한 자각을 통해 시작되거나 촉발된다.

또한 조이스는 자기의 천직을 깨달음과 동시에 기존의 관계들과의 단절을 감행한다. 물론 이때의 단절은 일시적, 전략적 단절이다. 주로 외국에서 작품활동을 하면서 때때로 더블린에 들렀던 조이스는 먼 타국 땅에서 무엇보다 더블린과 더블린 사람들을 형상화했다. 또 기존의 이념이나 종교에 만족하지 못하고, 오로지 자기자신의 사유를 통해 진실에 다가가려 했던 조이스에게 있어서 기존의 관념이나 종교로부터의 해방 역시 필수적이었다. 물론 이후, 조이스는『율리시즈』에서 주인공의 고백을 통해 보여주었듯이 어머니의 영성체 권유를 받아들이지 않았던 사실에 대해 매우 가슴 아파했지만.

인생의 어려움을 우리는 여기에서도 발견한다. 자기의 뚜렷한 중심을 세우기 위해 때로 우리는 자기를 둘러싼 모든 것들과 이별을 해야만 할 때가 있다. 주어진 현실, 그리고 이웃과 더 잘 만나기 위해 잠시일지언정 우리는 단호한 결별을 감행해야 하는 것이다. 그리하여 모든 에너지를 자기에게만 쏟아부음으로써 더 강해진, 더 지혜로워진 자아로 거듭나 확고한 정체성을 갖고 다시 현실로, 이웃에게로 되돌아오는 것이다.

자기 삶의 여건을 스스로 선택해서 태어난 사람은 이 세상에 아무도 없다. 실존주의자들의 말처럼 우리는 그저 지금, 이곳에 던져져 있을 뿐이다. 나를 둘러싼 여건들, 그러니까 시대 사회적 상황과 가족 관계 등 그 어떤 것도 우리가 거부할 수 있는 것은 없다. 우리가 할 수 있는 것이라곤 그 여건들에 대해 자기 나름의 일정한 태도를 가질 수 있을 뿐이다. 스티븐처럼 단호하게 비판적인 태도를 취할 수도 있고, 그의 친구처럼 일정 부분 받아들일 수도 있다.

이렇듯 자기의 현실적 조건 위에서 자기의 독특한 성향에 따라 일정한 태도를 취하고, 이에 맞게 자기의 직업을 선택함으로써 사람은 자기만의 정체성을 조금씩 형성해 나간다. 그 어떤 사람도 똑같은 현실적 조건 속에서 태어나거나, 동일한 성향을 가지고 태어나는 경우는 존재치 않는다. 조이스 같은 위대한 작가만이 독특한 개성을 갖는 것은 아니다. 자기의 운명과 대결을 해나가는 과정에서 우리는 누구나 자기만의 개성을 만들어 나간다. 어쩌면 이것이 만물의 영장인 인간의 숙명이자 십자가이며 최고의 영예이리라.

더없이 잘 꽃피워낸 다른 이의 멋진 개성을 바라보고 직접 관계를 맺는 것은 우리에게 커다란 기쁨을 선사한다. 나와 다른 다양한 개성들의 향기를 만끽함은 우리 인간이 누릴 수 있는 최고의 특권이라 할 만하다. 물론 그 반면에 너와 나의 차이로 인해 발생한, 상호 이해의 어려움에 봉착하기도 하지만 말이다.

PHILOSOPHICAL ESSAYS
ON CLASSIC LITERATURE

PHILOSOPHICAL ESSAYS
ON CLASSIC LITERATURE

17

Somerset Maugham

OF HUMAN BONDAGE

서머셋 몸의
『인간의 굴레』에 대하여

소박한, 그래서 더 소중한

제임스 조이스는 비록 예술가로서 고행적인 삶을 살긴 했지만, 자기의 직업 선택의 문제나 여자 문제로 큰 방황을 겪진 않았다. 이에 반해 우리 일반인들은 대개 직업이나 사랑 문제로 적지 않은 시행착오를 겪는다. 도대체 내가 원하는 게, 내가 잘하는 게 뭔지 몰라 얼마나 자주 답답한 시간들을 흘려보냈는지. 그런데 흥미롭게도 서머셋 몸의 『인간의 굴레』에 나오는 주인공 필립은 바로 평범한 우리네와 비슷한 삶의 행로를 밟아나간다. 자기 확신을 결여한 채 이리저리 기웃거리고 방황하고 숱하게 후회하고 자기 모멸감에 빠져들기도 하는, 그러한 행로를.

다감한 어머니를 여덟 살 때 여의고, 이 년 뒤엔 아버지마저 잃은 서머셋 몸은 켄트 주 윗스터블 관할사제였던 숙부에게 보내진다. 반자전적 소설이라 할 『인간의 굴레』의 주인공 필립 역시 아주 어린 나이에 부모를 잃은, 절름발이 고아로 관할사제인 백부에게 맡겨진다. 또 자식이 없고 엄격하고 인색했던 숙부를 닮은, 소설 속 백부 역시 자기 외에는 아무도 사랑해 본 적이 없을 만큼 이기적인 사람이다. 실제의 숙부는 서머셋 몸을 켄터버리의 킹즈 스쿨에 보냈는데, 다른 애들보다 키도 작고 영어에 서툴러 말을 심하게 더듬는 그는 학생들의 놀림감이 되고 두들겨 맞기도 했다. 소설 속 필립 역시 킹즈 스쿨에서 다리를 절어 다른 학생들의 온갖 조롱의 대상이 된다. 차이점이라면 서머셋 몸은 나중에 의사라는 직을 가진 소설가가 되고, 필립은 그림에 조예가 깊은 의사가 되는 점이라 할 수 있다.

　이렇게 볼 때 주인공 필립의 삶을 구속하는 굴레는 크게 보아, 의지할 사람 없는 고아라는 것과 절름발이라는 것, 이 두 개라 할 수 있다. 그런데 이 책의 마지막 부분에 가면 필립은 비록 불구라는 신체적 결함이 자기의 삶을 아주 힘들게 만들었지만, 결과적으로는 오히려 그것이 자기의 정신을 안으로 향하게 했고, 그 결과 자기에게 커다란 힘이 되고 기쁨이 되었던, 내면적 성찰의 힘을 기르게 해주었음을 인정하면서 자기의 운명을 기꺼이 받아들이고 있다. 또 여기서 한 걸음 더 나아가 필립은 이 세상에는 정상적이라고 할 수 있는 것이 오히려 드문 일이고, 모든 사람은 몸이든 마음이든 일정한 결함을 갖고 있다는, 놀라운 삶의 진실까지 통찰해낸다.

이런 점에서 이 작품은 성공적인 성장소설의 전형이라 할 만하다. 이처럼 자기 긍정에 도달하기까지의 험난한 길이 바로 이 소설의 줄거리를 형성하고 있는데, 이야기가 워낙 방대하기 때문에 논의의 편의상 줄거리를 직업의 문제와 여자 문제, 두 개로 나누어 살펴보려고 한다.

외과 의사였던 아버지가 갑작스러운 패혈증으로 사망하고 어머니마저 세상을 떠나자 필립은 유산 이천 파운드와 함께 백부인 케어리 씨에게 양육이 맡겨진다. 자식 없이 블랙스터블 교구에 살고 있는 그는 고지식한 영국 국교도로 필립의 양육을 처음부터 성가셔 하는데. 그런 남편 밑에서 억눌린 삶을 살아온 케어리 부인은 필립에게 새로운 애정을 싹틔우며 이 아이가 성직자가 되기를 꿈꾼다. 다행히 책을 모으는 게 유일한 열정인 백부의 서재 덕분에 일찍이 인생의 괴로움을 벗어날 수 있는 피난처를 갖게 된 필립. 아홉 살에 터켄버리에 있는 킹즈 스쿨에 들어오지만 아이들에게 온갖 멸시와 괴롭힘을 당하다가 고학년이 돼 성적이 우수한 덕분에 겨우 학대받는 일을 면한다. 한편 광신적인 종교적 열기가 학교를 휩쓸 무렵, 필립은 밤마다 하나님께 자기의 발을 온전하게 고쳐 달라고 기도하지만, 번번이 좌절하고.

열세 살이 되어 들어온 터캔버리의 킹즈 스쿨에서는 퍼킨스 교장이 그에게 그나마 정신적 버팀돌이 되어 주는데. 그로 인해 잠시 성직자 직업을 고려해 보지만 백부를 보며 마음을 접니다. 친한 친구에게서 배신을 당하는 등 점점 학교생활에 염증을 느끼는 필립. 결국 자퇴를 하고, 독일 유학을 가려고 마음먹는다. 필립의 결심에 분노하는 백부와 눈물을 보이는 백모 앞에서 잠시 마음이 흔들리지만, 다행히 퍼킨즈 교장으로부터 자퇴를 허락하는 편지를 받는다.

　백부가 알고 있는 미스 윌킨슨의 소개로 하이델베르크에 있는 하숙집에 도착한 필립. 어느 날 헤이워드라는 영국인이 새로 들어오고. 예술과 문학을 알고 심미적 감수성이 탁월한 헤이워드를 찬탄하는 필립. 또한 필립은 미국에서 온 위키즈와도 친하게 지내는데, 사람은 자기 시대가 믿는 것을 믿는 것뿐이라는 그의 견해에 지금까지 영국 국교 이외의 종교를 상상하지 못했던 필립은 커다란 충격을 받는다. 그의 영향을 받아 이제 어린 시절의 맹목적 신앙과 지옥불에 대한 끔찍한 공포에서 벗어나 정신적 자유를 되찾은 필립. 기독교적 덕목들은 보상이나 징벌을 떠나 그 자체로 좋은 것이라는 생각과 함께 비로소 자기 자신의 주인이 되었다고 느낀다. 그 뒤, 헤이워드는 하이델베르크의 생활이 평범하다며 로마로 가버리고, 필립은 이제 그만 영국으로 돌아오라는 백모의 편지를 받고 장차 무엇을 해야 할지 마음을 정하기 위해 하이델베르크를 떠난다.

　생각보다 많이 늙어버린 두 분을 보고 놀라는 필립. 그때 마침 미스 윌킨슨이 들어오는데 여느 성직자의 딸들과 달리 제법 나이가 있음에도 불구하고 짙은 화장에 야한 옷을 입은 모습에 놀란다. 붙임성이 좋은 그녀는 필립에게 가까이 다가오고. 독일과 프랑스에서의 가정교사 경험담을 얘기하던 그녀는 필립에게 왜 미술을 하지 않냐며, 당신한테는 훌륭한 화가가 될 소질이 있다고 말한다. 윌킨스에게서 프랑스어를 배우기 시작한 필립. 숱한 연애담을 털어놓는 윌킨스에게서 묘한 유혹을 받는데. 그녀가 없을 땐 로맨틱한 상상에 빠져들다 막상 만나면 어쩐지 싱겁게 느끼곤 하는 필립. 번민 끝에 용기를 내 그녀를 찾아가는데. 짧은 속치마만 입은 그녀의 모습이 너무 못생겨 가슴이 철렁하지만 이미 때는 늦어버리고. 이후, 점점 더 자기에게 집착하는 그녀에게서 부담을 느끼며 하루빨리 이곳을 떠나 런던으로 가, 공인회계사 도제 생활을 시작하고 싶어 한다. 눈물을 흘리며 아쉬워하는 윌킨스.

런던에서 날마다 단조롭고 고된 일을 마치고 춥고 외로운 하숙방에 돌아오는 생활이 이어지고. 필립이 회계에 소질이 없다고 대놓고 공격하는 다른 직원 때문에 삶이 더욱 더 힘겹기만 하다. 그러던 어느 날, 이탈리아를 여행 중인 헤이워드에게서 왜 사무실에 갇혀 지내냐, 파리에 가서 미술 공부를 하지 않냐는 편지를 받는다. 그동안 자기에게 그림에 소질이 있다고 말했던 사람들을 떠올리던 필립은 결국 계약기간을 파기하고 파리로 떠날 결심을 한다. 하지만 절대 돈을 대줄 수 없다는 백부. 하는 수 없이 자기가 갖고 있던 보석들을 다 팔아버리려고 하는 필립 앞에 그동안 자기가 모은 돈을 내미는 백모.

드디어 파리에 도착한 필립은 화실에서 새로운 사람들을 만난다. 큰 얼굴에 작은 눈, 펑퍼짐한 몸매의 프라이스 양은 왠지 병색이 돌고 몸도 씻지 않는 듯한 스물여섯의 처녀다. 화실에 나온 지 오래돼 선생들이 강조한 요점을 잘 알고 있는 그녀는 옆에서 필립에게 친절하게 그림의 요령을 가르쳐 준다. 키가 크고 가시처럼 마른 클러튼은 남의 조언을 구하지도 않고 남에게 조언도 하지 않는데, 신랄한 유머에 취향이 까다로워 언제나 자신의 그림에 대해 불만스러워한다. 필립이 제일 친하게 지낸 사람은 책도 많이 읽고 관심도 다양하고 사교적인 로슨으로, 필립은 그와 연극 구경도 하고 카페에서 얘기도 하면서 많은 걸 알게 된다. 한편 화실 동료들의 정신을 형성하고 있는 사람은 연장자 크론쇼다. 날카로운 지성과 미에 대한 열정을 가진 크론쇼는 술에 취해야 진가가 나오는 사람으로 매춘부 같은 여자와 함께 살고 있다. 또 한 사람, 여신 같은 미모에 제멋대로 사는 탐미주의자인 챌리스 양은 대개 육 주일이 되면 사귀던 남자에게 싫증을 느끼곤 한다.

여름 휴가철이 되어 필립은 로슨과 함께 퐁텐블로 숲으로 가기로 한다. 출발하기 전날, 화구를 챙기면서 프라이스 양에게 내일 떠난다고 하자, 깜짝 놀라며 자기랑 둘이서 파리에 남을 줄 알았다며 크게 실망한다. 챌리스 양도 함께 동행하기로 한 걸 알게 되자마자 갑자기 불같이 화를 내며 당신에겐 재능도 독창성도 없고, 죽어도 화가가 못 될 거라는 극언을 퍼붓는 프라이스.

다시 파리로 돌아와 보니, 프라이스가 이제 화실에 오지 않는다는 소식을 듣게 된 필립. 며칠 뒤, 편지를 받고 부리나케 달려가 문을 열어보니 프라이스가 의자 위 천장에 매달려 있다. 제발 돈을 좀 보내달라는, 오빠에게 보내는 편지를 발견하고, 수위를 통해 매일 우유 한 병이 배달됐다는 걸 알게 된 필립. 그녀는 우유 한 병과 빵 한 개로 하루를 버텨내다가 돈이 다 떨어져 화실에도 나올 수 없게 된 게 분명했다.

큰 충격을 받은 필립은 차츰 자기의 재능을 의심하기 시작한다. 물론 불멸의 걸작이라도 남기게 된다면 가난도 의미가 있겠지만, 만약 이류 이상이 될 수 없다면? 단 한 번뿐인 인생이기에 필립에게 있어서 중요한 것은 바로 성공적으로 잘 사는 것이었다. 크론쇼에게 어렵게 자기의 고민을 털어놓자 놀랍게도 여기서 빠져나갈 수만 있다면, 시간이 있을 때 그렇게 하라는 충고를 듣는다. 마지막으로 떨리는 마음으로 스승인 프와네 선생에게 솔직한 답을 구하는 필립. 열성과 지성은 있지만 재능은 없다며 보통 이상의 화가가 되기는 어려울 거라는 말을 듣는다. 말할 수 없는 절망과 일말의 후련함을 동시에 느끼는 필립. 때마침 백부로부터 백모가 위중하다는 편지를 받는다. 장례를 치르고 백부와 자기의 미래에 대해 논하는데, 두 사람 다 그의 아버지 직업이었던 의사직을 떠올린다. 필립은 어느 곳에서도 의사는 필요하니까 훗날 먼 세상을 돌아다니더라도 유용하리란 생각에 마음을 정한다.

이제 필립이 의사라는 직업을 최종적으로 선택하기까지의 과정을 한번 정리해 보자. 외국 문화를 동경하여 학업을 다 마치지 않고 하이델베르크로 가고, 다시 돌아와 공인회계사라는 현실적 직업을 선택해 도제 생활을 하지만 이게 아니다 싶어, 그리고 그림에 소질이 있다는 다른 사람들의 말에 솔깃해 파리로 가 그림 공부를 시작하는 필립. 하지만 결국 그림에 재능이 없음을 알고 깨끗이 포기하고 다시 인생의 새 경로를 찾아나선다.

여기서 우리는 만약 필립이 처음부터 의사가 되려고 마음 먹었다면, 쓸데없는 시간과 돈 낭비가 없지 않았겠냐 반문할 수 있다.

하지만 인생에 공짜는 없는 법. 필립은 이런 좌충우돌의 방황 속에서 인생을 살아나갈 수 있는 귀한 지침들을 스스로 터득해낼 수 있었다.

예컨대 하이델베르그에서 필립은 미국에서 온 위키즈를 통해 그동안의 종교적 신념을 버리게 되자 인생이 무의미한 게 아니냐, 라는 절망감에 휩싸이지만, 곧이어 오히려 이를 발판으로 더 커다란 자유와 용기를 향해 나아간다.

'필립은 끝없는 노역에서 벗어나지 못하는 삶을 사는 헤아릴 수 없이 많은 사람들을 생각해 보았다. 삶이 무의미하다는 생각을 받아들일 수 없었다. 그런데 분노가, 즐거운 분노가 일어났다. 삶이 무의미하다면 그것을 별로 두려워할 것도 없을 테니까.' [73]

또한 화가가 되기 위해 몇 년을 쏟아부었음에도 불구하고 자기가 그림에 재능이 없음을 확인한 필립은 단호하게 삶을 이전과는 전혀 다른 시각으로, 훨씬 더 넓고 근원적인 시각으로 바라보게 된다.

'하지만 예술은 이제 그다지 중요하게 보이지 않았다. 복잡다단한 혼돈의 삶으로 어떤 무늬를 짜느냐가 새로운 관심사가 되었다. 삶이라는 재료를 생각하면 물감이나 언어에 대한 집착은 아주 하찮게 보였다.' [74]

---

[73] 『인간의 굴레에서』 2권, 서머싯 몸, 송무 옮김, 민음사, 2011, 386쪽
[74] 같은 책, 446쪽

원래 소심하고 귀가 얇은 필립이지만, 그는 결정적 순간엔 자기 나름의 독자적 사유를 통해 결단을 내리고 이를 실천에 옮긴다. 일반적으로 사람들은 저마다 자기 나름으로 일정한 내적 상태의 밴드를 갖고 있는 것 같다. 물론 그 밴드의 상단부와 하반부도 끊임없이 변화하는 것이긴 하지만. 예컨대 필립은 평상시에는, 즉 밴드의 하반부에서는 자신감 없고 줏대 없이 감정적으로 흔들리지만, 위기의 순간엔 그러니까 밴드의 상단부에서는 냉철한 이성을 발휘해 나약함을 떨치고 일어선다.

OF HUMAN BONDAGE

이제 인생의 세 번째 출발을 위해 런던에 도착한 필립. 돌아가신 아버지가 다녔던 성 누가 병원 의학교를 선택해 근처 하숙집을 얻는다. 필립은 학년 초, 솔직하고 재미있고 호감을 주는 성격의 던스퍼드와 가깝게 지내는데. 던스퍼드가 좋아해 두 사람이 종종 들리게 된 찻집 종업원 아가씨인 밀드레드를 알게 된다. 이목구비가 오밀조밀 균형이 잘 잡힌 그녀는 눈이 푸른 그리스 미인의 전형이긴 해도 핏기 없는 얼굴에 얄팍한 입술로 필립이 좋아하는 유형은 아니었다. 던스퍼드를 위해 몇 번 말을 걸어도 무뚝뚝하기만 해 결국 던스퍼드는 찻집을 다른 데로 옮겨버리고. 자존심이 상한 필립은 앙갚음을 하고 싶어 다시 그 찻집을 찾는데. 여전히 쌀쌀맞은 그녀.
　그런데 그 찻집을 안 가려고 해도 이상하게 자꾸 다시 가보고 싶은 필립. 무심한 마음으로 한 번 찾아가자 이번엔 또 웬일로 그녀가 필립이 오랜만에 온 걸 알아봐 준다. 다음날, 마음이 안정되지 않은 필립은 다시 그곳에 가지만, 한 독일인과 까르르 소리 내어 웃어대는 그녀의 품위 없는 모습과 그녀의 냉대에 다시 정나미가 떨어지는데. 결국 연극 표를 두 장 구해 그녀에게 함께 가자고 청하는 필립. 식사를 하면서도 다른 사람 흉이나 보는 그 여자와의 대화가 지겨웠는데, 이상하게 집에 와 잠자리에 들자 다시 눈앞에 그녀의 모습이 어른거린다. 결국 자기가 그녀를 사랑하고 있다는 걸 깨닫는 필립. 그런데 행복하기는커녕 비참하고 절망스럽기만 해 당황하는데. 여전히 이중 데이트를 하는 그녀. 필립은 제 잇속만 챙기는 저속한 그녀를 사랑하는 자기 자신을 이해하지 못한다.

시험이 얼마 남지 않아 공부에 몰두하는 필립. 그녀에게서 편지를 기다리다가 끝내 참지 못하고 그녀를 만나러 달려간다. 얼마나 보고 싶었는지 몰랐다고 고백하자 살포시 미소를 짓는 그녀의 눈빛을 보고 기뻐 어쩔 줄 모르고. 선물을 주면 그제야 조금이나마 애정을 표시하는 그녀를 거의 매일 만나는 필립. 그녀가 자기를 좋아하지 않음을 알고 있지만, 그녀가 냉담하면 화를 내 다투는 필립. 이내 잘못을 빌곤 한다. 결국 필립은 자기의 굴욕스러운 열병을 치유하는 방법은 그녀를 정부로 삼는 방법밖에 없다고 생각한다.

두 번이나 해부학 시험에 낙방한 필립. 이따금 저녁을 사달라고 하던 밀드레드가 하루는 자기가 결혼하게 되었다고 고백한다. 너무 허탈해 그저 혼자만 있고 싶은 필립. 천만다행히 헤이워드가 런던에 오겠다는 편지를 보내왔다. 헤이워드의 방문으로 겨우 다시 안정을 되찾는 필립. 또 바로 때마침 파리에서 넘어와, 런던 화랑에서 전시회를 여는 로슨의 초대장을 받아 오랜만에 그와 회포를

푼다. 한편 로슨 덕분에 알게 된 노라라는 여자는 작은 체구에 못생겼지만, 반짝이는 눈으로 상대방을 즐겁게 만드는 능력을 갖고 있었다. 필립은 난생 처음 여자로부터 공감을 받아보며 시간 가는 줄 모르고 고민거리를 털어놓는다. "사람들은 당신이 생각하는 것만큼 당신 다리를 의식하지 않아요. 처음엔 그럴 테지만", 하고 말해주는 노라 네스빗.

블랙스터블에서 두 달을 보내고 다시 런던으로 돌아와 이차 종합시험 준비를 하기 시작한 필립. 그러던 어느 날, 심하게 오한이 나 꼼짝 못하고 있는 필립을 아래층에 살고 있던 그리피스라는 청년이 밤새도록 정성스레 간호해준다. 독감에서 회복되자 필립은 그림처럼 잘생긴 그에게서 그의 화려한 연애담을 듣는다. 시험에도 여러 차례 낙제했지만 늘 즐겁게 사는, 부유한 의사의 아들인 그를 숭배하는 필립.

그러던 어느 날, 느닷없이 병원에 찾아온 밀드레드. 유부남에 돈벌이도 시원찮은 그 남자에 속았다며 애를 가졌다고 했더니 그가 집에 들어오지도 않아 이렇게 찾아왔노라고 울먹인다. 질투심과 고통을 느끼면서 다시 가슴이 뜨거워지는 필립. 노라와의 약속까지 저버리면서 밀드레드에게 하숙집 방을 얻어준다. 소유감에 뿌듯해하며 앞으로 철저히 절약하며 살아가리라 결심한다. 결국 노라와는 이별을 고하게 되고. 두 사람만의 즐거운 생활을 이어가던 중 하루는 그리피스와 함께 식사를 하게 되는데. 그리피스에게 반해 버린 밀드레드를 바라보며 질투에 정신이 나가는 필립. 격렬히 싸우는 두 사람.

하지만 필립은 이상한 충동에 쫓겨 그녀가 원하는 그리피스와의 여행을 허락해준다. 좋아서 어쩔 줄 모르는 밀드레드. 자기를 배신한 그리피스를 도저히 이해할 수 없음에도 이상한 충동에 쫓겨 두 사람에게 여비까지 챙겨주는데. 돌아올 날짜를 넘겨 돌아온 밀드레드를 만나러 떨리는 마음으로 찾아갔지만, 그녀는 이미 짐을 챙겨 떠나버린 뒤.

새 학기가 되어 다시 런던에 온 필립은 노라의 모성애 같은 변함없는 사랑을 떠올리며 그녀와의 재회를 기대하는데. 다시 만난 노라는 자기가 이번에 약혼하게 됐다고 말하고. 허탈해하는 필립. 이제 공부에만 몰입한다. 학교에서 그리피스를 만나면 살인 충동을 느낄 것 같아 피하고 있는데, 그의 친구가 그리피스가 밀드레드라는 여자와 상종한 걸 백번 후회하고 있다고 말해준다. 그녀가 자기 곁을 떠나려 하지 않아 겨우 떼어났다는 것이었다. 어느새 외래환자실에서 환자를 보기 시작한 필립은 자기를 좋아하는 환자들을 보며 이 일이 자기의 적성이 맞다고 느낀다.

또다시 봄이 오고 입원 환자 담당 실습보조원이 된 필립. 외래환자실에서 붕대를 풀고 감는 일을 하던 중, 새로 입원한 남자를 만나 친구가 되는데. 작은 키에 이마가 약간 벗겨진, 마흔여덟의 소프 애설니는 신문에 기고하는 저널리스트로 늘 쾌활하고 교양이 풍부하고 말을 잘했다. 퇴원을 한 애설니가 필립을 자기 집에 초대를 하고. 필립은 갈 때마다 딸 셋을 둔 그들 가족의 소박한 행복에 전염된다.

육 주 후, 그의 집을 나와 버스를 기다리던 필립은 한 순간 밀드레드를 보고 심장이 멎을 뻔한다. 그녀의 뒤를 쫓는 필립. 호텔 앞에서 만난 한 남자가 그녀를 물끄러미 쳐다보더니 고개를 돌리고 가버리는 게 아닌가. 너무 끔찍한 일이라 다리에 힘이 빠지는 필립. 곁에 다가가자 눈물을 보이는 밀드레드. 필립은 자기 아파트 조그만 방에서 아기와 들어와 살라고 권한다. 놀라워하는 그녀에게 내가 당신에게 바라는 것은 아무것도 없고, 그냥 방 하나와 먹을 것만 제공할 거라고 잘라 말한다. 예전에 미친 듯이 사랑했던 그녀를 혐오하고 있는 자신을 보며 인생의 비감에 젖는 필립.

얼마 뒤, 자기가 계속 접근해도 쌀쌀맞게 밀어내는 필립 때문에 분통을 터트리던 밀드레드는 기어이 그의 살림살이를 다 부숴버리고 떠나버린다.

이제 일 년만 더 공부해 자격증을 따면 스페인 여행을 하리라 마음먹는 필립. 증권거래가 활기를 띠던 당시, 술집에서 알게 된 증권맨을 통해 소액을 투자해 돈을 번 필립은 그가 알려 준 내부정보에 솔깃해 갖고 있는 돈을 다 투자한다. 한 푼도 건지지 못한 필립. 급기야 백부에게 편지로 부탁을 해보지만 도와줄 수 없다는 답변을 받고. 결국 학업을 중단하고 옷을 전당포에 맡기고 자살까지 생각하게 된다. 집값을 내지 못해 며칠씩 밖에서 굶고 지내던 어느 날, 애설니 집을 찾아가자 너무 놀라는 가족들. 그의 도움으로 의류 회사 안내원으로 취직이 된다.

그러던 어느 날 백부가 위독하다는 편지를 받고 달려가는데. 만약 백부가 이번 여름에 죽으면 바로 병원으로 돌아갈 수 있다고 생각한다. 하지만 이 주일이 순식간에 지나가고 다시 런던으로 돌아온 필립. 어느 날 밀드레드로부터 가능한 한 빨리 자기를 만나달라는 편지를 받는다. 편지를 찢으며 마음이 약한 자신에게 화가 나는 필립. 하지만 결국 그녀를 찾아가 중병에 걸려 누워 있는 그녀를 본다. 아이는 지난여름에 죽었다는 소식을 듣고.

약을 처방하자 조금씩 건강을 회복하는 밀드레드. 하지만 그녀는 다시 이전 생활로 돌아가려 하고. 그녀를 아무리 말려도 소용이 없자, 필립은 결국 스스로 그녀를 떠나간 뒤, 다시는 만나지 않는다.

한두 달에 한 번쯤 남편과 찾아가는, 임실 천담마을 강변사리 캠핑장에 있는 커피숍 한쪽 벽에는 르네 마그리트의 '연인들'이라는 작품의 복사본이 걸려 있다. 지금도 바로 이 복사본 아래에서 글을 수정하는 작업을 하고 있다. 두 연인이 하얀 천을 얼굴에 뒤집어 쓴 채 열렬히 키스를 하고 있는 그림이다. 아마도 연인들의 사랑이란 감정은 그저 맹목적인 것일 뿐, 서로에 대해 완전 무지한 채 사랑에 빠진다는 의미의 그림일 게다.

우리의 삶을 어렵게 만드는 대표적인 것 중의 하나가 바로 인간의 외양과 내면의 괴리에서 오는 것이 아닐까 한다. 멀리 볼 것도 없이 우리 엄마가 대표적인 경우다. 예전에 엄마한테서 들었던 얘기다. 처녀 시절 우리 엄마를 좋아해서 따라다니다 끝내 마음을 얻지 못한 털보 아저씨가 고향을 떠나 머나먼 중국에 갔는데, 몇 년이 지난 어느 날, 돈을 많이 벌고 예쁜 여자도 얻어 고향에 돌아와 결혼한 우리 엄마 집 바로 앞 저택에서 살았다는 얘기다. 엄마 말에 따르면 그 남자의 턱에 난 수염이 무섭고 싫었다는데, 평생 무능하고 수시로 바람을 피던 잘생긴 우리 아버지와 비교하면 아마도 그분이 더 나은 남편감이지 않았을까, 싶다.

이처럼 내면을 보지 못하고 외모만 보고 결혼하는 경우는 너무 비일비재하다. 긴 결혼생활을 이어가는 데 있어 내면의 중요성은 아무리 강조해도 부족하지 않은데, 젊은이는 경험이 없기에 이걸 실감하지 못할뿐더러 설사 잘 안다손 치더라도 사람을 제대로 볼 눈을 갖추고 있기가 쉽지 않다. 잘생긴 사람이 가장 멋진 주인공 역할을 하는 드라마나 영화에서와는 다르게 혹할 정도의 외모에 속은 버러지만 못한 사람이 우리 주위엔 의외로 종종 있다. 아무 잘못한 것도 없는데 배우자 때문에 평생 비극적 삶에서 벗어나지 못하는 경우를 주위에서 가끔 만날 때마다 참 안타깝다.

필립과 밀드레드의 관계를 살펴보자. 밀드레드라는 여자의 본질을 누구보다 잘 알면서도 필립은 그녀에게서 벗어나지 못한다. 사기꾼에게 속아 결혼했다가 돌아와도, 친구 그리피스와 도망을 갔다 와도, 그의 살림살이를 다 부숴버리고 가버려도, 끝까지 아픈 그녀를 내치지 못하고 돌봐준다. 그의 선량한 인품도 인품이지만, 그만큼 사랑이라는 감정이 강렬하고 맹목적이라는 걸 보여주는 대목이다. 하지만 필립은 아무리 말려도 창부 생활을 버리지 못하는 그녀를 결국엔 단호하게 떠나버린다. 오랜 기간 감정의 노예가 되어 지옥 속을 허우적거려도 결정적 순간엔 냉철한 이성의 판단에 따라 과거에서 자기 몸을 빼내는 결단력과 실행력을 보여주는 대목이다.

OF HUMAN BONDAGE

크리스마스 휴가 때 다시 백부를 찾은 필립. 지겨운 직장생활을 때려치우고 하루빨리 의대로 돌아가고 싶어, 순간 아무런 희망 없이 다 죽어가는 백부의 목숨을 간단히 끊어버리고 싶은 유혹을 느낀다. 휴가가 끝나 다시 런던으로 돌아와 회사에 출근을 하는 필립. 칠월이 되자 백부가 위급하다는 소식을 받는다. 평생 한 사람도 진정으로 사랑해 본 일이 없는 백부지만 마지막 사투를 벌이는 모습에 연민을 느끼고.

장례를 치르고 그가 남긴 유산으로 마침내 병원에 돌아온 필립. 자기 일처럼 기뻐하는 애설니 가족들. 마지막 시험을 통과하여 드디어 나이 서른에 개업 허가증을 받는다. 마침 남쪽 해안 지방에 임시직 자리가 하나 생겨, 그곳에 가 무뚝뚝한 닥터 사우스 밑에서 조수 일을 하게 된다. 그런데 계약이 끝나갈 즈음, 닥터 사우스가 필립에게 신참 의사에겐 매우 이례적으로 동업을 제의한다. 하지만 내년 여름쯤 스페인 여행을 계획하고 있는 필립은 정중하게 거절하고.

초청을 받고 애설니 부인 고향에 있는 홉 농장을 찾은 필립. 그들 가족과 함께 즐거운 홉 따기에 동참해 피곤하면서도 기분 좋은 나날을 보낸다. 하루는 놀라울 정도로 매력적으로 자란 큰딸 샐리의 심부름 길에 동행을 하는데. 아름다운 밤, 향긋한 시골길을 걷는데 녹아내릴 듯 황홀한 감정을 느끼자 스스로 놀라는 필립. 헤어지는 순간 자기도 모르게 그녀에게 키스한다. 말없이 자기를 맡기는 그녀를 어두운 생울타리 밑으로 끌고 가는 필립. 다음날, 혼란에 빠진 필립은 저녁이 되어서야 겨우 용기를 내 그녀와 얘기를 나누는데. 그녀에게서 오래전부터 자기를 좋아했다는 말을 듣는다. 이전의 청혼자들도 그래서 다 물리쳤다는 말을 듣고 너무 놀라 할 말을 잃는 필립.

다시 런던에 돌아와 저녁마다 샐리를 만나는 필립. 어느 날 입술을 파르르 떠는 샐리를 통해 임신이 아닌가, 의혹에 휩싸이는데. 의사라는 직책을 갖고 스페인을 시작으로 세계 여러 나라를 여행하려던 자기의 계획이 난관에 부닥쳤음을 직관한다. 고민 끝에 그녀를 위해 희생을 하리라, 닥터 사우스와 동업을 하고 그녀와 결혼하리라 결론을 내린다.

며칠 후, 샐리를 만난 필립은 그녀로부터 자기가 착각한 거 같다는 말을 듣는다. 갑자기 자기 앞에 무한한 자유가 펼쳐졌음을 깨닫는 필립. 그런데 그 순간 이상하게도 공허하고 황량한 감정에 휩싸이자, 결국 필립은 자기가 자신을 속였다는 사실을 깨닫는다. 자기가 결혼을 생각했던 건 자기 희생에서가 아니라, 바로 아내와 가정과 사랑을 바라기 때문이었음을. 미처 몰랐지만, 희망은 바로 이곳에 있었던 것이다.

"당신에게 결혼해 달라고 할 생각이었소." 필립이 고백하자, "공연히 당신의 앞길을 방해하고 싶진 않았어요." 라고 대답하는 샐리. [75]

OF HUMAN BONDAGE

마지막 책장을 덮으며 우리 독자는 필립이 무사히 지난한 의사과정을 수료하고, 선량한 애설니의 큰딸 샐리와 결혼까지 하게 돼

---

[75] 같은 책, 502쪽

안도와 기쁨을 만끽하게 된다. 일 문제와 여자 문제로 고생 많았던 필립에게도 드디어 행운이 찾아왔다. 살다 보면 내가 아주 열심히 추구했던 것은 손에 쥐지 못하고, 전혀 생각지 않던 곳에서 행운이 오는 경우가 있다. 마치 그동안 고생 많았으니, 이것으로라도 위안을 받으라는 듯이. 세상에 죽으라는 법은 없다는 듯이.

　그런데 여기에서 필립의 삶에 대한 유연하고 현명한 태도가 유독 돋보이지 않는가. 필립은 아시아, 아프리카 등 자유로운 여행을 꿈꾸며 힘겨운 과정을 이겨냈지만, 생각지도 못했던 샐리의 사랑을 받게 되자 자기에게 더 중요한 것이 무엇인지를 깨닫고, 자기의 진로를 과감하게 바꾼다. 이렇게 그는 비록 천재 예술가의 삶처럼 후세에 남을 만큼 도드라지는 삶은 아닐지라도 적어도 그가 원했던 성공적인 삶을 이루어냈다.

　필자는 주인공 필립의 좌충우돌 흔들리는 소박한 삶에서 소박하기에 그만큼 더 소중하고 진귀한 아름다움을 느낀다. 선천적 절름발이 고아인 필립이 자기의 삶을 결국 자기가 원했던 삶으로 이끌어갈 수 있게 한 힘은 과연 무엇이었을까? 필자는 그의 선량한 마음과 성실함, 그리고 자기 반성을 하고 이를 실천에 옮기는 힘이라고 생각한다. 필립이 보여준 선량한 마음은 애설니 같은 이웃을 얻어 그의 삶을 너무 외롭지 않을 수 있게 해주었고, 그의 끊임없는 반성 능력과 이에 따른 결단력 있는 행동은 이리저리 헤매는 삶의 방향키를 결국은 그가 원하는 방향으로 다시 잡아나가는 역할을 해주었다. 어쩌면 우리같이 평범한 이들에게 가장 중요한 미덕이 아닐까, 한다.

신이 없는 시대, 우리는 신을 향한 맹목적 믿음이나 기도에 의지하며 살아갈 수가 없다. 또 전통적인 가치와 지난 시대의 이데올로기 역시 사회적 타당성을 잃어버린 지 오래다. 이런 시대에 우리가 가장 의지할 만한 것은 어쩌면 냉철한 자기의 반성 능력뿐일지 모른다. 우리가 행동을 멈추고 자기를 들여다보는 성찰을 할 때 우리는 지금까지의 자기 자신에서 떨어져나와 과거의 자기를 가만히 들여다보며 자기의 부정적인 면을 찾아낸다. 그리고 이러한 인식을 통해 우리는 비로소 과거의 부정적인 자기와 이별할 수 있게 된다. 이리하여 우리에게는 비로소 새로운 변화의 계기가 마련되는 것이다.

이웃에 대한 선량한 마음과 자기 반성 능력, 이 두 가지가 우리 인간에게 있는 신적 요소가 아닐까, 하는 생각이 드는 풋풋한 아침이다.

철학자의 고전문학 에세이

초판 1쇄 발행 · 2024년 9월 30일

지은이	김영숙
발행인	고민정
펴낸곳	파든(FARDEN)
홈페이지	farden.co.kr
이메일	editor@farden.co.kr
팩스	0507-517-0001
출판등록	제2024-000051호

ISBN   979-11-988556-0-2 (03800)